Nadine Kießling
Als der See kam

Schrenk-Verlag

Ein Seenland sollte gebaut werden. Eine Erholungslandschaft in Mittelfranken! Und dafür sollten die uralten Mühlen im Brombachtal und im Igelsbachtal überschwemmt werden! Magdalena Meierhofer konnte es kaum glauben. Doch dann wurde sie unerwartet hineingezogen in das Geschehen. Während sich Paula und Erwin mit allen Kräften dem Bau des Großen Brombachsees widersetzten, befand sich Magdalena im Zwiespalt zwischen der Angst vor der Zerstörung ihrer geliebten Kastanienmühle, der Vorfreude auf die Seen und ihrer eigenen Rolle im ganzen Geschehen. Bis zu dem Tag, an dem der See kam.

»Er hatte ihre Familie verunsichert und verraten, zerrüttet und zusammengeschweißt. Verzweifelt und glücklich gemacht, ratlos und hoffnungsvoll. Sehnsüchtig nach der Vergangenheit und neugierig auf die Zukunft und erstaunt über die Gegenwart. Alles auf einmal. Und jetzt war er da.«

FÜR ALLE, DIE DAS FRÄNKISCHE SEENLAND,
DAS ALTMÜHLTAL, DAS IGELSBACHTAL
UND DAS BROMBACHTAL
KENNEN – DAVOR UND DANACH

UND FÜR THOMAS GRAF AUS BAD NEUSTADT
AN DER SAALE

Nadine Kießling

Als der See kam

Roman

mit Illustrationen von Lea Kießling

EFS Edition Fränkisches Seenland
im Schrenk-Verlag

Edition **Fränkisches Seenland** - Bücher aus der Region
Herausgegeben von Dr. Johann Schrenk

Bd. 01   Friedrich Hetzner, Das Land am Brombach, 2023³
Bd. 02   Nadine Kießling, Als der See kam, 2024²

Bibliographische Information der Deutschen Nationalbibliothek:
Die Deutsche Nationalbibliothek verzeichnet diese Publikation
in der Deutschen Nationalbibliographie; detaillierte bibliographische Angaben
sind im Internet über www.dnb.de abrufbar.

Impressum
© Schrenk-Verlag, Gunzenhausen
Inh. Dr. Johann Schrenk
Alramweg 3, 91187 Röttenbach, www.buchfranken.de
Alle Rechte vorbehalten, einschl. der digitalen Vervielfältigung
Texte: Dr. Nadine Kießling
Karte (S. 138/139): Lea Kießling © 2022
Redaktion, Satz und Layout: Schrenk-Verlag
Druck und Herstellung: Books on Demand (BoD), Norderstedt
Vorderseite: Gestaltung Schrenk-Verlag, unter Verwendung eines Aquarells
von Lea Kießling (2022)
Alle Rechte der Vervielfältigung beim Verlag.
2. überarbeitete Auflage 2024
ISBN 978-3-924270-32-2

DIE BEGEGNUNG

Sie ging voran, setzte einen Fuß vor den anderen. Ihr Blick war auf den Boden gerichtet. Die Abendsonne an diesem 29. Mai des Jahres 2000 warf einen langen, einsamen Schatten neben ihr. Zauberte ein orangefarbenes Rot am Horizont. Sie sah sich dieses Schauspiel der Natur nicht an. Sie ging durch die Schatten der herausgeputzten Häuser mit den steilen, roten, mit Biberschwanzziegeln gedeckten Dächern, den Fensterläden und Geranien. Sie lief vorbei an den symmetrisch gepflasterten Hofeinfahrten und den glänzend gestrichenen Gartenzäunen, hinter denen fein gepflegte Rasen und Beete hervorlugten. Sie ging vorbei an der Bäckerei und dem Café Graf und an der alten Metzgerei. Sie ging vorbei an Ferienwohnungen und Wohnhäusern. Sie kannte viele dieser Häuser, doch in ihrer Erinnerung waren sie fahl und grau und abgenutzt, nicht so farbenfroh wie heute. Alles, was sie wahrnahm, versetzte sie in Gedanken an früher.

Ja, sie erinnerte sich. An Stallgeruch. Traktoren. Kühe. An plattgetretene Kothaufen auf dieser Straße. An die Meyers mit dem großen Kuhstall, bei denen ihre beste Freundin Greta gelernt hatte. An die vielen schneeweißen Gänse, die die Landfrauen gehalten, gefüttert und gerupft hatten. An die Gärten der Bäuerinnen, in denen Salat, Möhren, Kohl und Kräuter gewachsen waren. An die Hopfengärten, die es rund um den Ort gegeben hatte.

Heute war die Straße sehr sauber. Kein plattgetretener Kuhdung auf der Straße, kein liegengebliebenes Stroh. Heute war die Straße frisch asphaltiert, ohne Schlaglöcher und Risse. Die Gehsteige waren ordentlich gepflastert. Keiner war außer ihr unterwegs. Es war ein kühler Abend. Sie passierte das Ortsschild.

Sie sah wieder auf den Boden. Links – rechts – links – rechts. Ein Fuß vor den anderen. Unter ihren Turnschuhen knirschte der Schotter. Ein Buchfink trällerte sein Lied, eine Amsel stimmte ein. Eine Kohlmeise rief.

Sonst war es so still.

Sie atmete tief ein und aus.

So wunderbar still. Wie selten sie das hatte! Wie viel Aufwand es sie sonst kostete, diese Stille zu erreichen, zu erbeuten in ihrer knappen Zeit in dieser lauten Stadt. Weder in der engen Wohnung noch auf der Arbeit noch im Park war es still. Es war ganz anders als hier.

Es war ein schöner Tag gewesen. Mit ihrer Familie. Ihren Eltern Rosmarie und Wolfram, ihrem Bruder Moritz, ihrer rüstigen Tante Paula, ihrem Mann Arne und ihrer Tochter Merle. Magdalenas Familie, deren Leben sich den letzten Jahrzehnten so stark gewandelt hatte. Fünfunddreißig Jahre, in denen sich so viel verwandelt hatte. Verändert hatte. Unabänderlich verändert hatte.

Sie hatte sich fest vorgenommen, sich auf diesen Moment heute Abend zu freuen. Ihn zu genießen. Sie hatte sich entschieden, hier wieder herzukommen. Nach so vielen Jahren, in denen sie hier nicht gewesen war. In denen sie hier nicht hatte sein wollen. Sie hatte sich das fest vorgenommen. Umso erstaunlicher war es für sie, wie aufgeregt sie war, wie nachdenklich, wie voller Furcht vor dem Anblick, der sie heute erwartete, dem sie sich heute endlich stellen wollte.

Sie hatte sich doch damit abgefunden, wie es gekommen war.
Sie freute sich doch, dass es endlich vollendet war.
Eigentlich.
Grundsätzlich.
Dachte sie.
Wollte sie.
Sollte sie.
Musste sie.
Es würde besser sein als damals.
Viel besser.
Besser als vor sieben Jahren.
Besser als vor einundzwanzig Jahren.
Viel zu früh erreichte sie die Bank, ihr Ziel. Sie lag auf dem Weg ins nächste Dorf, eine Aussichtsbank an einem kleinen Aus-

flugs- und Wanderparkplatz, wie es so viele gab auf der Welt. Mit Sockeln aus Stein, breiten Brettern aus braun lackiertem Holz als Lehne und Sitzfläche sowie einem Messingschild, auf dem geschrieben stand, wer die Bank gestiftet hatte. Sie wollte noch nicht. Wollte sich noch nicht setzen, noch viel weniger den Blick aufrichten. Wollte einfach so stehenbleiben, am besten, bis es dunkel war, stockdunkel. Bis sie ohnehin nichts mehr sehen konnte. Dann würde sie wieder zurückgehen zu Greta. Mit ihr reden, stundenlang, und Weinschorle trinken. Danach würde sie in der tiefen Nacht zu ihren Eltern fahren. Und dann konnte es gerne immer dunkel bleiben. Damit sie ihn nicht sah.

Damit sie es nicht sah.

Nicht das, was sichtbar geworden war in vielen Jahren. Nicht das, was da unten jetzt war und Jahrhunderte, nein, Jahrtausende nicht da gewesen war. Das, was da unten jetzt war und jetzt – wie lange bleiben würde? Sie wusste es nicht. Sie überdauern würde. So viele Jahre hatte er sie begleitet, er hatte ihr Leben entscheidend mitgeprägt. Sie zu der Frau gemacht, die sie jetzt war. Er hatte ihre Familie verunsichert und verraten, zerrüttet und zusammengeschweißt. Verzweifelt und glücklich gemacht, ratlos und hoffnungsvoll. Sehnsüchtig nach der Vergangenheit und neugierig auf die Zukunft und erstaunt über die Gegenwart. Alles irgendwie auf einmal.

Früher war sie dort unten so häufig unterwegs gewesen. Wo der Sand sich am Wegesrand aufgetürmt und unter den Schuhen geknirscht hatte. Wo es so still gewesen war. Wo es nach Kiefer gerochen und der Bach frisches Wasser gebracht hatte.

Magdalena seufzte, als sie an Arne dachte. Er hatte ihr angeboten, heute Abend mitzukommen. Mehrmals. Aber sie hatte es nicht gewollt. Sie hatte allein diesen Spaziergang machen wollen.

Jetzt wünschte sie sich sehnlichst, ihr Arne wäre da.

Dann würde sie sich vielleicht freuen.

Oder es wäre Merle da.

Dann würde sie sich sicher freuen. Denn Merles Lachen war so ansteckend und ihre Lebensfreude so voller Leidenschaft. Ja,

Merle hätte sie mitnehmen sollen. Merle war geboren, als er, er da unten, angefangen hatte, Wirklichkeit zu werden. Nicht einfach nur viele Zeichnungen auf langen Papierrollen. Sondern etwas, was wirklich da war, wirklich da sein würde eines Tages.

Damals, vor dreißig, vierzig Jahren war diese Bank noch nicht dagestanden.

Wozu auch.
Wozu hätte es hier eine Bank gebraucht.

Die, die hier gewohnt hatten, hatten Besseres zu tun gehabt, als sich auf eine Bank zu setzen. Und von außen hatte sich niemand für dieses Bauerndorf interessiert.

Obwohl – sie hätte auch damals schon dastehen können, die Bank. Auch, als alles noch anders gewesen war. Es war schön gewesen hier. Sehr schön. Wunderschön. Auch damals war es eine schöne Aussicht gewesen. Eine sehr schöne Aussicht.

Wer aus der Stadt kam, hätte die Aussicht auch früher idyllisch gefunden. Sehr idyllisch. Wenn der Wald immer noch Wald wäre, der Bach immer noch Bach, die Karpfenweiher immer noch Karpfenweiher, die Felder immer noch Felder, die Mühlen noch Mühlen. Man hätte da unten wandern gehen können, Radfahren, vielleicht in einem Hofcafé einen Kaffee trinken, im Hofladen regionale Spezialitäten kaufen oder im Heuhotel eine Nacht verbringen.

Aber auf dem Land? Hätte man es auf dem Land idyllisch gefunden? Oder war es einfach Arbeit gewesen, die Felder zu bestellen und zu bewirtschaften? Hätte jemand die eigene Arbeit als Idylle bezeichnet?

Magdalena sah ihren Schatten an. Er war schon sehr lang. Die Sonne stand schon sehr tief am blutrot leuchtenden Horizont. Der Tag neigte sich dem Ende zu.

Sie versuchte, sich zusammenzureißen. Sie hatte es doch so gewollt. Es gab keinen Grund für ihre Hemmungen. Sie musste den lang besiegelten Tatsachen in die Augen sehen können. Jahrelang war die Reise in ihrem sonst so vollen Kopf herumgeschwirrt. Dreck, Lärm, Schmutz, Bagger, nackter Erdboden – all das war jetzt ein für alle Mal vorbei. Er war fertig. Endlich. Jetzt konnte sie es genießen. Jetzt wollte sie es genießen. Jetzt sollte sie es genießen.

Doch vor ihrem inneren Auge sah sie die schöne Landschaft von damals. Sah die Mühlen.

Sie wollte diese Vorstellung in ihrem Kopf nie verlieren.

Wollte sie nicht austauschen gegen das, was sie jetzt gleich sehen würde.

Magdalena drehte sich zur Bank um. Schloss die Augen. Sie griff nach der Lehne und setzte sich. Hielt die Augen geschlossen. Sie roch das Holz der Bank, fühlte die vom Regen noch feuchte Sitzfläche unter sich, ein kühler Luftzug wehte ihr um die Nase. Sie atmete ein paar Mal tief durch. Das Herz klopfte ihr trotzdem bis zum Hals.

Auf drei, Magdalena, sagte sie sich.

Auf drei machst du die Augen auf.

Los.

Jetzt war es allerhöchste Zeit.

Und so zählte sie bis drei. Hastig.

Schlug die Augen auf.

Sah ihn an. Tränen schossen in ihre Augen, liefen ihre Wangen hinunter. Sie musste heftig schluchzen. War überwältigt. Gott sei Dank war sie hergekommen. Endlich. Nicht zu spät. Heute war der richtige Zeitpunkt. Sie war alleine, wie sie es gewollt hatte. Wie er da lag. So ruhig. So unschuldig. Wie er glitzerte. Blau glitzerte. Hatte sie ihn sich so vorgestellt? Sie wusste es nicht. Wusste nicht einmal, ob sie sich überhaupt irgendwann irgendetwas vorgestellt hatte all die Jahre. Er war jetzt vollendet. Mehr als fünfunddreißig Jahre Geschichte lagen hinter ihm.

Sie sah ihn an. Er war …

schön.

Wirklich schön. Er lag eingebettet und eingewachsen in der Landschaft, tat so, als wäre es die selbstverständlichste Sache der

Welt, dass er da war. Als wäre er schon so lange da gewesen.

Dabei war er erst ein Jahr alt.

So jung.

Er passte sich so gut ein in das Tal, wenn nicht der lange, gerade gestreckte Damm gewesen wäre, der eindeutig und für alle Ewigkeit bewies, dass er durch Menschenhand erfunden, geplant und geschaffen worden war.

Er war nicht natürlich.

Keineswegs. Vor allem nicht für Magdalena.

Sie weinte. Voller Erleichterung. Voller Traurigkeit. Voller Unverständnis über ihre zahlreichen Fragen in ihrem Leben. Die so lange für sie unbeantwortet geblieben waren. Dabei hatte sie stets nach Antworten gesucht. Immer wieder sah sie ihn an, der im Dunst der einbrechenden Nacht immer mehr mit der Umgebung verschmolz.

Da lag er, in seiner Größe und Masse. Alles, was einmal unter ihm gewesen war, was er verschlungen hatte, all das ist für immer unter ihm begraben. War abgerissen worden, fortgetragen. Hatte woanders seine Verwendung gefunden.

So viel war unter ihm verschwunden.

Aber es würde immer in ihrer Erinnerung bleiben.

Das, was früher war.

Sie starrte nach unten.

Er war schön.

Arne musste ihn sehen. Und Merle.

Magdalena Schneider, geborene Meierhofer, saß mit Tränen lächelnd auf einer Bank in Absberg und betrachtete den in der Nacht versinkenden Großen Brombachsee.

IM INGENIEURBÜRO

Magdalena rückte sich auf dem Stuhl in ihrem Büro in Weißenburg zurecht. Sie fühlte einen Anflug von Müdigkeit in sich aufkommen. Sie konzentrierte sich darauf, jegliches Gähnen zu unterdrücken. Kaffeepause war erst in einer halben Stunde. Sehnsüchtig sah sie nach draußen, an diesem Apriltag des Jahres 1964.

Die Bäume raschelten im Wind und die Sonne warf ihre sanften Strahlen auf sie. Vielleicht hätte sie doch eine Lehre in der Landwirtschaft anfangen sollen. Oder als Müllerin. Den ganzen Tag draußen sein, das hatte sie immer schon gemocht. Sie hatte es sich auch mal kurz überlegt. Aber ihre Begabungen lagen anderswo, und deshalb saß sie hier, alleine unter lauter Männern.

Magdalena blickte möglichst unauffällig ihre Kollegen am Sitzungstisch reihum an.

Wenigstens hatte sie eine Aufgabe: Protokoll schreiben. Sie saß da mit ihrem Füllfederhalter und Papier und versuchte, aufmerksam zu sein. Aber gerade wurde über Privates geredet; das gehörte nicht ins Protokoll. So viel hatte sie inzwischen verstanden. Also saß sie da, hörte den Blättern draußen beim Rascheln zu, ließ den Blick über die mit Aktenordnern vollgestellten Regale schweifen, sah wieder nach draußen und hielt den Stift griffbereit.

Es ging um Fußball, wie so oft.

Wie langweilig.

Vor einem Monat hatte sie ihre Ausbildung beim Ingenieurbüro Göbel und Partner als technische Zeichnerin begonnen. Zeichnen, das konnte sie. Sie liebte es, exakte Striche auf das Papier zu bringen, Perspektiven darzustellen, Straßenschluchten, Stadtansichten. Sie zeichnete keine Menschen oder Blumen. Sondern Städte, Plätze, Türme, Kirchen und Häuser. All das, was klare Proportionen aufwies. Neben Kunst war ihr Lieblingsfach in der Schule Mathematik, vor allem Geometrie, gewesen. Sie fand es so faszinierend, dass hinter der Schönheit ihrer Zeichnungen auch noch eine mathematische Logik steckte. Kongruenzsätze,

Flächenberechnungen, Vektoren, Winkel. Sie hatte die Fotos aus den Zeitungen abgemalt, abends, in ihrem kleinen Zimmer, und die Bilder hatte sie ihren Eltern und ihren Großeltern geschenkt.

Nach ihrem Schulabschluss hatte ihr Lehrer inständig auf sie und auf ihre Eltern eingeredet, dass sie dieses Talent für die berufliche Ausbildung nutzen müsse. Sie war dem Rat des Lehrers gefolgt, und hatte sich beworben. Und eine Stelle hier in Weißenburg bekommen. In einem renommierten Ingenieurbüro. Als Frau. »Alle Achtung!«, hatte ihr Vater Wolfram gesagt. »Traust du dir das wirklich zu?«, hatte ihre Mutter Rosmarie gefragt. An ihrem ersten Tag hatte sie von ihrem Ausbilder einen großen Holzkoffer bekommen, den jeder Zeichner hier hatte, voller Lineale und Geodreiecke, mit zig verschiedenen Bleistiften und vielen unterschiedlichen Radiergummis. Und einem großen Reißbrett, denn die Pläne, die sie zeichnen sollte, waren ebenfalls groß.

Eigentlich war da die heutige Besprechung eine nette Abwechslung für Magdalena. Protokoll schreiben war für die Augen weitaus weniger anstrengend als zeichnen. Aber hier verging die Zeit nicht besonders schnell, es war einfach nur langweilig. Sie fing an, Formen auf ihr Papier zu kritzeln, um sich abzulenken.

Worüber wurde eigentlich jetzt gesprochen? Immer noch über Fußball?

Magdalena blickte zu ihren Kollegen hinüber und bemühte sich, wieder gedanklich an das Gespräch anzuschließen. Sie gab sich einen Ruck und lauschte.

»Meinem Schwager ist letztes Jahr auch die gesamte Ernte ausgefallen. Die Auen der Altmühl kannst du echt vergessen. Da wimmelt es nur so von Vögeln, da fliegt und flattert es, aber davon leben können sie nicht. Ständig überschwemmt. Kein Jahr, wo sie was Gutes einfahren können. Völlig nutzlos, da Landwirtschaft zu betreiben.«

Das war Fritz, der im Büro nebenan saß. Mit seinen roten Haaren und den dürren Beinen und Armen stach er aus der Menge heraus.

»Ja, dass man da nichts machen kann. Die ganze Bundesrepublik floriert, Wirtschaftswunder nennen sie es, aber die Bauern an der Altmühl krepieren, als wären wir noch mitten im Krieg! Und keiner kümmert sich um ihr Schicksal! Nicht mal eine Mühle können sie bauen, da im Altmühltal bei Gunzenhausen. Die fließt doch gar nicht, die plätschert nur so dahin. Nein, besser: Sie steht nahezu, die Altmühl. Was machen die Politiker den ganzen Tag in ihrem feinen München? Und die in Bonn?«, grollte Konrad, der älteste unter den technischen Zeichnern. Magdalena war froh, dass er nicht ihr Ausbilder war. Er war ein recht launischer Mensch und sagte gerne gerade heraus, was er dachte – auch über »junge Fräuleins« wie sie.

Jetzt räusperte sich Anton, ihr Ausbilder. »Ich habe mal im Bierzelt auf unserer Kerwa von so einer Schnapsidee gehört, man könnte einfach einen See in die Altmühl bauen und – schwupps – wäre das Wasser im See und nicht auf den Feldern.«

Die Runde fing erheitert zu lachen an und Magdalena versuchte, mitzulachen.

»So eine Schnapsidee! Sollen sie erst mal den Kanal fertig bauen. Noch sind sie ja nicht mal in Forchheim. Sollen sie den Kanal von König Ludwig wieder mit Wasser auffüllen! Main-Donau-Kanal! Europakanal! Die sind ja größenwahnsinnig!«, bemerkte Hartmut Göbel, Magdalenas Chef.

»Ein See, ich glaub' es nicht«, Fritz schüttelte den Kopf.

Allgemeines Lachen.

»Der Kanal ist ja schon verrückt. Vor nicht einmal zwanzig Jahren war hier alles Schutt und Asche, und jetzt bauen sie einen Kanal, um die Nordsee und das Schwarze Meer miteinander zu verbinden!«, sagte Anton.

»Und nur, damit die Russen ihre vermaledeiten Schiffe durch Deutschland jagen können! Wir wollen keine Russen in Westdeutschland. Die sollen schön bei den Ossis bleiben!«, rief Konrad.

Das Lachen wurde schon weniger.

Keiner wollte, dass es zu politisch wurde.

»Lassen Sie uns nun wieder zur Tagesordnung übergehen«, verkündete Hartmut und räusperte sich.

Es wurde wieder dienstlich, es waren noch fünfzehn Minuten zur Kaffeepause und man hatte noch einiges zu besprechen. Magdalena schrieb weiter Protokoll und dachte nicht weiter an die Altmühlauen und den Kanal.

ONKEL ERWINS GEBURTSTAG

»Wolfram, hast du den Bocksbeutel schon geholt? Und das Auto aus der Garage gefahren? Wir sollten in einer Viertelstunde los. Damit wir nicht schon wieder zu spät kommen! Wir waren letztes Mal schon die letzten auf der Kastanienmühle.«

Es war ein Maisonntag im Jahre 1964. Die Familie Meierhofer war zügig zurückgekehrt aus der Kirche, Wolfram und Rosmarie Meierhofer hatten sich nicht noch gemütlich unterhalten wie sonst. Denn es war Onkel Erwins Geburtstag. Magdalena stand in der Küche und schlug Sahne. Sie hoffte, dass es ihr gelingen würde, die Sahne steif zu bekommen – nur zu gerne nahm sie der Mutter Arbeiten ab, aber sie machte so viele Fehler. Heute hatte sie auf wirklich alles geachtet: eine saubere Schüssel, einen sauberen Schneebesen, und die Schüssel davor in den Kühlschrank gestellt, damit sie schön kalt war.

Die Mutter kam schwungvoll in die Küche und holte den Tortenheber aus der Schublade. In der anderen Hand balancierte sie ein Exemplar ihrer Schwarzwälder Kirschtorte, von der alle in der Familie Meierhofer schwärmten.

»O Magdalena, du bist ja noch nicht einmal mit der Sahne fertig!«, beschwerte sich die Mutter.

»Mama, die Sahne ist fast steif. Und Moritz hat noch nicht einmal die Zähne geputzt!«, verteidigte sich Magdalena.

Wusch! Die Mutter war, die Torte balancierend, aus der Küche draußen und klopfte heftig gegen Moritz' Tür.

»Moritz! Was machst du denn noch?«

Na, dachte Magdalena, der packt wahrscheinlich noch das Geschenk ein. Wenn er überhaupt schon eines für Onkel Erwin hat.

Sie hörte auf zu schlagen – ihr Oberarm schmerzte schon – und nahm ein Messer. Sie freute sich. Den Messerstrich konnte man wunderbar auf der schneeweißen Oberfläche sehen. Sie deckte die Schüssel zu, räumte auf und ging auf ihr Zimmer.

Magdalena hörte ihre Mutter nach ihrem Vater rufen und machte, dass sie sich anzog. Der blaue Faltenrock und die kurze rosa Bluse würden Tante Paula und Onkel Erwin gefallen. Sie steckte das Geschenk in ihre Handtasche und holte den Korb mit dem Gugelhupf und der Sahne aus der Küche. Sie kämmte kurz ihre Haare und sah nochmals skeptisch in den Spiegel auf dem Flur. Ihre langen, schlaksigen Beine lugten unter dem Rock hervor. Die Bluse umspielte ihren schmalen Oberkörper. Magdalena war groß. Sie überragte schon einige Männer, darunter ihren Vater. Manchmal wünschte sie sich, einen etwas weiblicheren Körper zu haben. Und ihre Haare waren das, was sie an ihrem Aussehen am wenigsten leiden konnte. Sie waren dünn, glatt und hatten gar keine richtige Farbe, waren weder so nussbraun wie die von Greta noch so dunkelbraun wie die von ihrem kleinen Bruder Moritz. Magdalena wandte sich ab vom Spiegel und ging zur Haustür.

Natürlich war sie die erste.

Sie blinzelte in die Maisonne. Was für ein schöner Tag! Im Garten vor dem Haus blühten der Apfel- und der Kirschbaum weißrot um die Wette. Im Gemüsebeet wuchsen Karotten, Radieschen und Spinat. Sie freute sich auf die erste große Frühjahrsernte.

Die Mutter lugte aus der Haustür.

»Was, du bist alleine hier? Wie spät ist es? Schon dreiviertel zwölf! – Wolfram, Moritz! Wir müssen jetzt los!«

Das wirkte. Keine fünf Minuten später hatten alle vier im roten Käfer der Familie Platz genommen und brausten los.

Magdalena sah aus dem Fenster. Die Rezat schlängelte sich träge durch die Landschaft. Wiesen und Wälder wechselten sich mit Weizen- und Roggenfeldern, Kartoffeläckern und Hopfengärten ab.

Von Enderndorf aus hatte sie einen guten Blick auf das Brombachtal und die Mühlen, die entlang des Brombachs lagen. Die Mühlen waren unterschiedlich groß, alle hatten stattliche Wohnhäuser, große Scheunen und Wirtschaftsgebäude sowie Mühlräder, die Strom und Energie erzeugten und dazu die Wasserkraft des Brombachs nutzten. Manche Mühlen hatten ein Sägewerk, andere eine Kapelle, viele ein Backhaus. Es waren Sägemühlen und Getreidemühlen, die schon über Jahrhunderte die Versorgung der Bevölkerung gewährleisteten. Oder gewährleistet hatten. Denn das Mahlen von Getreide zu Mehl verrichteten nun immer mehr mit Strom oder mit Kraftstoffen betriebene Kunstmühlen an den großen Flüssen und nahe den großen Städten günstiger und mit höherer Ausbeute als die kleinen Mühlen im Brombachtal. Viele Mühlen hatten hier seit einigen Jahren das Mahlen von Mehl und Gries aufgegeben und sich auf das Schroten von Getreide für Viehfutter spezialisiert. Onkel Erwin war einer der wenigen Müller im Brombachtal, der noch Getreide zu Mehl mahlte, und darauf war er mächtig stolz.

Mit dreizehn Hektar Land – davon sieben Hektar Wald, zwei Karpfenweiher und sonst landwirtschaftlicher Nutzfläche – waren Onkel Erwin und Tante Paula die landärmsten Müller im Brombachtal. Die anderen Müller hatten bis zu dreißig Hektar. Allerdings waren im Vergleich zu vielen Bauern oberhalb des Brombachtals alle Müller wohlhabend. Viele Bauern mussten mit wenigen Hektar Land auskommen.

Weil sie nicht so viel Land hatten, waren Onkel Erwin und Tante Paula stärker auf die Mühlräder angewiesen als die anderen Müller im Brombachtal. Früher, noch bei Onkel Erwins Eltern, waren die Mühlen vom Wasser des Brombachs für den Antrieb der Mühlräder abhängig gewesen. Aber Onkel Erwin und Tante Paula hatten zwei kräftige Turbinen angeschafft und waren damit vom Wasser unabhängiger geworden. Außerdem hatten sie einen Dieselgenerator, denn die Wasserkraft lieferte ihnen nicht immer ausreichend Energie für den Strom im Haus, den sie für das Licht benötigten. Das Radio, der Schwarz-Weiß-Fernseher und der Kühlschrank wurden mit Batterie betrieben; mehr elektrische Geräte besaßen die Schwarzmüllers nicht. Oma Augustine wusch die Wäsche immer noch mit der mechanischen Walzenwaschmaschine.

Der Alltag auf der Kastanienmühle war geprägt von viel Arbeit für Onkel Erwin, Tante Paula, Oma Augustine, den Knecht Heribert und die Magd Barbara. Getreide mahlen und beuteln, Holz holen, sägen, verkaufen, säen und ernten, Karpfen züchten, Gänse schlachten und vieles mehr. Noch dazu waren sie sehr wenige Menschen. Auf den anderen Mühlen im Brombachtal lebten häufig fünfzehn Menschen, und mehr und auch auf der Kastanienmühle hatten noch vor wenigen Jahrzehnten zwölf Menschen gelebt: Onkel Erwins Geschwister, Oma Augustine und Opa Eduard, der schon vor einigen Jahren gestorben war, die Eltern von Opa Eduard und vier Knechte und Mägde hatten damals die Kastanienmühle zu einem geschäftigen und belebten Ort gemacht.

Nun waren das Wohnhaus und der Altenteiler der Kastanienmühle viel zu groß für die fünf Bewohnerinnen und Bewohner; viele Räume waren ungenutzt, standen leer, wurden fast nie betreten und staubten einsam vor sich hin.

Inzwischen war die Familie Meierhofer im Brombachtal angelangt. Das Auto holperte die letzten Kilometer über eine Schotterpiste, vorbei an der Scheermühle, der Neumühle und der Grafenmühle, bis es an der Kastanienmühle zum Stehen kam.

Die Kastanienmühle hieß so, weil rechts der Hofeinfahrt eine mächtige, uralte Kastanie stand. Diese Kastanie war viel älter als die Mühle selbst, sagte man sich, und überragte das Wohnhaus bei Weitem.

Magdalena stieg aus. Die Katze Maunzi schmiegte sich an ihre Beine. Der Hund Frodo bellte und wedelte mit dem Schwanz. Tante Gerlinde und Onkel Johann Walther mit den Kindern Kerstin und Karl waren schon da, ebenso Tante Hannelore mit Onkel Hans Rupp und den Kindern Franz, Friedrich und dem kleinen Ludwig und schließlich Onkel Horst Schwarzmüller mit Tante Christa. Es war ein freudiges Wiedersehen. Dann wurde die Tür schwungvoll geöffnet und Onkel Erwin kam heraus.

»Mensch, ihr seid alle schon da! Was für eine Freude, euch zu sehen!«, rief er und umarmte sie alle reihum.

»Alles Gute zum Geburtstag«, riefen die Meierhofers, Rupps, Schwarzmüllers und Walthers im Chor.

Auch die verschwitzte Tante Paula stand nun in der Tür, mit Schürze und Topfhandschuhen.

»Wir essen bald, aber noch nicht jetzt. Wir sind noch nicht so weit.… Ich hätte nicht gedacht, dass ihr so früh kommt!«, rief Tante Paula und grinste die Meierhofers an.

Magdalena und Moritz zwinkerten sich zu. Einmal waren sie nicht eine halbe Stunde zu spät und dann stand das Essen noch gar nicht auf dem Tisch. Das würde Mutter Rosmarie nicht gefallen. Sie schielten zu ihrer Mutter hinüber.

»Ja, endlich sind Rosmarie und Wolfram samt Anhang pünktlich«, sagte Onkel Horst und alle lachten.

Mutter Rosmarie runzelte die Stirn und sagte nur schnippisch: »Es sollte eigentlich eine Selbstverständlichkeit sein, pünktlich zu kommen, aber ich habe halt diese ganze Familie im Nacken!«

»Das haben wir auch«, sagte Tante Hannelore, was einerseits stimmte. Andererseits waren Friedrich, Franz und sogar der kleine Ludwig deutlich pflegeleichter als Moritz, dachte sich Magdalena. Meistens lag das Zuspätkommen ja an ihm.

»Komm, Rosie, reg dich nicht auf. Es dauert auch nicht mehr lange. Und ihr könnt vorher schon was zu Trinken haben, wenn ihr wollt. Kommt rein!«

»Ich decke schon mal den Tisch«, verkündete Oma Augustine.

»Ich helfe dir!«, rief Tante Hannelore.

»Ich auch!« Tante Gerlinde gab ihrem Mann ihre Tasche und eilte mit Tante Hannelore und Oma Augustine ins Haus.

Magdalena freute sich, wieder hier zu sein. Das weiße Wohnhaus mit den grünen Fensterläden sah so einladend aus inmitten der von Wald, Wiesen, Äckern und Weihern gesäumten Landschaft. Links und rechts von der Mühle konnte man mit bloßem Auge noch gut die zwei Nachbarmühlen erkennen, aber eigentlich hatte man hier seine absolute Ruhe. Onkel Erwin, Mutters Bruder, bewohnte die Mühle bereits in der sechsten Generation, und darauf war er sehr stolz. Tante Paula kam aus der nahegelegenen Stadt Ansbach und war ein Beamtenkind. Früher wäre es nicht so leicht möglich gewesen, dass ein Müllerssohn eine Frau heiratete, die mit dem Müllerhandwerk nichts zu tun hatte. Aber Tante Paula war fleißig und lernte schnell. Eigentlich konnte sie jetzt fast alles, was Erwin auch konnte. Und das, obwohl sie sich mit Oma Augustine und der Magd Barbara ja vor allem um die Landwirtschaft, den Bauerngarten, die Gänse und den Haushalt kümmerte, weniger um die Mühle selbst.

Die Getreidemühle, das Sägewerk und die Weiher waren Aufgabe der Männer. Die Bewirtschaftung der Flächen, die zur Kastanienmühle gehörten, war hingegen Sache der Frauen. In Zeiten, in denen viel zu tun war, half die ganze Familie mit.

Die Kastanienmühle hatte zwei Mühlräder. Eins gehörte zur Sägemühle, eines zur Getreidemühle. Im Hof lagen die Baumstämme aufeinandergestapelt. Daneben war die Koppel der Pferde Marissa und Bodan, die Magdalena über alles liebte.

Neben den Pferden, dem Hund Frodo und der Katze Maunzi gab es auf der Kastanienmühle noch zehn Hühner und einen Hahn, eine Schar weißer Gänse, und die beiden Ziegen Sissi und Lissy. Ochsen und Kühe gab es keine mehr, seitdem Onkel Erwin begonnen hatte, die Mühle und den Hof in die Moderne zu führen – mit elektrischem Walzenstuhl, Traktor, Mähdrescher und allerhand anderen modernen Geräten.

Im Haus hingen einige Bilder mit Ochsen, die noch den Karren zogen. Es war eine beschwerliche Zeit gewesen. Und dann auch noch der Krieg! Der ewige, schlimme Krieg, wobei es den Müllern im Brombachtal deutlich besser ergangen war als vielen Menschen in der Stadt. Denn hungern musste auf der Kastanienmühle niemand. Mehl war immer gemahlen worden, auch im Krieg. Und wer Land hatte und es bestellen konnte, der konnte auch darauf anbauen und gab denen, die nichts hatten. Magdalena kannte diese beschwerliche Zeit nur aus Erzählungen. Sie selbst hatte nie Hunger leiden müssen.

Eine Viertelstunde später war alles fertig und alle saßen am Tisch. Augustine verteilte die Grießklößchensuppe aus dem dampfenden Topf.

»Na, Magdalena, wie gefällt dir denn jetzt deine Ausbildung?«, fragte Tante Paula.

»Sehr gut«, antwortete Magdalena, »sie ist sehr kurzweilig. Die

Arbeitstage gehen vorbei wie im Nu.«

»Und die Kollegen?«, fragte Paula.

»Mein Ausbilder ist sehr nett. Er heißt Anton und weiß sehr viel. Und Fritz auch. Auch mein Chef ist gut. Ein anderer, der Konrad, ist nicht so einfach; aber zu dem halte ich Abstand. Der hat eine große Klappe.«

Tante Paula nickte. Sie wirkte nachdenklich.

»Liebes«, sagte Paula nach einer Weile und nahm von Oma Augustine ihren dampfenden Teller Suppe entgegen, »du bist doch immer so ein Draußen-Kind gewesen. Dich hat Rosie gar nicht nach Hause bekommen, wenn du hier warst und draußen rumgetobt bist, ich erinnere mich! Du warst immer so fleißig beim Dreschen und beim Kartoffeln setzen, beim Holzmachen und beim Karpfen ausnehmen, und – überhaupt bei allem. Und jetzt sitzt du den ganzen Tag in diesem dunklen Ingenieurbüro. Vermisst du nicht die Sonne? Das Grün? Den Himmel?«

Magdalena schluckte. Ja, das tat sie. Manchmal fragte sie sich, ob sie ihr ganzes Leben lang von Montag bis Freitag im Büro sein wollte. Und sie hatte ein schlechtes Gewissen, weil ihr jetzt weniger Zeit blieb als früher, um auf der Kastanienmühle zu helfen.

Sie zuckte mit den Schultern und nahm Oma Augustine ebenfalls ihren dampfenden Suppenteller ab. Ihr Magen knurrte.

Sie wusste ja, worauf Paula hinauswollte.

Erwin und Paula hatten keine Kinder.

Anscheinend konnten sie keine Kinder bekommen.

Tante Paula war jetzt schon einunddreißig Jahre alt und als einzige Müllersfrau im Brombachtal hatte sie noch kein Kind auf die Welt gebracht.

Und warum, das wusste keiner.

Über so etwas sprach man ja auch nicht. Andere Bauernfamilien hatten zehn Kinder. Da sprach man auch nicht darüber, warum es so viele waren. Heutzutage noch so viele Kinder! Wo man es doch nicht mehr nötig hatte. Wo es doch eine soziale Absicherung gab durch den Staat. Aber: Ein Müllerspaar ohne Kinder, das war eigentlich undenkbar. Zum ersten Mal seit sechs Generationen

Müllerhandwerk stand die Zukunft der Kastanienmühle auf dem Spiel. Magdalena wusste, dass das Tante Paula und Onkel Erwin sehr beschäftigte. Die Kastanienmühle war ihr Ein und Alles. Und wer keine Kinder hatte, der suchte andere Nachfolger und Nachfolgerinnen. Zum Beispiel die Nichte.

Noch waren Erwin und Paula fit und konnten die ganze Arbeit schultern. Oma Augustine konnte auch noch fleißig mithelfen. Magdalenas Familie half nur aus, wenn die Magd Barbara oder der Knecht Heribert Urlaub hatten. Oder zu den Zeiten, wo alle mithelfen mussten, beim Kartoffeln setzen und -ernten, beim Holz machen, beim Dreschen, bei der Karpfenernte. Aber natürlich würde das nicht immer so bleiben.

Alle hatten inzwischen ihre Suppe erhalten.

»Ich habe eine Zeit lang gedacht – es würde dir hier«, fing Tante Paula an. »Und Moritz…«

»Tante Paula, Mama sucht das Bier! Sie sagt, es sind nur noch zwei Flaschen da!«

Moritz stand plötzlich hinter Tante Paula mit je einer Flasche Bier in der linken und rechten Hand.

»Da hinten, beim Apfelbaum, ich hab' das Bier in einen großen Eimer voller Wasser gestellt, wie sonst auch immer«, antwortete Tante Paula geduldig.

Moritz knallte die zwei Flaschen, die er soeben in der Hand gehabt hatte, auf den Tisch und lief zum Eimer mit dem Bier. Onkel Hans nahm sich sogleich eine Flasche. »Können wir jetzt mal anfangen zu essen?«, fragte er ungeduldig.

»Hans, Moritz verteilt eben noch das Bier«, sagte Hannelore zu Hans.

Onkel Hans fing trotzdem schon an; er schien wirklich Hunger zu haben.

Moritz raste zurück und reichte seinem Vater und seinem Onkel je eine Flasche Bier. Dann konnten sie anstoßen.

Tante Paula nahm sich ihren Löffel. Zeit, zu zweit mit ihrer Nichte Magdalena zu sprechen, fehlte ihr natürlich bei dieser Familienfeier.

Sie aßen und unterhielten sich über alle möglichen Themen, auch über Magdalenas neuen Ausbildungsplatz.

»Eigenartig, wie man den ganzen Tag freiwillig im dunklen Büro sitzen kann!«, staunte Onkel Erwin und schob die Ärmel seines Holzfällerhemds zurück, sodass seine sonnengebräunten Oberarme zum Vorschein kamen.

»Ist nicht dunkel da, mein Fenster geht nach Osten raus, da scheint die Sonne richtig schön rein«, antwortete Magdalena.

»Drinnen ist es immer dunkler als draußen!«, warf Onkel Erwin ein.

»Ja, da ist sie wohl die erste in unserer Familie«, sagte Vater Wolfram. »Könnte ich mir auch nicht vorstellen. Da sitze oder stehe ich lieber im Führerstand und die Landschaft fliegt nur so an mir vorbei. Ist zwar häufig die gleiche Strecke, aber im Wechsel der Jahreszeiten trotzdem immer noch jedes Mal ein neues Erlebnis.«

»Oder wenn die Weiche nicht funktioniert«, bemerkte Mutter Rosmarie und alle lachten.

Magdalena zuckte mit den Schultern. »Zugfahren ist doch echt langweilig. Langweilst du dich nicht, wenn du tagein, tagaus das Gleiche machst? Immer die gleiche Strecke.«

Wolfram, der leidenschaftliche Lokführer, schüttelte den Kopf. »Ganz und gar nicht!«

Die Mutter Rosmarie lächelte. »Ja, so ist jede und jeder anders. Ich mag manchmal gar kein Fleisch mehr kochen, wenn ich heimkomme, weil ich den ganzen Tag diesen Fleischdunst in der Nase habe. Ich mache es natürlich trotzdem gerne für euch«, fügte sie hinzu, als sie Wolframs erstauntes Gesicht sah. Er liebte seinen sonntäglichen Braten über alles. Mutter Rosmarie fuhr fort: »Aber ich kenne fast alle, die zu uns in die Metzgerei kommen, und irgendwas gibt es immer zu erzählen. Das gefällt mir. «

Nachdem die Suppenteller abgeräumt waren, wurde die Hauptspeise von Oma Augustine stolz aufgetragen. Dampfende Klöße, glänzende Schäufele, und einen Schöpfer Rotkohl für jeden. Erst einmal aßen sie still. Dann sagte Onkel Erwin: » Franz, Friedrich,

Karl, Kerstin und Moritz haben es gut. Die gehen alle noch zur Schule. Da hat man noch keine Sorgen!«

»Mein kleiner Moritz ist sogar auf dem Gymnasium!« Mutter Rosmarie strich ihrem Sohn durch die Locken, Moritz wehrte genervt ab. Das konnte er gar nicht haben. Kerstin und Karl kicherten.

»Und? Hast du dir schon Gedanken gemacht, was du einmal werden willst?«, fragte Tante Paula.

»Du bist ja gerne den ganzen Tag auf deinem Zimmer. Büro wäre doch sicher etwas für dich?«, neckte der Vater.

»Ich will Postbote werden!«, rief der kleine Ludwig dazwischen. »Postbote. So so. Schauen wir mal.«, sagte Hannelore lachend.

Es war still, Moritz kaute. Ließ sich Zeit mit der Antwort. Nahm einen Schluck Malzbier.

»Ich habe mir schon Gedanken gemacht«, sagte Moritz dann.

Blödmann, dachte Magdalena sich. Bist doch erst in der siebten Klasse. Hast doch noch genug Zeit, dir Gedanken zu machen.

»Du wirst bestimmt studieren! Wenn du jetzt aufs Gymnasium gehst…«, sagte Tante Paula.

»Wenn er es überhaupt schafft, das Abitur«, meinte Magdalena achselzuckend.

Moritz sah sie wütend an und versetzte ihr einen Stoß in die Seite.

Wieder Stille.

Magdalena war genervt. »Mensch, Moritz, mach's nicht so spannend. Das wird uns hier jetzt bestimmt nicht umhauen. Lass mich raten: Bürokaufmann. Oder du studierst wirklich. Vielleicht Lehramt. Moritz, der Lehrer. Genau.«

Moritz schüttelte den Kopf, die Locken wehten hin und her.

»Ich will nicht studieren«, sagte Moritz.

»Musst du ja auch nicht«, sagte die Mutter Rosmarie.

»Ich will auch nicht ins Büro«, ergänzte Moritz.

»Musst du ja auch nicht«, sagte Vater Wolfram. »Musst auch nicht Lokführer werden. Obwohl ich es sehr empfehlen kann.«

Moritz nickte und sah seine Mutter entschlossen an. Magdalena war ganz erstaunt über diesen Blick; das sah sie selten bei ihrem Bruder.

Dann sagte Moritz mit seltenem, seltsamen Ernst und festen Worten in die Runde:

»Ich möchte Müller werden. Müller der Kastanienmühle.«

DER AUFTRAG

Es war neun Uhr dreißig. Kurz vor der Kaffeepause. Draußen knallte die Sonne vom Himmel. Im Ingenieurbüro »Göbel und Partner« war es angenehm kühl. Magdalena stand in diesem Sommer des Jahres 1964 an ihrem Reißbrett und arbeitete an einer Balkenbrücke, welche vom Straßenbauamt in Auftrag gegeben worden war. Gerade zeichnete sie eines der Widerlager. Nur noch die paar Striche, dachte sie sich. Aber der Kaffeegeruch lockte sie nach draußen auf den Gang und dann in den Sozialraum einen Stock über ihrem Büro.

Die meisten anderen waren schon da.

»Ah, unser junges Fräulein! Hübsch heute, hübsch, hübsch!«, rief Konrad. Magdalena nahm sich leicht genervt ihre Tasse und schenkte sich Kaffee ein. Sie setzte sich auf ihren Platz am Kaffeetisch. Anton neben ihr hatte die Tageszeitung ausgebreitet. Dort füllte ein Bericht die ganze Seite drei; Magdalena hatte schon in der Früh zu Hause kurz einen Blick auf die Überschrift erhascht.

»Geschätzte Kollegen«, sagte Hartmut, der Chef. »Ihr habt heute bestimmt schon alle die Zeitung gelesen.« Er deutete auf den Artikel, den Anton begutachtete.

»Ein Meilenstein ist geschafft. Sie sind in Altendorf angekommen. Die ersten Kanalkilometer in Richtung Forchheim sind gebaut!«

Alle klopften mit den Fingerknöcheln auf den Tisch, auch Magdalena.

»Wurde ja auch langsam Zeit. Ich frage mich, ob der Kanal jemals fertig wird bei dem Tempo, das sie an den Tag legen«, bemerkte Konrad.

Hartmut ignorierte diesen Kommentar.

»In ein paar Jahren wird die von uns geplante Schleuse Hilpoltstein sicherlich gebaut!«, sagte er stolz.

Fritz und Anton nickten eifrig, sie waren diejenigen im Ingenieurbüro, die sich um die Schleuse Hilpoltstein kümmerten, eine von vielen Schleusen, die der Main-Donau-Kanal benötigte, damit er den Höhenunterschied auf der Strecke und die Europäische Hauptwasserscheide überwinden konnte.

Wieder Fingerklopfen. Magdalena nahm einen Schluck von ihrem Kaffee.

»Wie viel wird das den Freistaat Bayern wohl noch kosten?«, fragte Fritz. Man munkelte, dass Bayern ab dem nächsten Jahr ein Drittel der Baukosten übernehmen würde. Das hatte die öffentliche Aufmerksamkeit stark erregt. Die bayrischen Steuerzahler mussten diesen Kanal zahlen! Da wurde der Main-Donau-Kanal als Europaprojekt hingestellt, eine Verbindung zwischen der Nordsee und dem Schwarzen Meer, und seit nun bereits sieben Jahren gab es eine europäische Wirtschaftsgemeinschaft. Aber den Europakanal bezahlten Bayern und die Bundesrepublik.

»Ein paar hundert Millionen werden es wohl schon sein«, vermutete Gabriele, die Sekretärin. »Man kann froh sein, dass die Wirtschaft nur so brummt hier. Fragt sich nur, wie lange das anhält… wer hätte das gedacht vor fünfzehn Jahren…«

»Ich«, meldete sich wieder Konrad, »wundere mich bis heute, warum sie den König-Ludwig-Kanal nicht einfach tiefer gegraben haben. Bald besteht Franken nur noch aus Kanälen und Kanalresten, wenn sie so weitermachen.«

»Geht jetzt nicht mehr. Da bauen sie jetzt den Frankenschnellweg drauf, auf König Ludwigs Kanal, die Autobahn 73. Wenn unser König das wüsste!«, bemerkte Fritz.

Alle lachten. Dann war es still, jeder schlürfte seinen Kaffee, eine Packung Kekse wurde herumgereicht.

»Wann – glaubt ihr – werden sie die europäische Hauptwasserscheide überwinden? Die Scheitelhaltung?«, fragte Magdalena, um auch etwas beizutragen zum Gespräch.

»Das ist eine gute Frage«, bemerkte Hartmut. »Spannend wird auch sein, ob das so funktioniert, wie sie sich das vorstellen. Man macht das ja nicht alle Tage, Wasserscheiden überwinden. Aber … sie wollen in fünf, sechs Jahren in Nürnberg sein. Und von dort aus … und es dauert ohnehin immer alles länger, als sie ankündigen. Vielleicht in zehn Jahren? Können aber auch gut fünfzehn werden, wenn ihr mich fragt.«

Magdalena staunte. Das waren Dimensionen. In zehn Jahren wäre sie schon fünfundzwanzig. Und dann sollte der Kanal vielleicht immer noch nicht fertig sein?

Anton nickte. »Man darf nicht vergessen, das ist ein Jahrtausendprojekt. Da gibt es so viele Unwägbarkeiten. Es besteht immer noch die Wahrscheinlichkeit, dass er nie fertig wird, glaube ich. Auch wenn die Bayerische Staatsregierung das Gegenteil behauptet.«

»Und dann haben wir wirklich überall Kanalleichen hier…«, sagte Gabriele und nahm sich noch einen Keks.

Als sie wieder am Reißbrett stand, dachte Magdalena über dieses gigantische Projekt nach.

Zwischen Nordsee und Schwarzem Meer gab es keine durchgehende Wasserstraße. Man kam von der Nordsee aus bis zum Main und vom Schwarzen Meer aus bis zur Donau. Dazwischen war eine Wasserscheide, und deshalb konnte es natürlicherweise keinen Fluss geben, der von der Donau zum Main floss oder umgekehrt. Daher mündete die Schwäbische Rezat in ihrem Heimatort Georgensgmünd in die Rednitz und über die Pegnitz in den Main bzw. in Richtung Nordsee, ebenso der Brombach und der Igelsbach. Die Altmühl aber mündete in die Donau und dann in Richtung Schwarzes Meer. Dazwischen war die Europäische Hauptwasserscheide.

Bereits Karl der Große hatte diese Herausforderung erkannt. Im achten Jahrhundert. Magdalena machte eine Schraffur am Widerlager. Manchen Theorien zufolge war der Kanal von Karl dem Großen sogar fertiggestellt worden. Eine Aneinanderreihung vieler Weiher, so glaubte die Wissenschaft, war die Wasserstraße Karls des Großen gewesen. Magdalena konnte nicht so recht glauben, dass der Karlsgraben vollendet worden war.

Und dann kam König Ludwig. Nicht sofort nach Karl dem Großen natürlich, sondern tausend Jahre später. Der hatte in seiner Amtszeit auch einen Kanal bauen lassen. Immerhin hatte er gleich am Tag seiner Thronbesteigung damit anfangen lassen, erzählt man sich. Hundertsiebzig Kilometer lang! Das war erstaunlich. Und nur zehn Jahre hatten sie damals an diesem Mammutprojekt gearbeitet und es fertiggestellt. Damals hatten Pferde die Lasten in den Schiffen gezogen, die auf Treidelwegen links und rechts des Kanalufers entlanggingen.

Magdalena hatte von Anton erfahren, dass dem Ludwig-Main-Donau-Kanal damals schon bald die Eisenbahn Konkurrenz gemacht hatte. Sie war schneller und konnte mehr Güter transportieren. Der Ludwigskanal war weder besonders breit noch besonders tief und die Geschwindigkeit, mit der man Lasten transportieren konnte, sehr niedrig. Und so war die Eisenbahn einfach effizienter geworden.

Am Main-Donau-Kanal der Gegenwart – oder am künftigen Europakanal – waren sie inklusive Planung schon seit gut fünfzehn Jahren dran. Und sie hatten jetzt, in fünf Jahren Bauzeit, gerade einmal fünfzehn von einhundertsiebzig Kilometern geschafft.

Magdalena fragte sich auch, ob der Kanal je fertig werden würde. Ihr fiel es ohnehin sehr schwer, an die Zukunft zu denken. Sie war gerade einmal fünfzehn Jahre auf der Welt! Und noch vor zwanzig Jahren hatte ein so schlimmer Krieg getobt, den Deutschland und die ganze Welt hoffentlich nie wieder erleben würde, aber wer wusste das schon im Voraus? Und in zwanzig Jahren – würde da der Kanal fertig sein? Würde die Welt, die sie kannte, in zwanzig Jahren überhaupt noch existieren? Wie lange würde das aktuelle Wirtschaftswunder anhalten? Was würde sich alles verändern?

Sie nahm ihr Geodreieck und blickte in ihr Vorlagenbuch. Das Widerlager war schon fast fertig. Stimmte auch alles? Die Maße, die Winkel? Magdalena maß nach. Perfektion bis in die kleinsten Details, das war ganz wichtig beim technischen Zeichnen.

Da wurde geklopft und Anton und Hartmut kamen herein, die gerade Dienstbesprechung hatten.

Hartmut trug einen dicken Briefumschlag und einen noch dickeren Ordner. Für Magdalena sah es aus wie ein neuer Auftrag.

Aber irgendetwas war anders als sonst, das sah Magdalena den beiden an.

»Können wir dich kurz stören?«, fragte Hartmut.

»Na klar«, antwortete Magdalena und folgte den beiden zum Besprechungstisch in Hartmuts Büro.

»Die Balkenbrücke ist bald fertig?«, fragte Hartmut.

Magdalena nickte eifrig mit dem Kopf. »Ja. Nur noch das zweite Widerlager.«

Die beiden nickten.

»Gut, gut«, sagte Hartmut nur. »Wir haben nämlich einen neuen Auftrag. Einen …«

» …Spezialfall«, ergänzte Anton.

Magdalena rutschte ungeduldig auf dem Stuhl herum.

Hartmut holte tief Luft und fuhr mit dem Finger auf dem Briefumschlag herum.

»Ist vom Wasserwirtschaftsamt Weißenburg«, erklärte er.

»Die haben nämlich zu wenig Zeichner und Ingenieure im eigenen Haus.« Anton rückte seinen Stuhl zurecht.

»Und – es hat mit dem Kanal zu tun. Also, eher indirekt.«

»So einen spannenden Auftrag hatten wir noch nie!«

Magdalena sah nur fragend Anton und ihren Chef an. Hartmut räusperte sich.

»Du hast vielleicht schon von der Idee gehört, Wasser von der Donau in Richtung Regnitz und Main zu bringen. Die Industrie in Nürnberg, Fürth und Erlangen ist zwar erfolgreich, aber sie haben viel weniger Wasser als der Süden Bayerns.«

Magdalena nickte. Von diesem Problem hatte sie gehört.

»Dafür will man den Kanal nutzen«, sagte sie.

Hartmut nickte. »Genau. Der Kanal ist dafür ein idealer Transportweg. Es gibt schon Überlegungen, wie das funktionieren könnte. Sie haben einen Wasserbedarf von unglaublichen 150 Millionen Kubikmetern veranschlagt. Im Jahr! Dafür haben sie einen Speichersee neben dem Kanal angedacht. Einen Stausee, der die Schwankungen des Wasserspiegels auffangen kann.«

»In der Nähe von Roth«, sagte Anton.

»Das ist aber nicht das Einzige«, führte Hartmut seine Erläuterungen fort. »Die bayerische Staatsregierung möchte sozusagen zwei Fliegen mit einer Klappe schlagen. Das zweite Problem ist das Altmühl-Hochwasser. Darüber haben wir ja letztens gesprochen.«

Magdalena nickte wieder.

»Es gibt die Idee«, erklärte Hartmut und zog einen Stapel Papier aus dem Briefumschlag, »das Wasser aus der Altmühl über einen Stausee und über die Hauptwasserscheide weiter in die Flüsse Schwäbische Rezat und Rednitz zu leiten. Eine neue Talsperre. Erste Überlegungen dazu haben uns die Kollegen vom Wasserwirtschaftsamt Weißenburg bereits geschickt. Wir sollen das jetzt ausarbeiten.«

Hartmut zeigte Magdalena und Anton eine Skizze, auf der mehrere Seen erkennbar waren. Außen herum konnte sie die Ortsnamen von Ornbau und Gunzenhausen entziffern. Das Projekt befand sich also nahe ihrer Heimat. Sie wurde ganz aufgeregt. Das war bestimmt ein spannendes Projekt!

Aber Hartmut dämpfte ihre Vorfreude sogleich.

»Ich finde das alles ja einen Schmarrn. Mehr als dreißig Millionen Kubikmeter Wasser kannst du mit so einer Maßnahme nicht umleiten. Sollen sie lieber den Kanal gescheit ausbauen. Das verschlingt doch nur Unmengen an Geld und bringt technische Probleme in der Umsetzung«. Er blickte skeptisch auf die Skizze.

»Aber die Bauern an der Altmühl könnten trockenere Felder echt gebrauchen!«, bemerkte Anton.

Hartmut sah Anton an. »Meinst du, die bayerische Staatsregierung interessiert sich für die armen Bauern im Altmühltal? Doch nie im Leben. Und weißt du, nur für trockenere Felder… das ist völliger Humbug, wenn du mich fragst. Die sind langsam größenwahnsinnig geworden. Die komplette Landschaft umzubauen. Der Kanal, das hab ich ja jetzt kapiert, die ganzen Autobahnen, daran verdienen wir unser Geld, irgendwann, wenn die ganzen Ausgaben für den Infrastrukturausbau mal reingeholt sind, aber irgendwann hört der Spaß auch auf. Wir werden Mittelfranken ja ansonsten bald kaum mehr wiedererkennen!«

Er blickte kopfschüttelnd auf die Skizze und rieb sich mit einem Stofftaschentuch den Schweiß von der Stirn.

»Und schaut euch doch mal das Altmühltal an. Da einen Stausee einzuplanen, das ist doch verrückt. Das ist ein unglaublich breites Kastental. Wenn die das alles überschwemmen wollen, dann überschwemmen sie viele Dörfer gleich mit. Und noch dazu die Staumauer, die es bräuchte! Die müsste ja ewig lang sein, um das ganze Tal gegen die Wassermassen abzusichern.«

Anton nickte. »Mir ist schon klar, dass wir bei diesem Auftrag komplett für die Schublade planen", seufzte er und sah Magdalena entschuldigend an.

Hartmut grinste jetzt.

»Aber«, sagte er, holte tief Luft und sah beiden abwechselnd tief in die Augen, »es ist ein unglaublich guter Auftrag für uns. Wir kriegen ordentlich Geld, haben Zeit, und Magdalena kann sich sehr gut dabei verwirklichen und weiterentwickeln, da bin ich mir sicher. Und viel dabei lernen. Wir wollen uns ja auch für den Stausee am Main-Donau-Kanal bewerben.«

Hartmut nickte und ergänzte, zu Magdalena gewandt: »Eine Sonderzahlung kann ich mir auch vorstellen, wenn du gute Arbeit leistest. Vielleicht können wir sogar deine Ausbildung verkürzen.«

Magdalena sah auf die Karte. Sie hatte Lust auf den Auftrag. Ihr war es tatsächlich egal, ob das am Ende in der Schublade landen würde oder nicht. Hauptsache, es machte Spaß. Und Hauptsache, sie lernte etwas.

»Ja«, sagte sie daher, »ich bin dabei.«

DIE ERSTEN SCHMETTERLINGE

Magdalena sah in den Spiegel. Sie hatte so viele Pickel, einfach furchtbar. Ihre Mutter sagte immer, das sei nach der Pubertät alles vorbei und sie würde wieder wunderbar reine Haut haben. Aber was brachte ihr das jetzt? Das konnte ja noch Jahre dauern!

Seufzend schminkte sie darüber, um alles zu verdecken, und kämmte ihre langen, dünnen dunkelblonden Haare. Es war ein heißer Tag in diesem Spätsommer des Jahres 1964, und Magdalena trug ihr neues, rot gepunktetes Kleid. Dazu eine rote Perlenkette und rote Perlenohrringe. Der Lippenstift genauso rot. Sie gefiel sich ganz gut. Bis auf die Pickel.

Auf dem Weg nach draußen lief ihr Moritz über den Weg. Der prustete laut los, als er sie sah.

»Wie siehst du denn aus! Wie auf dem Fasching! Damit die Männer dir schön hinterherlaufen!«

»Auf jeden Fall besser als du!« Moritz trug eine ausgewaschene Cordhose mit Loch und ein viel zu großes, ausgebeultes kurzes Hemd. Seine dunkelbraunen Locken hingen strähnig zur Seite, am Wochenende wusch er sie nur ungern.

Moritz zuckte mit den Schultern und verschwand hinter seiner Zimmertür.

Magdalena zog ihre Schuhe an, nahm sich die Jeansjacke und stellte sich vor die Tür. Nach ein paar Minuten kam Greta mit ihrem Mofa angebraust. Magdalena bemerkte Gretas von der Arbeit gegerbte Hände und ihre stark gebräunte, ledrige Haut. Ganz anders als ihre feine Blässe. Sie würden sich jetzt sehr verändern, Greta als Bäuerin, Magdalena als Zeichnerin. Greta trug einen grünen Rock und ein weißes Oberteil und hatte ihre langen, braunen Haare zu französischen Zöpfen geflochten. Ihre Schuhe waren flach, und weil sie ohnehin sehr unterschiedlich groß waren, musste sich Magdalena schon fast zu ihrer Freundin hinunterbeugen beim Umarmen.

Sie brausten zum Bahnhof.

»Weißt du überhaupt, wer alles kommt?«, fragte Magdalena.

»Heike und Lieselotte kommen auf jeden Fall, und der Jürgen und der Joseph kommen auch. Ansonsten kommt noch, exklusiv für dich, Winnie.«

Magdalena stampfte mit dem Fuß auf. »Winnie? Hättest du mir das nicht früher sagen können?« Ihr Herz raste, gleichzeitig zwang es sie, dies nicht zu tun. »Aber, der ist doch in Nürnberg? Das ist doch furchtbar weit!«

»Ja, er hat wohl mitbekommen, dass du kommst«, sagte Greta und tätschelte Magdalena die Schulter. »Und da hat er alles dafür getan, auch zu kommen.« Winnie machte eine Lehre bei der Zeitung in Nürnberg.

»Dann… bleibe ich lieber da.«, stammelte Magdalena. Sie wollte Winnie nicht an diesem Abend begegnen. Nicht vor all den anderen Leuten. Winnie schielte sie immer so an, und das wussten ja alle. Wie peinlich! Das war in der Schule schon so gewesen. Und da hatte sie sich kein bisschen für Jungen interessiert. Magdalena sah zur Treppe der Bahnsteigunterführung.

»Ach, komm jetzt mit. Mach nicht so rum. Du hast es mir versprochen, dass du heute mitkommst!«

Magdalena nickte nur. Natürlich hielt sie, was sie versprochen hatte.

Sie fuhren nach Gunzenhausen, einer Kleinstadt an der Altmühl. Der Bahnhof war im Krieg zerstört geworden, aber die Altstadt war noch schön. Und die Kerwa immer einen Besuch wert.

Sie trafen sich vorm Bahnhofsgebäude. Es war eine große Wiedersehensfreude, gerade Jürgen und Winnie, die jetzt in Nürnberg wohnten, sah man nicht mehr so oft an den Wochenenden. Klar, so eine Großstadt hatte ja auch viel mehr zu bieten.

Als Winnie Magdalena begrüßte, pochte ihr Herz bis zum Hals. Warum konnte sich ihr Körper jetzt gerade nicht normal verhalten?

Sie hatte ihn jetzt schon über ein Jahr nicht mehr gesehen. Also, genau gesagt, hatte sie Winnie noch nie so lange am Stück nicht gesehen, seitdem sie ihn kannte. Er sah so viel… erwachsener aus. Sein schmales Gesicht wirkte kantiger als früher, seine Frisur war ordentlich und die störrischen rötlich-braunen Haare standen nicht mehr in alle Richtungen ab. Allem Anschein nach rasierte er sich jetzt auch, denn er hatte im Gesicht leichte Stoppel. Er trug eine helle Jeans und eine Art Holzfällerhemd dazu, was Magdalena sehr gefiel. Sie erwischte sich dabei, wie sie dachte: Hoffentlich gefalle ich ihm auch. Schnell wandte sie sich ab.

Auf der Kerwa war viel los. Es gab Schießbuden, man konnte Lose kaufen, Glücksräder drehen und Buden für Speisen und Getränke. Doch die größte Attraktion war eine Schiffschaukel.

»Wer hat Lust auf Schiffschaukel?«, fragte Greta in die Runde, nachdem sie alle ihre Zuckerwatte aufgegessen hatten.

»Gute Idee«, rief Heike.

Magdalena sah Greta an. Schon beim Anblick der Schiffschaukel krampfte Magdalenas Magen sich zusammen. Sie hatte Höhenangst. Unheimliche Höhenangst.

»Also, ich bleibe lieber unten.«

Jürgen und Sepp waren schon losgegangen, um Tickets zu kaufen.

»Ich auch«, sagte Winnie. »Ich bleibe auch unten.«

Greta nickte, zwinkerte Magdalena zu und ging mit Heike los, Jürgen und Sepp hinterher.

Und so blieben Winnie und Magdalena zurück.

Wortlos standen sie nebeneinander. Er sieht wirklich gut aus, dachte Magdalena. In ihr kribbelte es. Das erste Mal in ihrem Leben. Sie konnte das Gefühl nicht einordnen. Brachte kein Wort aus dem Mund. War sauer auf sich, dass sie sich nicht einfach ganz normal fühlen konnte an diesem Abend.

Das Schweigen zwischen ihnen beiden gefiel ihr nicht.

»Wie… wie ist deine Ausbildung?«, fragte Magdalena daher.

»Super«, sagte Winnie. »Bei der Zeitung sind alle total nett. Und ich weiß immer schon am Abend vorher, was morgen drinstehen wird! Und in Nürnberg ist immer viel los und keiner beobachtet einen vom Vorhang aus und tratscht alles im ganzen Dorf herum.«

Magdalena nickte nur, hörte aber gar nicht richtig hin.

»Und bei dir?«, fragte Winnie.

Magdalena zuckte mit den Schultern. »Ganz gut. Die Tage gehen schnell rum.«

Sie sah wieder zur Schiffschaukel, wo Heike und Greta gerade einstiegen.

»Wie geht's der Kastanienmühle?«, Winnie war sichtlich darum bemüht, ein Gespräch in Gang zu halten.

»Gut«, sagte Magdalena. Winnie war bei ihrem letzten Geburtstag dort, sie hatte damals fast die ganze Klasse auf die Kastanienmühle eingeladen. Es war eine schöne Feier gewesen, aber Winnie hatte sie etwas gestört. Sie hatte sich von ihm immer so angestarrt gefühlt.

»Wie geht's den Altenmuhrer Kühen?«, fragte Magdalena dann zurück, weil sie sich doch etwas einsilbig vorkam. Winnies Onkel und seine Großeltern hatten eine Landwirtschaft in Altenmuhr, etwa fünf Kilometer nordwestlich von Gunzenhausen entfernt. Winnie zuckte mit den Schultern.

»Geht so. Die hatten letztes Jahr wieder so schlimme Überschwemmungen, das ganze Heu ist verschimmelt, im Winter mussten sie Unmengen zukaufen. Sie haben zehn Kühe schlachten lassen, um wieder an Geld zu kommen und um wenigstens die anderen Kühe durch den Winter zu bringen. Hoffentlich wird es dieses Jahr besser. Sonst können sie den Laden bald hinschmeißen. Überall sonst gibt eine Kuh mehr Milch als je zuvor, die züchten immer bessere Hochleistungstiere heran und wissen genau, was so eine Kuh fressen muss für viel Milch, und Onkel Eddi muss Kühe schlachten.«

Er seufzte.

Magdalena beobachtete Heike und Greta, wie sie juchzend hin- und her schaukelten. Dann sah sie wieder zu Winnie und spürte wieder das Kribbeln. Das konnte doch nicht wahr sein. Sie hatte doch nichts Besonderes gegessen. Außer vielleicht Zuckerwatte.

»Aber, weißt du, was ich gehört habe?«, fragte Winnie. »Sie überlegen, einen See zu bauen. Damit die Altmühlauen nicht mehr so oft überschwemmt werden. Stell dir vor, ein See! Ich glaube es ja nicht, so was kommt niemals, aber das wäre so erstaunlich…«

Magdalena dachte an ihr Reißbrett im Büro in Weißenburg und sagte nichts.

Sie standen da und sahen Jürgen, Sepp, Heike, Lieselotte und Greta beim Schaukeln zu.

»Magdalena – wann warst du das letzte Mal in Nürnberg?«, fragte Winnie und sah sie einladend an.

EIN WEIHNACHTSMÄRCHEN

Die Tage gingen ins Land. Die Wochen verstrichen. Die Blätter der Laubbäume verfärbten sich rot, segelten zu Boden, es wurde dunkler und kälter. Der Advent kam und erhellte die dunkle Jahreszeit. Schließlich war es Weihnachten. Den ersten Weihnachtsfeiertag verbrachten die Familien Meierhofer, Schwarzmüller, Walther und Rupp im Jahr 1964 – wie fast jedes Jahr – auf der Kastanienmühle. Magdalena mochte fast alles daran. Und dieses war ein besonders schönes Jahr, besonders weihnachtlich, denn es lag ein wenig Schnee. Nicht genug zum Schlitten fahren, aber ausreichend für den Bau eines kleinen Schneemanns, zu Füßen der großen Kastanie. Moritz, Kerstin, Karl, Friedrich und der kleine Ludwig halfen dabei. Franz fühlte sich schon zu alt für solche Kinderspäße und war bereits nach drinnen zu den Erwachsenen gegangen. Die anderen hatten ihren Spaß, besonders der kleine Ludwig, der juchzte, als Kerstin dem Schneemann kleine Steinchen als Augen verpasste. Aber mit Moritz und Karl war es natürlich schwierig, den Schneemann fertigzustellen, denn der Bau endete in einer heftigen Schneeballschlacht. Bald waren sie alle kreischend mit dabei, sogar Kerstin, obwohl sie keine Handschuhe anhatte. Der kleine Ludwig rannte lachend kreuz und quer.

Bald verschanzte sich Moritz hinter der Scheune, um für seinen nächsten Angriff noch ausreichend verbleibenden Schnee zusammenkratzen zu können. Doch Magdalena hatte ihn sofort durchschaut. Sie formte einen besonders großen Schneeball, versteckte sich hinter der Kastanie und wartete auf Moritz' Attacke.

»Kinder! Es gibt Essen!«

Mutter Rosmarie erschien in der Tür und schaute verwundert nach links und nach rechts. Sie konnte gerade keines der Kinder sehen, nur einen kleinen, unfertigen Schneemann, der zwei Augen hatte, aber keinen Mund und keine Nase.

»Wo seid ihr denn hin?«, rief sie verwundert und stemmte die Hände in die Hüften. »Jetzt hört auf, euch zu verstecken. Es ist

Weihnachten, nicht Ostern!«, schimpfte sie dann.

Manchmal verstand die Mutter einfach keinen Spaß.

Magdalena folgte den anderen ins Wohnhaus der Kastanienmühle. Im Wohn- und Esszimmer von Tante Paula und Onkel Erwin roch es intensiv nach Gans und Rotkohl.

Während Tante Paula, Hannelore und Rosmarie den Tisch eindeckten, Onkel Erwin mit den Getränken seine Runde drehte und der kleine Ludwig munter vor sich hinplapperte, begutachtete Magdalena den Weihnachtsbaum. Rote und silberne Kugeln, Strohsterne und flackernde Kerzen. Magdalena saugte den sanften, beruhigenden Kiefergeruch ein und sah den Kerzen beim Flackern zu. Es war so schön. So weihnachtlich. Unter dem Baum stand eine kleine Holzkrippe mit Maria und Joseph, Ochs und Esel und in der Krippe das Jesuskind.

Und im Anblick des Kerzenlichts schweiften ihre Gedanken ab, dahin, wo sie die letzten Wochen immer wieder umherkreisten.

Zu Winnie.

Seit August hatte Magdalena es nicht fertiggebracht, seine Einladung nach Nürnberg anzunehmen. Sie hatte es nicht einmal geschafft, ihm einen Brief zu schreiben, obwohl sie seine Adresse hatte, oder am Wochenende bei seinen Eltern in Georgensgmünd vorbeizuschauen, ob er da war. Telefoniert hatten sie auch nicht. Obwohl sie fast täglich an ihn dachte. Und wie sie an ihn dachte! An seine Nähe, an seinen Körper. Völlig verrückt. Sie wollte eigentlich nicht an ihn denken. Aber sie konnte es irgendwie auch nicht verhindern. Sie verstand sich selbst nicht mehr. Früher, in der Schule, war er ihr völlig egal gewesen, er hatte sie sogar genervt mit seinem Jungsgehabe, wie die anderen Jungs auch.

Manchmal überlegte Magdalena, ob sie ihn anrufen sollte; und kam sich dann total blöd vor. Worüber sollten sie reden? Und was würden ihre Eltern oder Moritz denken, wenn sie dastand und mit Winnie telefonierte? Die konnten ja alles mithören. Wenn sie zu Hause war, war eigentlich immer jemand anderes auch da. Und was würden ihre Eltern sagen, wenn sie am Wochenende nach Nürnberg fuhr? Sie hatte ihnen gegenüber immer bekräftigt, dass sie von Nürnberg nichts hielt. Viel zu voll, viel zu viele Menschen und viel zu wenige Felder und Wiesen. Aber Winnie… seit einigen Wochen träumte sie nachts von ihm. Und je öfter sie an ihn dachte und von ihm träumte, desto mehr…

»Magdalena, kommst du?«, rief die Mutter Rosmarie.

»Magdalena träumt schon wieder. Vom Christkind, das ihr die ganzen Geschenke gebracht hat«, bemerkte Moritz und kicherte. Franz, Friedrich und Karl kicherten auch. Kerstin hatte ihren kleinen Bruder Ludwig auf den Schoß genommen. Erwartungsvoll hielt er seinen Löffel in der Hand.

»Gar nicht«, entgegnete Magdalena, warf ihrem Bruder einen strafenden Blick zu und setzte sich an ihren Platz.

Wenig später saß die ganze Familie um den gedeckten und weihnachtlich dekorierten Tisch herum, sie aßen Gans, Kloß und Rotkohl und unterhielten sich.

Im Mittelpunkt stand wieder einmal das Gymnasium von Moritz. Moritz´ Versetzung war gefährdet, und die Familie überlegte, wie er das Schuljahr schaffen sollte. Magdalena fand, dass Moritz selbst an seiner Misere schuld war. Es würde reichen, wenn er einfach mal ab und zu am Nachmittag ein Schulbuch länger als eine halbe Stunde aufschlagen würde. Und wozu brauchte Moritz überhaupt das Abitur, wenn er ohnehin die Mühle übernehmen wollte? Es gab weit und breit keinen Müller mit Abitur. Aber sie sagte nichts und ertränkte lieber ihren Kartoffelkloß in brauner Bratensoße, während die anderen in Gespräche vertieft waren.

»Und, woran arbeitest du gerade?«, fragte Tante Paula nach einiger Zeit, um das Gespräch auf Magdalena zu lenken.

Magdalena schluckte hinunter und antwortete: »Woran ich arbeite … an … Brücken. Da bin ich schon ziemlich gut drin. Und an Grundwasserwannen.«

»Wie bitte?«, ertönte es im Chor. Jetzt sahen alle zu Magdalena hinüber.

»Ach, das könnt ihr nicht wissen… Grundwasserwannen, das sind … Unterführungen. Von Straßen, Wegen, und Gleisen. Quasi das Gegenteil von einer Brücke.«

»Warum heißt das Grundbadewanne?«, fragte Onkel Erwin verdutzt.

»Grundwasserwanne«, verbesserten ihn Magdalena, Mutter Rosmarie und Vater Wolfram im Chor.

»Badewanne, Wasserwanne!«, riefen Karl, Moritz und Kerstin und kicherten.

Magdalena grinste, stolz, etwas erklären zu können. »Das heißt Grundwasserwanne, weil man in den Grundwasserbereich kommt, wenn man so was baut, und alles so abdichten muss, dass das Grundwasser nicht in das Bauwerk … also die Unterführung eindringt.«

»Fräulein Neunmalklug weiß, was eine Grundwasserwanne ist«, äffte Moritz.

»Sei doch mal still!«, sagte die Mutter Rosmarie.

»Gefällt es dir?«, fragte Tante Paula.

Magdalena nickte.

»Erzähle doch noch von dem verrückten Projekt«, bat Wolfram. »Du hast doch noch eines.«

Ja, da hatte der Vater recht. Sie hatte auch noch ein verrücktes Projekt, auch wenn sie in den letzten Monaten noch nicht dazu gekommen waren, daran zu arbeiten. Die anderen Aufträge waren immer wichtiger gewesen. Eigentlich hatten Anton und sie noch nicht einmal den Auftrag komplett durchgelesen, und Hartmut hatte schon angemerkt, dass sie mehr dafür tun sollten.

»Warum verrückt?«, fragten Tante Paula und Onkel Erwin in die Runde.

Jetzt musste Magdalena wohl davon erzählen.

»Eine Seenlandschaft planen wir auch noch. Aber wir haben da oft nicht die Zeit dafür. Und es wird ja eh nie kommen.«

Tante Paula und Onkel Erwin sahen sie ungläubig an.

»Eine Seenlandschaft? Wie bitte?«, riefen sie im Chor.

»Wo soll das denn bitte schön sein?«, fragte Onkel Erwin.

»Wollt ihr dem bayerischen Oberland Konkurrenz machen?«, ergänzte Tante Paula.

»Sind die Seen dann für Wasserkraftwerke? Wo soll denn da

die Energie herkommen? Wir sind ja schon froh, dass sich unsere Mühlräder drehen! Bei unseren trägen Flüssen und Bächen hier!«, warf Onkel Erwin ein.

»Bei München unten, da haben sie so einen großen Speichersee. Mit fünf Wasserkraftwerken…«, begann Onkel Horst zu erzählen. Als Polizist hatte er schon einige Zeit in München verbracht.

Magdalena seufzte innerlich. Genauso hatten ihre Eltern auch reagiert. Und Greta. Sie wiederholte also, was sie schon mehrmals erzählt hatte.

»Wir haben den Auftrag bekommen, zu prüfen, ob man mit einem See vielleicht das ganze Hochwasser im Altmühltal in Zukunft verhindern kann«, erklärte sie.

»Mit einem See? Hochwasser verhindern mit einem See?«, fragte Onkel Hans ungläubig.

»Jetzt lass sie doch mal ausreden«, wies Oma Augustine ihren Schwiegersohn zurecht.

»Ihr habt richtig verstanden.« Magdalena zuckte mit den Schultern und nahm sich Rotkohl nach. Aber Tante und Onkel ließen nicht locker.

»Ich habe gelernt, Hochwasser verhindert man mit Deichen und Poldern. Von einem See habe ich nie was gehört.«, sagte Tante Paula.

»Das habe ich auch gelernt!«, warf Moritz ein. »In Erdkunde. In der sechsten Klasse war das.«

Na, daran erinnerte er sich wenigstens noch.

Vater Wolfram wischte sich mit seiner Serviette den Mund ab. »Naja, in einen See passt mehr Wasser als in einen Fluss. Also macht es für mich durchaus Sinn, einen See zu bauen, um Hochwasser zu verhindern. Im See hat das zusätzliche Wasser Platz.«

»Geht dann die Altmühl durch den See durch?«, fragte Tante Christa nachdenklich. »Wir waren ja vor ein paar Jahren mal am Bodensee. Der Rhein fließt da auch durch den See hindurch. Vorne in Österreich rein, hinten in Konstanz wieder raus. Und heißt trotzdem noch Rhein. Das könnten wir ja hier auch so machen.«

Magdalena schüttelte den Kopf. »Nein, man würde dafür Wasser in einen Kanal abzweigen und…«

Aber sie wurde schon von Onkel Horst unterbrochen.

»Das ist ja verrückt. Das kann ich mir nicht vorstellen. Die werden doch nicht so viel ausgeben, um das bisschen Hochwasser zu vermeiden. Dann wollen ja alle einen See, die viel Hochwasser haben. Und Hochwasser gibt's genug in Bayern! Nicht nur im Altmühltal.«

»Naja, aber den Kanal bauen sie jetzt ja schließlich auch…«, gab Tante Christa zu bedenken.

»Wobei sie wahrscheinlich nie fertig werden damit, bei denen ihrem Schneckentempo«, bemerkte Onkel Johann spöttisch.

»Vielleicht schon. Aber ich werde das wohl nicht mehr erleben«, bemerkte Oma Augustine.

Mutter Rosmarie erklärte: »Magdalena hat Wolfram und mir gesagt, dass die Planung für die Schublade ist.«

»Ist sie auch«, sagte Magdalena.

Tante Paula, die sich gerade ein Stück Kloß zum Mund geführt hatte, hielt inne.

»Für die Schublade? Was soll denn das? Magdalena, seit wann planst du für die Schublade?«

»Ach, in diesen Büros wird doch so viel sinnloses Zeug gemacht«, sagte Onkel Hans, der Bauer aus Langlau.

Magdalena antwortete, bevor Moritz zu einem fiesen Kommentar ansetzen konnte.

»Keine Sorge, Tante Paula. Meine erste Brücke wird schon gebaut. Und die B2-Unterführung bestimmt auch. Die Seenlandschaft ist das einzige Fantasiegebilde, mit dem ich mich befasse. Eine Utopie sozusagen. Ich muss mich ja noch ausprobieren, und wenn etwas nie gebaut wird, ist es wohl nicht so schlimm, wenn ich in der Statik oder so einen Fehler reinplane.«

Alle prusteten los.

»Fantasiegebilde!«

»Utopie!«

»Seenlandschaft!«

»Sollen sie erst einmal beim Kanal voranmachen!«

Und der kleine Ludwig fragte leise: »Kerstin, was ist denn so ein Kanal?«

Sie aßen weiter, völlig unbeschwert, in fröhlicher Weihnachtsstimmung. Magdalena war sehr froh darüber. Sie fragte sich, wie es wohl wäre, Winnie das alles zu erzählen. Würde er ruhiger reagieren? Würde sie ihm mehr anvertrauen von dem, was lief? Würde es ihn überhaupt interessieren?

Sie hatte das Gefühl, dass sie ihn vermisste. Dass sie einen Winnie vermisste, den sie vor einem Jahr noch nicht hatte leiden können.

DAS INGENIEURBÜRO PACKT AN

»Das ist unser Plan für 1965«, verkündete Hartmut und stützte sich mit seiner linken Hand auf den Zeigestab, so dass dieser sich unter seinem Gewicht durchbog. »Die Auftragslage für das Büro Göbel und Partner ist gut, nach wie vor. Die Wirtschaft brummt. Straßen werden in Bayern gebaut wie Sand am Meer und jede Straße braucht ihre Bauwerke. Und die planen wir. Und die Kunden wissen, dass wir sie gut planen! Ach, wer hätte das vor zwanzig Jahren noch gedacht, als Deutschland in Schutt und Asche lag!«

Er strahlte übers ganze Gesicht. Sein Stolz war nicht zu überhören und nicht zu übersehen. Hartmut schien sich gut ausgeruht zu haben in seinem Weihnachtsurlaub. Seinem Bierbauch schien der Urlaub auch gut getan zu haben. Er wölbte sich deutlich mehr als noch vor Weihnachten. Was Winnie dagegen für eine schöne, schmale Figur hatte!

Winnie. Als sie und die Mutter sich am Silvesterabend Vorsätze fürs neue Jahr gemacht hatten, hatte Magdalena ihren echten Vorsatz verschwiegen. Sie wollte Winnie treffen. Ihn anrufen. Seit Neujahr versuchte sie jeden Tag einen Moment abzupassen, an dem sie ihn ungestört anrufen konnte. Bis jetzt hatte sie es nicht geschafft.

Hartmut riss sie aus ihren Gedanken.

»Und bei einem anderen Projekt müssen wir jetzt auch Gas geben. Besonders Anton, Magdalena und ich. Das Wasserwirtschaftsamt Weißenburg möchte spätestens im Juli Ergebnisse sehen. Das ist das Einzige, das im letzten Jahr nicht ganz so gut gelaufen ist… wir haben es etwas hängen lassen, wenn ich es mal so sagen darf.«

Magdalena schreckte auf. »Was? Im Juli?«, fragte sie erschrocken.

Hartmut nickte. »Ja, da werden wir uns ranhalten müssen. Wir werden uns die nächsten Wochen voll und ganz auf die Seen konzentrieren müssen. Fritz und Konrad werden die anderen Dinge erledigen. Aber wir schaffen das!«

»Na, gut, dass ich mir meinen Urlaub immer erst an Pfingsten nehme«, seufzte Konrad, »Da brummst du uns ganz schön was auf, Hartmut.«

Hartmut sah Konrad an. »Ihr schafft das schon. Ich werde bei den Auftraggebern um Verlängerung bitten, wenn es euch zu knapp wird. Die wissen ja, wir liefern qualitativ hochwertige Arbeit ab. Die werden uns schon nicht abspringen. Nur, Magdalena, Anton und ich werden bis Juli mit der Seenlandschaft voll ausgelastet sein. Nur, dass ihr es wisst. Wir werden keine Zeit für andere Sperenzchen haben.«

Magdalena starrte auf ihren Füller. Von nun an würde sie sich also wochenlang mit einer Schubladen-Planung befassen. Sie fragte sich, ob das ihrer Motivation einen Abbruch tun würde. Das Wissen, dass die von ihr geplanten Bauwerke einmal gebaut würden, Jahrzehnte die Landschaft prägen und Tausende von Menschen und Güter von einem Ort zum anderen Ort bringen würden, machte sie sehr stolz.

Wie war es mit der Konstruktion eines Bauwerkes, das nie kommen würde?

Nach der Besprechung machten sie sich sogleich an die Arbeit. Hartmut, Anton und Magdalena setzten sich zusammen an den großen, runden Tisch in Hartmuts Büro und blickten in die wenigen Auftragsunterlagen, die sie bislang erhalten hatten, und die wenigen Planunterlagen, die Anton bislang erstellt hatte. Sie hatten sich vorgenommen, mehrere Varianten zu planen. Mehrere Möglichkeiten eines Sees zur Vermeidung des Altmühl-Hochwassers.

Anton sah vollkommen konzentriert auf die Unterlagen. Magdalena wusste, dass er sich in den letzten Monaten deutlich mehr damit befasst hatte als sie selbst.

»Also«, sagte Anton und zeigte mit dem Finger auf eine Karte, welche das Altmühltal darstellte, »ein See, der das gesamte Altmühltal in Anspruch nimmt, also ein klassischer Stausee, das geht meines Erachtens nach im Altmühltal nicht. Wir können nicht so viele landwirtschaftliche Flächen und Siedlungen überschwemmen. Das Tal ist viel zu breit! Das wäre verrückt. Ich habe da eine Idee, wie wir den See kleiner machen könnten als das Tal breit ist und trotzdem dem Altmühlhochwasser Einhalt gebieten könnten.«

Magdalena hörte aufmerksam zu, während Anton weitersprach.

»Man müsste einen kleineren Stausee sehr gut abdichten. Dass der ganze See nicht ausläuft in das Altmühltal. Auch nicht, wenn es lange und stark regnet. Das ist extrem flaches Gelände da. Die Stauseen in den Alpen haben da ganz andere Voraussetzungen. Und das muss ja ewig halten, sonst entsteht da eine riesige Gefahr für die Menschen. Man muss unbedingt vermeiden, dass dieser See jemals ausläuft.«

»Weil es nie gebaut wird, ist es mir ziemlich gleich, wie groß so ein See ist und ob so ein See potenziell auslaufen könnte«, bemerkte Hartmut gelassen, »und wie viele Siedlungen da betroffen sind, ist mir auch ziemlich egal, ehrlich gesagt. Für mich ist ein Stausee klassischerweise in einem Tal und wird durch eine Talsperre, also einen Staudamm, abgetrennt. Und so planen wir das auch. Ganz klassisch. Wir brauchen jetzt nicht die Welt neu zu erfinden.«

»Ich habe«, redete Anton weiter und schien Hartmuts Bemerkung gar nicht zu hören, »mir überlegt, dass man den See höher legen könnte. Mit einem Staudamm außen rum. Um den ganzen See. Einen ringförmigen Staudamm. Interessanterweise könnte der See dann sogar höher liegen als das Land außen rum. Wie eine Badewanne. Bei diesem Staudamm müsste man dann ausreichend dichtes Material verwenden. Dadurch könnte der See deutlich kleiner sein als das Altmühltal breit ist und trotzdem sehr viel Hochwasser von der Altmühl aufnehmen. Ja genau, das sollten wir uns überlegen. Das könnte eine Lösung sein.«

Er nickte, als ob er sich selbst Bestätigung für seine Idee geben wollte.

Magdalena stutzte. Das klang außergewöhnlich.

»Wie bitte?«, fragte Hartmut, »sag mal, Anton, wo gibt es denn so etwas schon? Einen Ringdamm? Bitte heb dir deine Kreativität für wichtigere Sachen auf und nicht für das hier.«

Anton zuckte nur mit den Schultern und meinte:

»Das war nur so eine Idee. Wenn ich bald merke, dass das technisch nicht umsetzbar ist, kann ich gerne mit Magdalena einen normalen Stausee planen.«

»Wegen mir«, antwortete Hartmut und schien Anton nicht wirklich zuzuhören. »Ich habe aber noch was anderes zu besprechen heute. Wir können ja später darauf zurückkommen.«

Er zog einen Brief aus einem Briefumschlag. »Das habe ich euch schon im letzten Jahr kurz gezeigt. Aber wir mussten ja die B2-Grundwasserwanne fertig kriegen. Drum habe ich euch das nur kurz und bündig formuliert. Habe das als Humbug abgetan. Ich hätte ja einfach gar nichts gemacht. Hab gedacht, im ganzen Weihnachtsradau vergessen sie das wieder. Aber die vom Wasserwirtschaftsamt haben uns jetzt nochmal geschrieben und deutlich darauf hingewiesen…«

Anton sah vom Plan auf. »Du meinst aber nicht diese verrückte Idee…«

Auch bei Magdalena läuteten jetzt die Alarmglocken. Irgendetwas hatte sie doch vor Weihnachten schon mitbekommen…und ebenfalls im ganzen Weihnachtstrubel verdrängt und fast schon vergessen…

»Doch. Die Seenlandschaft soll nicht nur Hochwasser im Altmühltal verhindern. Sie soll… das ist so verrückt, ich kann es gar nicht anders sagen. Ich kann es gar nicht begreifen. Wie einem sowas auch nur im Traum einfallen kann… Also. Sie soll ein Parallelsystem zum Kanal bilden! Einen Wasserausgleich schaffen zwischen Bayern und Franken! Das ist so verrückt, ich dachte nicht, dass…dass die da unten in München sich für uns Franken überhaupt interessieren…«

»Das gibt's doch nicht«, sagte Anton und schüttelte den Kopf. »Ich fand den Hochwassersee im Altmühltal schon…«

»Und wie viele Seen sollen das werden? Und wo sollen sie hinkommen? Gibt es da auch mehrere Varianten?«, fragte Magdalena.

Hartmut zog einen handskizzierten Plan aus dem Briefumschlag. »Die haben sehr viel Fantasie, die vom Wasserwirtschaftsamt. Erstaunlich viel Fantasie. Sie haben einfach mal in eine topographische Landeskarte im Maßstab 1:25.000 gekritzelt. Wahrscheinlich haben sie ein Spiel draus gemacht. Wer malt die meisten Seen? Der bekommt ein Bier.«

Er schüttelte den Kopf.

»Und das haben sie uns nun als Anlage zum Brief geschickt.«

Er faltete die Karte auf und legte sie auf den Besprechungstisch. Sofort waren Magdalenas und Antons Köpfe darüber gebeugt. Magdalena, die im Zeichnen deutlich besser war als im Karten lesen, versuchte erst einmal angestrengt, sich irgendwie zu orientieren. Anton kannte sich da schneller aus und schüttelte den Kopf.

»Was soll das denn?«, fragte er, »da muss man doch mindestens mehrere Varianten prüfen, ob das nun Humbug und Utopie ist oder nicht!«, rief Anton aus. »Die sollen endlich mal persönlich vorbeikommen. Wir sind in derselben Stadt! Den werde ich dann was erzählen! Wahrscheinlich trauen sie sich nicht zu kommen!«

Hartmut sah Anton streng an. »Das sind unsere Auftraggeber. Die bezahlen uns! Denen wirst du gar nichts erzählen! Da wirst du schön nett und freundlich sein. Übrigens haben sie sich tatsächlich für nächste Woche angekündigt, die Kollegen vom Wasserwirtschaftsamt. Donnerstag um zehn Uhr, tragt es euch schon einmal in eure Kalender ein.« Er griff nach der vollgekritzelten Landeskarte und drehte sie so um, dass sie für Magdalena und Anton auf dem Kopf lag und für ihn richtig herum. Dabei hatte Magdalena es gerade erst geschafft, sich grundlegend zu orientieren. Hatte Gunzenhausen entdeckt, Weißenburg, die Rezat und die Altmühl und war gerade dabei gewesen, ihren Heimatort Georgensgmünd ausfindig zu machen. Jetzt war sie wieder völlig ahnungslos und fing von vorne an mit dem Orientieren.

»Da«, sagte Hartmut, der sich natürlich gut auskannte, und

schüttelte den Kopf, »einfach mal das Brombachtal vollgekrit-
zelt. See drüber. Eine riesige Fläche. Und das Gleiche beim Igelsbachtal. Wie kommt man denn auf so etwas? Wer braucht das?
Einfach mal das Brombachtal übermalen! Die spinnen wohl!«

Das – Brombachtal?

Magdalena wäre es lieber gewesen, hätte sie den Plan nicht lesen können. Und Hartmut nicht gehört.

Aber tatsächlich, jetzt erkannte sie es: Über das Brombachtal
war eine Schraffur eingezeichnet. Auch über fast alle… Mühlen. Man konnte sie unter der Schraffur kaum noch erkennen, die
Mühlen.

Ein See. Über Mühlen. Und darunter – die Kastanienmühle.

Das konnte nicht wahr sein!

Ihr wurde schlecht. Ihr ganzer Körper zitterte. Sie hörte auf zu
atmen.

Sie versuchte sich zu beruhigen. Es war Humbug. Utopie. Es
würde nie kommen. Es würde in der Schublade landen, verstau-
ben. Jetzt erst recht. So musste es einfach sein. Es konnte gar
nicht anders sein.

Niemand im Büro wusste von ihrer Beziehung zum Brombachtal.

Es konnte nicht sein.

Es würde Varianten geben.

Der Kanal würde auch nie fertig werden.

Winnie, dachte sie. Ich werde dich heute noch anrufen. Egal, ob
Moritz mithört oder nicht. Es ist alles so verrückt. Und ich mitten-
drin. So verrückt.

Das konnte sie ihren Eltern nicht erzählen.

Das konnte sie Greta nicht erzählen.

Winnie.

Sie musste ihn baldmöglichst treffen.

Sie musste mit ihm reden.

EIN WIEDERSEHEN

Es war ein kalter, aber klarer Samstagmorgen Anfang März des Jahres 1965. Magdalena ging in ihrem Schlafanzug unruhig in die schmale Küche der Familie Meierhofer und setzte im Halbdunkeln Wasser für den Kaffee auf. Die Eltern und Moritz schliefen noch. Sie hätte auch noch lange nicht aufstehen müssen, aber sie war zu aufgeregt zum Schlafen. Heute würde sie nach Nürnberg fahren. Zu Winnie. Ihren Eltern hatte sie erklärt, sie würde in Nürnberg eine Stadtführung machen und Einkaufen gehen.

»Seit wann willst du eine Stadtführung machen? Und warum nimmst du Greta nicht mit zum Einkaufen? Du bist noch nie alleine nach Nürnberg gefahren. Und freiwillig erst recht nicht.«, hatte Mutter Rosmarie den Kopf geschüttelt. »Stell ja keine Dummheiten an!«, hatte Wolfram in einem für seine Verhältnisse ungewohnt drohendem Ton gewarnt, »Und komm früh zurück. Man weiß ja nicht, was da abends umhergeistert in dieser riesigen Stadt!«

Magdalena war sich sicher: Ihre Eltern vermuteten, dass da mehr im Gange war. Ob sie von Winnie etwas mitbekommen hatten, wusste sie nicht. Als sie mit Winnie telefoniert hatte, war sie zumindest in den ersten Minuten ungestört gewesen. Ihre Eltern und Moritz waren in anderen Räumen mit anderen Dingen beschäftigt gewesen, und Magdalena hatte sich bemüht, nicht zu laut zu sprechen. Aber eben nur ein paar Minuten, nicht genug, um alles mit Winnie zu klären, noch dazu hatte ihr Herz ja geklopft wie wild. Dann war Moritz herangesaust und hatte gerufen: »Mit wem telefonierst du? Mama, Papa, Magdalena telefoniert!«

Magdalena setzte Wasser auf, sah aus dem Fenster und dachte an dieses utopische Seenland. Vor einer Woche hatte sie Greta davon erzählt. Und vom Brombachtal. Greta hatte ihre Entrüstung über das Projekt nicht verstanden. Weil es ja sowieso sicher war, dass dorthin nie etwas kommen würde. Was störte es Magdalena dann? Sie verdiente ihr Geld, lernte etwas Neues und verkürzte ihre Ausbildung, war doch alles prima. Magdalena hatte sich selten von ihrer besten Freundin so missverstanden gefühlt. Danach hatte sie zwanghaft versucht, das Thema zu wechseln. Mit Greta Spaß zu haben, wie sonst auch.

Und jetzt stand sie montags bis freitags am Reißbrett und plante einen See, der das ganze Brombachtal mit Wasser auffüllen würde. Es widerte sie an, ob es nun eine Utopie war oder nicht. Widerwillig ging sie morgens ins Ingenieurbüro, widerwillig setzte sie sich in den Zug. Wie gern würde sie wieder Brücken zeichnen! Oder Schleusen für den Kanal!

Wie würde Winnie heute reagieren, wenn sie ihm davon erzählte?

Die ersten Sonnenstrahlen kamen durchs Fenster und verbesserten ihre Laune etwas. Heute würde sie Ablenkung und Abwechslung haben. Egal, was ihre Eltern dachten. Egal, ob Greta sich für ihre Probleme interessierte oder nicht. Egal, was Moritz sagte.

Sie schnitt sich eine Scheibe vom Frankenlaib ab und nahm sich Butter und Honig. Dann ging sie nach draußen und holte die Zeitung. Sie setzte sich hin und aß. Es war erst sieben Uhr. Erst in drei Stunden würde ihr Zug nach Nürnberg gehen. Wie sollte sie sich nur die Zeit bis dahin vertreiben? Sie war aufgeregt. Die Zeitung ließ sie einfach liegen, nicht einmal lesen wollte sie.

Sie schnitt sich noch eine zweite und eine dritte dicke Scheibe Brot ab, bis sie sich sehr, sehr satt fühlte. Die anderen schliefen immer noch. Sie beschloss, nach draußen zu gehen. Ein Spaziergang in den Rezatwiesen würde sie ablenken.

Als Magdalena nach einer Stunde entspannt und erfrischt zurückkam, war der Rest der Familie Meierhofer auf den Beinen. Vater Wolfram diskutierte mit Moritz, wann er für die nächsten Schularbeiten lernen sollte. Mutter Rosmarie stand am Telefon. Keiner merkte, dass Magdalena im Hausflur stand.

»Ja, Erwin, ich komme heute gerne vorbei und helfe euch. Sagen wir, um zwei Uhr? Muss noch einkaufen und ein paar andere Dinge erledigen«, sagte die Mutter. »Was? Magdalena? Die trifft sich heute mit jemandem in Nürnberg. Glauben wir. Sie behauptet, sie würde alleine einkaufen gehen. Und eine Stadtführung machen! Du glaubst es nicht, sie verändert sich. Schaut ständig in den Spiegel. Drückt an ihren Pickeln rum. Was, sie soll mal wieder bei der Kastanienmühle vorbeischauen? Kann ich ihr gerne weitersagen. Sie weiß doch genau, dass ihr jede helfende Hand gebrauchen könnt. Im Moment steckt sie aber mitten in der Pubertät, wenn du mich fragst.«

Wütend lauschte Magdalena. Von wegen Pubertät. Moritz war unerträglich. Sie nicht. Sie versuchte, immer lieb und nett und hilfsbereit zu sein. Scheinbar schien das die Mutter nicht zu merken. Und Moritz durfte so viel, was sie nicht durfte. Und jetzt war er wahrscheinlich noch der Mustersohn, weil er heute zum Helfen mit auf die Kastanienmühle ging, während Magdalena in der Stadt herum strawenzelte.

Die Mutter legte den Hörer auf die Gabel und lief zurück in die Küche.

»Wolfram, ich fahre nachher zu Erwin. Es gibt Arbeit auf der Mühle. Aber jetzt habe ich Hunger! Schön, dass du schon Kaffee gemacht hast.«

Magdalena stand immer noch unbemerkt von den anderen auf dem Gang und war genervt. Die Straßenschuhe hatte sie noch an. Schließlich entschloss sie sich, einfach nach drinnen zu gehen und so zu tun, als hätte sie nichts gehört, als wüsste sie von nichts. Obwohl ihr Kopf rauchte. Aber heute würde sie Winnie sehen!

Die Bahnfahrt nach Nürnberg dauerte eine gefühlte Ewigkeit. Sie klebte mit der Nase am Fenster und betrachtete die Landschaft, die an ihr vorbeirauschte. So viele Felder. So viele Wälder. So viele Wiesen. Und ab und an ein Dorf mit Bauernhöfen, Häusern und einem schmucken, die anderen Gebäude stolz überragenden Kirchturm. Diese Landschaft, sie löste eine entspannte Ruhe bei ihr aus. Doch schon bald tauchten die Tore, Türme und Hochhäuser der Großstadt Nürnberg am Fenster auf. Magdalenas Herz pochte wild beim Gedanken an Winnie. Endlich fuhr der Zug quietschend in Nürnberg am Hauptbahnhof ein. Hinter ein paar älteren Herren stieg sie aus. Das war vielleicht ein riesiger Bahnhof! Magdalena sah nach links, sah nach rechts, und sah Hunderte von Metern weit nichts als Gleise. Gleise und Züge. Schienenbusse. Riesige E-Loks. Lange Bahnsteige. Weichen. Signale, Oberleitungen. Technik über Technik, wohin das Auge nur reichte. Auf einigen Bahnsteigen standen und saßen Menschen, wartend, lesend, mit schweren Koffern und schicken Handtaschen. Wann war sie das letzte Mal in Nürnberg gewesen? Mit der Schule waren sie ein, zwei Mal dort gewesen. Aber dieses riesige Bauwerk von Hauptbahnhof hatte sie noch nie mit diesen Augen betrachtet. Wie viele technische Zeichner da wohl am Werk gewesen waren…

Schon bald kam Winnie die Treppe hochgelaufen und winkte. Magdalenas Herz fing heftig an zu pochen. Noch heftiger als sonst.

Er sah anders aus, als sie sich ihn vorgestellt hatte.

Anders, als sie ihn in Erinnerung gehabt hatte.

Aber er sah gut aus.

»Schön, dass du gekommen bist.« Winnie gab ihr zögerlich die Hand.

»Hallo, Winnie«, sagte Magdalena nur.

Ein paar ewige, lange Sekunden standen sie einfach da und sagten nichts.

Seine rotbraunen Haare waren etwas länger als beim letzten Mal, aber ordentlich gekämmt. Sein kantiges Gesicht… er sah so erwachsen aus. Er hatte edle lederne Schuhe an und trug eine Jeans, die hatten jetzt immer mehr Leute. Der weinrote Wollpullover sah wundervoll aus zu seinen rotbraunen Haaren.

»Sollen wir gleich in die Stadt gehen?«

Magdalena nickte.

Sie gingen die Treppe nach unten und liefen durch die endlose Bahnhofsunterführung und dann durch das riesige Empfangsgebäude. Viele Leute waren unterwegs. Junge, Alte, Männer, Frauen, Kinderwagen. An Ständen konnte man Brezen, Bratwürste und Kaffee kaufen.

»Wie geht es deinem Vater?«, fragte Magdalena, als sie in die
Stadt hineinliefen. Winnies Vater war krank, und Winnie half am
Wochenende oft auf dem elterlichen Hof aus.

»Besser«, sagte Winnie. »Viel besser. Der ist echt zäh wie Le-
der. Der arbeitet schon wieder im Stall. Ich bin da echt froh. Ich
wohne ja so weit weg. Und der einzige Sohn… Aber jeden Tag
mit dem Zug nach Nürnberg reinfahren, das könnte ich nicht. Da
hat man ja kaum Luft zum Atmen, so voll sind die Züge. Das
reicht mir am Wochenende. Aber unter der Woche müssen sie es
ohne mich schaffen… Manchmal habe ich schon ein schlechtes
Gewissen. Aber sie haben mir gesagt, ich soll das machen, wo-
nach mir ist. Aber trotzdem… sie werden ja immer älter… und
mit den paar Hektar, das wirft sowieso viel zu wenig ab, was sie
haben…«

Magdalena versuchte, ihm Mut zu machen. »Aber sie sind doch
stolz darauf, dass du bei der Zeitung arbeitest!«

Das hatte er ihnen jedenfalls erzählt, damals, auf der Kerwa in
Gunzenhausen.

Er zuckte mit den Schultern. Dann gingen sie stumm nebeneinander her. Dabei hätte es so viel zu erzählen gegeben.

Sie liefen auf Gehwegen breiter Straßen mit riesigen Häusern
am Rand. So viele waren neu gebaut worden. In so kurzer Zeit.
Riesige Betonblöcke, viele Stockwerke, aber keine Farbe, keine Fensterläden. Andere Häuser sahen noch aus wie früher. Waren sie stehengeblieben? Oder hatten sie sie neu aufgebaut? Sie
wusste es nicht. Die Eltern hätten es ihr erzählen können. Wie
Nürnberg wirklich ausgesehen hatte, nach dem Krieg. Eine neue
Stadt, wieder aufgebaut, und jetzt protzte sie nur so vor Stolz und
Würde.

Es war viel los. Es gab so viele Autos. So viele Autos sah Magdalena sonst nie. Gretas Eltern hatten noch nicht einmal ein Auto.
Aber hier, hier waren die Straßen voll davon, es war laut, und
Magdalena konnte Benzin riechen. Es gab unglaublich viele Geschäfte, in den Schaufenstern wurden Kleidung, Schmuck, Bücher, Lebensmittel und Drogerieartikel angeboten. Und es gab

viele Restaurants und Cafés. Stumm lief sie neben Winnie her, gebannt von der riesigen Stadt.

Aber sie hätte auch so nichts sagen können. Ihre Kehle fühlte sich an wie zugeschnürt. Sie musste erzählen. Vom Seenland. Aber es fiel ihr so schwer. Wenn sie Winnie so von der Seite ansah, dann hüpfte ihr Herz und sie fühlte einen Drang, den sie noch nie in ihrem Leben gespürt hatte: Den unendlichen Wunsch, ihn ganz fest zu umarmen, seinen ganzen Körper zu spüren, und nie wieder loszulassen. Magdalena war überwältigt von diesem Gefühl.

Nach einiger Zeit standen sie auf einem riesigen Platz. Winnie blieb stehen. »Das ist der Hauptmarkt. Da findet der berühmte Christkindlesmarkt statt.«

Magdalena staunte. Der Platz war wirklich riesig. Ihnen gegenüber stand eine prächtige Kirche mit zwei Toren, einer goldenen Uhr und ein paar Figuren darüber.

»Die Frauenkirche«, erklärte Winnie, der Magdalenas Blick bemerkt hatte. »Da gibt es jeden Tag um zwölf Uhr so ein Spektakel, das Männleinlaufen, das zieht immer sehr viele Leute an. Magst du darauf warten?«

Magdalena überlegte kurz, schüttelte dann aber den Kopf.

Auf dem Hauptmarkt war gerade Markt. Ein Markt, so groß, wie Magdalena es noch nie gesehen hatte. Zahlreiche Stände waren aufgebaut. Angeboten wurden Wintergemüse, Lageräpfel, Zwiebeln, Kartoffeln und Backwaren an.

Winnie lächelte. »Ich liebe den Markt hier. Die Bauern kommen vom Knoblauchsland und verkaufen ihre Waren an die Stadtleute. Die haben alle Gemüsesorten, die du dir vorstellen kannst. Und da gibt es sogar Meeresfisch. Lachs! Ich habe mein Leben lang nicht so viele neue Leckereien ausprobiert wie hier. Darf ich dir etwas kaufen?«

»Eine Breze. Gibt es hier auch einen Ort, wo weniger Menschen sind?«.

Winnie lachte. »Die Magdalena vom Land! Natürlich, aber völlig allein wirst du hier nirgendwo sein. Warte einfach hier, ich hol uns zwei Brezen, dann gehen wir auf die Wöhrder Wiese.«

Er verschwand zwischen den Buden in der Menschenmenge. Sofort spürte Magdalena eine Leere in sich. Verstohlen blickte sie sich um und dann wieder zum Hauptmarkt. Sie erinnerte sich vage an ein Bild, das ihr Vater Wolfram von der Frauenkirche direkt nach dem Krieg gezeigt hatte. Sie war zerstört worden, wie so viele Kirchen in Deutschland. Trümmer. Ein trauriges Zeichen dieser unendlichen Gewalt des Krieges. Heute verlieh sie dem Platz eine wunderbare Atmosphäre.

Wenig später kam Winnie zurück.

»Komm, diese Richtung«, forderte er Magdalena auf.

Sie liefen ein wenig weiter, nebeneinander, und seine Nähe tat Magdalena unheimlich gut; sie überquerten die Pegnitz auf einer hölzernen Brücke, und plötzlich war alles grün. Und ruhiger. Ein paar Menschen liefen auf den Wegen herum, Frauen mit Kinderwagen, Männer mit Hunden.

»Das ist die Wöhrder Wiese«, erklärte Winnie, der immer noch völlig stummen Magdalena. Sie suchten sich eine Bank. Winnie reichte ihr eine Brezel und biss herzhaft in seine hinein.

Jetzt, dachte sich Magdalena, jetzt, los, erzähl.

Aber ihr Herz pochte so heftig.

Warum musste es so aufregend sein, neben Winnie zu sitzen?

»Wie geht es der Kastanienmühle?«, fragte Winnie, um das Eis zu brechen.

Kastanienmühle. Ruckartig löste sich der Knoten in Magdalenas Brust, so heftig, dass sie ihren plötzlichen Gefühlsausbruch nicht unterdrücken konnte.

Und sie fing mit einem Male an zu weinen.

»Hey, hey, was ist passiert? Ist jemand gestorben?«

Aber Magdalena weinte weiter. So viele Tränen, so lange zurückgehalten, bahnten sich jetzt einfach ihren Weg nach draußen. Sie konnte es nicht verhindern. Sie schluchzte und wischte sich über die Augen.

Winnie reichte ihr sein Taschentuch.

Sie weinte weiter.

»Hey, Magdalena, was ist denn los?«

Irgendwann hob Winnie ganz zögerlich seinen Arm. Legte ihn um Magdalenas Schulter. Ganz langsam.

Magdalena spürte die Schwere, spürte die Wärme, ein unendlich wohliges Gefühl, und ihr Atem beruhigte sich, und sie fing an zu erzählen. Von der Seenlandschaft. Wie es alles angefangen hatte. Von der Karte, die sie bekommen hatten vom Wasserwirtschaftsamt. Von der Schraffur. Davon, dass sie jetzt einen See plante. Über das Brombachtal. Über…

Die Kastanienmühle.

Wieder schluchzte sie.

Winnie rückte noch etwas näher an sie.

»Hey, hey, Magdalena«, sagte er und fing an, sie zu streicheln.

Sie beruhigte sich. Es tat so gut. Es ließ ihren ganzen Körper angenehm erschaudern.

»Entschuldige…ich weiß gar nicht, was los ist… sie sagen ja alle, da wird nie was kommen. Aber trotzdem gehe ich jeden Tag auf die Arbeit und sehe das… und arbeite daran… aber es wird nie kommen… entschuldige!«

»Du brauchst dich doch nicht zu entschuldigen«, sagte Winnie.

Erstaunt sah sie ihn an.

Winnie erklärte: »Ich verstehe dich. Das… muss dich ganz schön mitnehmen. Auch wenn es… unrealistisch ist.«

Ganz, ganz vorsichtig beugte er seinen Kopf zu ihr hinunter. Küsste sie. Unendliche Wellen der Entspannung breiteten sich in Magdalena aus.

Dann saßen sie da, ineinander verschlungen.

Magdalena fühlte sich unendlich wohl. Sie wollte in diesem Moment versinken, nie wieder von dieser Bank aufstehen, nie wieder von Winnie losgelassen werden.

Irgendwann sagte Winnie entschlossen: »Ich helfe dir. Wir finden eine Lösung. Damit es dir wieder besser geht. Es muss eine Lösung geben. Damit du… wieder glücklich wirst.«

Dass er bei Weitem nicht alles gesagt hatte, was er dachte, würde Magdalena erst sehr, sehr viel später erfahren.

DIE MEIERHOFERS PACKEN AN

An einem dicht bewölkten Tag im April des Jahres 1965 holten Moritz und Magdalena die Pferde Bodan und Marissa aus dem Stall. Tante Paula, Mutter Rosmarie und Oma Augustine standen bereits in einiger Entfernung nebeneinander auf dem Acker und warfen die Setzkartoffeln aus der Legewanne, einer Art vor den Bauch gebundenem Korb, in gleichmäßigen Abständen auf den Acker.

Onkel Erwin hatte auf seinem neuen Traktor Platz genommen und die Pflanzmaschine hinten befestigt. Immer mehr Bauern und Müller, die es sich leisten konnten, kauften in den letzten Jahren solche Wundermaschinen oder liehen sie beim Maschinenring aus. Für Onkel Erwin und Tante Paula war es das zweite Jahr, in dem sie den Traktor einsetzten, und trotz dessen unschlagbarer Geschwindigkeit beim Kartoffeln legen, ergänzten sie das Ganze gerne noch mit Handarbeit. Sie waren sich nicht ganz sicher, ob die Kartoffeln, die aus der Pflanzmaschine im Acker landeten, die gleiche Qualität aufwiesen wie die von Hand gesetzten und mithilfe des Pferdegeschirrs angehäufelten.

Moritz und Magdalena legten Bodan und Marissa die alte Kartoffellegemaschine an. Diese enthielt einen Schlitz, in den man die Kartoffeln hineinlegen konnte. Bei gleichmäßigem Tempo der Pferde ging das Kartoffelsetzen so viel schneller als in Handarbeit und war zudem gleichmäßiger. Durch diese drei Arbeitsweisen, den Traktor, die Pferde und die Hilfe von Oma Augustine und Tante Paula, hofften sie, die Kartoffeln deutlich schneller im Boden zu haben als in den letzten Jahren.

»Weißt du was, Moritz, du kannst dich ja auf die Kartoffellegemaschine legen und die Kartoffeln setzen«, schlug Magdalena vor. »Dann hast du auch noch was zu tun.«

»Na klar«, antwortete Moritz selbstbewusst, während er versuchte, Marissa vom Fressen abzuhalten.

Schon bald waren sie auf dem Kartoffelacker angekommen.

»Sehr gut«, sagte Onkel Erwin und entleerte einen Eimer Setzkartoffeln in die Kiste der Kartoffellegemaschine. »Achtet bitte unbedingt auf gleiche, ausreichende Abstände der Kartoffeln und dass ihr eine gerade Linie zieht. Dann steige ich mal auf den Traktor. Das sollte heute wirklich schnell gehen.«

Die Geschwister nickten, und Moritz nahm den Platz auf der Kartoffellegemaschine ein, während Magdalena sich neben die Pferde stellte.

Auf dem Acker schritt sie im gemächlichen Tempo neben Bodan und Marissa her und verlor sich dann ziemlich schnell in Gedanken.

In Gedanken an den gemeinsamen Samstag in Nürnberg mit Winnie.

Es muss eine Lösung geben, hatte Winnie zu ihr gesagt. Und sie geküsst. Geküsst! Drei Wochen war dieser wundervolle, aufregende Samstag nun her. Und letzte Woche hatte sie einen Brief von ihm erhalten. Einen… Liebesbrief… Sie, Magdalena, hatte einen Liebesbrief bekommen. Und sie hatte es geschafft, dass ihn keiner vor ihr entdeckt hatte!

Es muss eine Lösung geben, hatte Winnie gesagt. Und da war sie nun, Magdalena, an diesem Samstagmorgen Mitte April, und lief über einen Acker, den sie auf der Arbeit utopisch auf Plänen gezeichnet mit Wasser überschwemmen ließ. Mit Wasser! Wie sie diese Arbeit hasste.

Aber wie gerne sie auch ihre Arbeit mochte, das Zeichnen, am Reißbrett, stolz auf ihre Ausbildung war, und …

Es muss eine Lösung geben, hatte Winnie gesagt. Aber im Liebesbrief war nichts von einer Lösung gestanden. Nur von seiner Liebe zu ihr. Von seiner großen Liebe zu ihr. Sie fand es ja wundervoll, dass er sie liebte. Und bisher wusste es noch niemand… und Magdalenas Antwortbrief an Winnie, er lag angefangen in ihrem Nachtkästchen, und er gefiel ihr nicht, nie gefiel Magdalena das, was sie schrieb, sie fand es so schwer, schriftlich die Worte zu finden, die passten. Das in Worte zu fassen, was in ihren Gedanken war. Da war eine Barriere zwischen ihren Gedanken und den geschriebenen Worten, und sie hatte noch nicht gelernt, diese zu überbrücken.

»Magdalena! Moritz! Passt doch auf! Ihr seid total schief!«

Das war Mutter Rosmarie, die gerade neue Setzkartoffeln geholt hatte und nun, die Hände in die Hüften gestemmt, am Rand des Ackers stand. Oma Augustine und Tante Paula drehten sich zu den Geschwistern mit den Pferden um. Magdalena und Moritz wandten sich nach hinten und betrachteten ihre getane Arbeit. O nein, sie hatten die Ackerfurche total verfehlt. Mindestens einen Meter waren sie schon von der geraden Linie abgerückt. Dabei waren gerade Linien beim Kartoffeln setzen immens wichtig.

»Mensch, Magdalena, du weißt doch genau, dass du darauf aufpassen musst!«, beschwerte sich Moritz. »Ich sehe hier hinten doch nur Pferdehintern und Kartoffeln!«

Magdalena biss die Zähne aufeinander.

»Ich – ich passe auf! Versprochen!«, rief sie. Sie bog mit den Pferden leicht nach rechts ab, um wieder auf eine gerade Linie zu kommen.

»Moment, ich lege die schiefen Kartoffeln um!«, rief Oma Augustine und eilte herbei.

»Das solltest du eigentlich Moritz und Magdalena machen lassen!«, bemerkte Mutter Rosmarie.

Aber Oma Augustine hielt von Mutter Rosmaries pädagogischem Konzept sichtlich wenig und hatte sich schon hinter dem Pferdegeschirr eingereiht. Nun bückte sie sich und setzte die Kartoffeln an die richtige Stelle.

Mutter Rosmarie, die zu der Ackerfurche zurückging, an der sie ihre Arbeit unterbrochen hatte, rief nun: »Los, Magdalena und Moritz! Macht mal weiter! Wir wollen heute nicht ewig brauchen!«

Magdalena riss sich zusammen und konzentrierte sich auf die Arbeit. Was gar nicht so leicht war. Wasser, Wasser, sie sah immer nur Wasser vor sich. Und dann wieder Winnie, ihren geliebten Winnie.

An welche Lösung hatte Winnie nur gedacht?

Was würden ihre Eltern sagen, wenn sie ihnen mitteilte, dass sie jetzt wahrscheinlich, vielleicht, relativ sicher einen Freund hatte?

Konzentriere dich, sagte sie sich.

Sie drängte Bodan etwas nach rechts und lief weiter. Kartoffel für Kartoffel landete in der Erde. Immer wieder musste sich Magdalena aus ihren Gedanken losreißen, um ihre Arbeit richtig zu machen.

Sie war sauer auf sich selbst, früher war sie nicht so unkonzentriert gewesen.

Eine gerade Linie. Eine gerade Linie. Die Pferde gleichmäßig führen.

Wasser, hier Wasser!

Mittags hatten sie endlich alle Kartoffeln gelegt.

»So, sehr gut, die Kartoffeln sind im Boden«, sagte Onkel Erwin. »Jetzt müssen wir noch fleißig anhäufeln. Ich hoffe, wir kriegen das schnell auf die Reihe, ich muss mich nämlich heute noch um den Walzenstuhl kümmern, der funktioniert nicht mehr richtig«, sagte er und seufzte.

»Was ist denn damit?«, fragte Magdalena.

»Wenn ich das wüsste. Ich habe keine Ahnung und der Müller Walter auch nicht. Wahrscheinlich muss ich einen Spezialisten von der Herstellerfirma kommen lassen.«

»Diese moderne Technik, das taugt doch gar nichts, wenn man die Dinge nicht mehr reparieren kann! Vater konnte immer alles am Hof reparieren, weißt du noch?«, warf Mutter Rosmarie ein. »Das wird doch irrsinnig teuer, einen Spezialisten zu holen.«

»Ja, aber was soll ich machen?«, fragte Onkel Erwin. »Meine Abnehmer brauchen ihr Mehl. Ich brauche den Walzenstuhl. Unbedingt. Und wenn ich es nicht schaffe, muss eben ein Spezialist das reparieren.«

»Ja, aber lohnt es sich denn?«, fragte Mutter Rosmarie ihren Bruder weiter. »Erwin, immer mehr Müller geben das Mahlen von Getreide zu Mehl auf. Deine Abnehmer nehmen es dir doch nur aus Nettigkeit ab! Die bekommen das Mehl doch von den Großbetrieben viel billiger. Meinst du, es ist eine gute Idee, jetzt noch deinen Walzenstuhl zu reparieren? Mit der Sägmühle verdienst du doch deutlich mehr Geld.«

Und wenn du Pech hast, ist hier irgendwann alles von Wasser überschwemmt, dachte sich Magdalena, und sofort krampfte ihr Magen sich zusammen.

Onkel Erwin hob den Zeigefinger. »Rosmarie, ich bin überzeugt: Das ist ein astreines, regionales Produkt, mein Mehl. Das überzeugt meine Abnehmer. Mehl, das hunderte Kilometer weit angekarrt wird… Und überall werden Straßen gebaut! Das kann doch nicht gut gehen! Diese ewig langen Lieferwege! Wenn da mal was schief geht! Ich bin ein sicherer Produzent für die, auf mich können sie sich verlassen. Die Großbetriebe, die hauen die Bauern und Abnehmer doch übers Ohr! Das sind ganz große Schlingel, wenn du mich fragst!«

Sie waren am Haus angekommen. Es duftete nach Eintopf, aber Magdalena nahm es gar nicht so richtig wahr.

Wie Onkel Erwin auf die Zukunft baute. Eine völlig intakte Mühle am Brombach betrieb, investierte, Getreide und Holz verarbeitete, jeden Tag schuftete, alles gab für seine Mühle. Und genauso Tante Paula.

Dabei hatten sie keine Kinder. Setzten auf Moritz. Moritz als Nachfolger.

Dabei verplante eine Utopie gerade ihre Zukunft.

Magdalena sprach nicht, als sie sich zu den anderen an den Tisch setzte. Sie bedankte sich kurz, als Oma Augustine ihr einen großen Schöpfer dampfenden Eintopf in die Schüssel gab. Sie begann stumm zu essen, während sich Mutter Rosmarie, Onkel Erwin und nun auch Tante Paula angeregt über die Sinnhaftigkeit der Mehlproduktion der Kastanienmühle unterhielten und über die aktuellen Umbrüche in der Landwirtschaft, über Betriebsaufgaben, Mindestpreise für landwirtschaftliche Produkte, teure, künstlich angetriebene Maschinen und so weiter.

Diese bahnbrechenden Entwicklungen in der Landwirtschaft, diese Industrialisierung landwirtschaftlicher Betriebe, die sich in diesen Jahren des Wirtschaftswunders in Deutschland breit machten, das wäre noch undenkbar gewesen vor wenigen Jahren. Man war sich sicher gewesen, dass diese Monstermaschinen, wie sie in den Vereinigten Staaten schon länger eingesetzt wurden, in Deutschland und vor allem in Franken nicht gebraucht werden würden. Nie kommen würden. Das hatte man immer gesagt. Die Straßen waren zu schmal für diese Maschinen, außerdem waren sie viel zu teuer, wer sollte sie warten und reparieren, sie würden den Boden zerdrücken, es würde nichts mehr darauf wachsen, man würde weiter mit Ochs und Pferd arbeiten.

Das hatte man immer gesagt.

Und jetzt? Jetzt wurde das, was man in Franken immer für unmöglich gehalten hatte, zur Realität. Maschinenringe verliehen riesige landwirtschaftliche Geräte an Bauern, die Pferd und Ochsen immer öfter überflüssig machten. Kleine Bauernhöfe gaben auf oder spezialisierten sich auf Ackerbau oder Viehzucht und mussten Dünger oder Futter zukaufen. In den Dörfern machte die Flurbereinigung die Straßen und Feldwege breiter, damit die Maschinen durchpassten, und siedelten Bauernhöfe an den Ortsrand um, damit sie Platz hatten, sich zu erweitern.

Die Industrialisierung der Landwirtschaft, sie hatte auch in Franken angefangen.

Und man hatte es immer für unmöglich gehalten.

»Also, was ist denn heute mit unserer Magdalena los? Sie hat noch gar nichts gesagt. Alles in Ordnung bei dir, mein Mädchen?«, fragte plötzlich Tante Paula.

»Ja, ich habe mich auch schon sehr gewundert«, bemerkte Oma Augustine.

Magdalena schluckte, alle Augen waren nun auf sie gerichtet.

»Alles – alles in Ordnung bei mir!«, versicherte Magdalena.

Mutter Rosmarie sagte: »Ich habe da so eine Vermutung. Meine Tochter war vor ein paar Wochen in Nürnberg und seitdem ist sie etwas anders drauf als vorher.«

Sie zwinkerte ihrer Tochter zu.

»Ich glaube, Magdalena ist verliebt!«, rief Moritz seinen Gedanken unverblümt aus.

Magdalena boxte ihm wütend in die Seite.

»Bin ich gar nicht!«

»Ist schon gut, mein Mädchen«, sagte Tante Paula und lächelte. »Wir lassen dich jetzt in Ruhe. Du wirst schon erzählen, wenn es soweit ist, und dann ist jeder herzlich auf die Kastanienmühle eingeladen, das weißt du ja!«

DIE GROẞE VORSTELLUNG

Im Juli des Jahres 1965 kam für das Ingenieurbüro Göbel und Partner der große Tag. Die Planungen für die Seenlandschaft waren fertiggestellt und konnten beim Auftraggeber, dem Wasserwirtschaftsamt Weißenburg, eingereicht werden. Die Planunterlagen waren umfangreich, so dass sie sich über drei prall gefüllte Ordner erstreckten. Sie waren sogar so umfangreich, dass sie neben gigantischen Staudämmen im Brombach- und Igelsbachtal mehrere riesige Wasserüberleitungssysteme umfassten. Stauwehre, Hochwasserentlastungsanlagen, Brückenbauwerke, den von Anton vorgeschlagenen Ringdamm und einen Stollen zum Überwinden der europäischen Hauptwasserscheide zwischen Gunzenhausen und Pleinfeld.

Hartmut strahlte vor Stolz, als er mit Magdalena und Anton an diesem verregneten Morgen Anfang Juli im Dienstwagen zum Wasserwirtschaftsamt fuhr, um die Unterlagen zu überreichen. Es sollte ein feierlicher Projektabschluss werden. Magdalena war froh. Das Projekt war endlich abgeschlossen, und sie hatte es im Laufe der Wochen geschafft, sich solchen Aufgaben anzunehmen, die sie wenig belasteten. Sie hatte sich um den Altmühlzuleiter gekümmert, der das Wasser von der Altmühl bei Ornbau abzweigen sollte, und um Wehre zur Steuerung des Wasserstands im Altmühlsee. Sogar bei der Konzipierung des Ringdamms hatte sie mitgeholfen, obwohl Anton darauf bestand, dass dieser als seine eigene und alleinige Arbeit verkauft werden musste, denn es war schließlich seine bahnbrechende Idee gewesen. Und jetzt planten sie mit dem Ringdamm einen Staudamm, der länger wäre als alle Staudämme in der Bundesrepublik.

Sich der Aufgaben anzunehmen, die sie nicht so berührten, das war der Vorschlag von Winnie gewesen. Und er hatte gewirkt. Magdalena hatte ihrem Chef erklärt, wie spannend sie das Altmühlseeprojekt fand und dass ihr die Flutung des Brombachtals zu komplex war als Lehrling. So hatte sie Winnies Lösungsvorschlag in die Tat umsetzen können.

Sie fuhren auf den Parkplatz. Es regnete Bindfäden und sie hatten keinen Schirm dabei. Sie stiegen aus, nahmen ihre Taschen und Pläne und hasteten schnell hinein in das Amtsgebäude. Beamte des Wasserwirtschaftsamts hießen Magdalena, Anton und Hartmut herzlich willkommen und führten sie in den Sitzungsraum, der viel nobler war als der ihres Ingenieurbüros. Auf dem Boden lag ein eleganter roter Teppich, und die Möbel waren aus glänzend lackiertem, dunklem Massivholz. Jeder der Stühle hatte ein rotes Polster. An den Wänden hingen Ölgemälde.

Der Amtschef Herr Gerber war ein gut genährter Mann mit schwarzem Schnauzer.

»Meine sehr verehrten Herren, mein sehr verehrtes Fräulein, liebe Kollegen. Heute ist ein großer Tag für das Wasserwirtschaftsamt Weißenburg. Woran wir in den letzten Monaten intensiv gearbeitet haben, passt sehr gut zu dem, was den Bezirk Mittelfranken und den Freistaat gerade bewegt. Vor nicht allzu langer Zeit ist ein Rahmengutachten erschienen, das zeigt, welch hohe Verschmutzungswerte unsere Gewässer in Mittelfranken bereits haben. Und nicht nur Mittelfranken, auch Oberfranken, Unterfranken und die Oberpfalz leiden unter dem Wassermangel und den damit verbunden immer schlechteren Wasserqualitäten. Und dafür versinken die Ober- und Niederbayern im glasklaren, reinen Wasser. Und Bayerisch-Schwaben natürlich auch. Kurz gesagt: Wir haben ein großes Ungleichgewicht im Freistaat, was das Wasser angeht.«

Er sah in die Runde und zupfte an seiner gelbroten Krawatte, die sich über seinen Bierbauch wölbte.

»Ich freue mich daher auf das, was Sie uns präsentieren werden, Herr Dr. Göbel. Bitteschön.«

Hartmut begann mit seinem Vortrag. Magdalena ließ es über sich ergehen und hörte, als es um eine imaginäre Flutung des Brombachtals ging, gar nicht richtig hin.

Nach etwa einer Stunde war Hartmut fertig und es wurde geklatscht.

Herr Gerber stand nun auf und ging nach vorne. Gemächlich.

»Vielen Dank für Ihren vorzüglichen Vortrag und das hervorragend ausgearbeitete Projekt. Erfreulicherweise hat der Bayerische Landtag großes Interesse am Projekt bekundet. Noch heute werden wir die von Ihnen ausgearbeiteten Pläne nach München senden. Per Eilkurier. Damit er noch vor der nächsten Sitzung dort ankommt. Dafür haben sie das Seenland auf die Tagesordnung gesetzt.«

Herr Gerber strahlte und hatte die Arme in die Hüften gestemmt.

Hartmut bekam ganz große Augen.

Oh nein, dachte Magdalena sich.

Herr Gerber blickte in die Runde. »Ich denke, das wird das erfolgreichste Projekt, was Sie als uns sehr wohlbekanntes, hervorragendes Ingenieurbüro bislang präsentiert haben. Herzlichen Glückwunsch, Herr Dr. Göbel! Wir stehen vor einem Jahrhundertprojekt. Einem Jahrtausendprojekt. Noch diese Woche soll die Öffentlichkeit informiert werden. Die Zeitungen werden berichten. Wir bauen nicht nur einen Kanal. Wir bauen auch Seen! Wir schaffen einen Wasserausgleich! Wir verhindern Hochwasser! Wir verhindern Wasserknappheit! Wir schaffen einen wasserstandsunabhängigen Schiffsverkehr auf dem Main-Donau-Kanal! Wir reinigen Flüsse! Wir gestalten diese Landschaft um! Für die Wirtschaft! Für unseren Wohlstand! Für unsere Zukunft! Ganz Deutschland wird auf Mittelfranken schauen!«

Die Anwesenden applaudierten, manche standen sogar auf. Der Amtschef des Wasserwirtschaftsamtes schüttelte Hartmut die Hand. Man nahm sich Brezen, Bier und Kaffee. Magdalena blieb sitzen.

Sie war wie gelähmt.

Sie merkte, wie sie in Panik geriet. Es erforderte allerhöchste Willenskraft für sie, sich nichts anmerken zu lassen.

Obwohl schon die Tränen in ihr aufstiegen.

Es durfte einfach nicht passieren.

Es konnte nicht passieren.

Das war doch völlig undenkbar, was sie da ausgearbeitet hatten.

Da blieben doch noch so viele Ungewissheiten und Ungereimt-
heiten..
Und das Brombachtal war doch voller Mühlen.
Das ging doch nicht!
Das konnte nie im Leben passieren!
Und wenn es doch geschah?

Sein Atem. Sie spürte seinen Atem. Seine Finger, die ihre Hand sanft streichelten. Seine Wärme. Seinen Pulsschlag. Sie versuchte sich einzufühlen in seine Ruhe, sie auf sich zu übertragen. Sie waren auf dem Weg zur Kastanienmühle, an diesem wechselhaften Julitag.

Es war still im Auto, von den Fahrgeräuschen einmal abgesehen. Keiner sprach. Nicht einmal Moritz. Vater Wolfram hatte beide Hände ins Lenkrad gekrallt und stierte scheinbar tief konzentriert auf die Fahrbahn. Mutter Rosmarie hatte die Hände in den Schoß gelegt und sah nach draußen. Moritz schien sich für nichts auf der Welt mehr zu interessieren als für sein Buch. Winnie sah nach draußen, während er Magdalenas Hand hielt. Magdalena war eingequetscht in der Mitte zwischen ihrem Bruder und ihrem Freund. Sie hätte sich auch gerne am Fenster die Nase plattgedrückt. In der Mitte konnte sie nur nach vorne blicken. Sie rutschte noch ein kleines Stückchen näher an Winnie.

Heute war es in der Zeitung gestanden.
Sie hatte niemanden vorgewarnt.
Nicht die Eltern,
Und schon gar nicht Onkel Erwin und Tante Paula.
Warum hätte sie es auch tun sollen?

Eine ganze Doppelseite hatte der Artikel eingenommen. Der Plan war dargestellt. Mit allen Seen, die sie entworfen hatten. Mit den Stauwehren, den Überleitungskanälen, dem Ringdamm und den Staumauern. Ausgearbeitet vom Ingenieurbüro Göbel und Partner. Es war eine sehr komplexe Zeichnung. Viel zu komplex für Laien. Ihre Planung. In der Zeitung.

Auch wenn nicht jeder diese komplexe Zeichnung verstand, konnte man sehr leicht herausfinden, worum es ging. Im Zeitungsartikel stand es klipp und klar drin. Diese Seenlandschaft in

Mittelfranken bestand aus mehreren Seen. Und einer davon, der größte von ihnen, bedeckte nahezu das komplette Brombachtal.

Was hatten sich die Zeitungsschreiber eigentlich dabei gedacht?

Winnie, der angehende Zeitungsredakteur, hatte Magdalena am Vorabend schon angerufen.

»Ich war bei der Redaktionssitzung, Magdalena. Das Seenland soll nun doch kommen. Das ist so verrückt. Ich glaub, sie meinen es ernst in München. Und die Politiker hier vor Ort. Hast du das gewusst? Sie bringen es morgen in der Zeitung. Morgen schon!«

Mutter Rosmarie hatte sich über den späten Anruf beschwert. Moritz war im Türrahmen gestanden und hatte gelauscht. Vater Wolfram war weiter vor dem Fernseher gesessen, es war ein spannender Krimi gewesen.

Magdalena hätte so gerne das Telefon mitgenommen und wäre in ihr Zimmer verschwunden. Sie war dagestanden, völlig verdattert, und war von allen Seiten belauscht worden.

Am nächsten Tag war der Schock dann groß. Vater Wolfram hatte es als Erster gelesen. Magdalena hatte sich gar nicht in die Küche getraut, als sie ihren Vater mit der Tageszeitung durch den Gang hatte gehen sehen. Sie hatte auch keinen Hunger gehabt. Sie war gerade auf dem Weg vom Bad zurück in ihr Zimmer gewesen.

Doch dafür reichte die Zeit nicht.

»Magdalena? Guck mal, was da in der Zeitung steht!«

Und dann war Magdalena zu ihrem Vater gegangen und hatte sich den Artikel zeigen lassen. Mutter Rosmarie war auch recht schnell dazugekommen.

»Was? Dieses unmögliche Monstrum von Seenland steht in der Zeitung? Magdalena, du hast uns ja gar nichts erzählt! Und unser Herr Landrat steht da voll dahinter, schreiben sie!«

Magdalena hatte den Eltern zu versichern versucht, dass es immer noch ein Hirngespinst war, eine Planung für die Schublade.

Am liebsten hätte sie noch gesagt, dass es technisch gar nicht möglich wäre, diese Seen zu bauen. Aber das stimmte nicht, es war theoretisch möglich, wenn auch ihre Planungen dazu nicht ausgereift genug waren.

Ja, und nun saßen sie zu fünft im VW Käfer der Familie Meierhofer und fuhren zu Tante Paulas Geburtstag auf die Kastanienmühle.

Das Haus und die Scheune sahen so unverschämt idyllisch aus in der sanft goldgrünen Landschaft. Die grün gestrichenen Fensterläden, das Fachwerk, die Gardinen hinter den Fenstern – alles strahlte Magdalena an. Frodo kam bellend angelaufen, Maunzie beobachtete das Geschehen von der Haustüre aus.

Tante Paulas Bruder Udo und seine Frau Edith waren schon da und standen stumm mit Knecht Heribert im Hof herum. Auch Tante Gerlinde und Onkel Johann waren mit Kerstin, Karl und Ludwig gekommen.

Sie begrüßten sich. Aber die Stimmung war seltsam.

Die Kastanie strotzte nur so vor Kraft mit ihren riesigen, grünen Blättern und dem mächtigen Stamm.

Wie gerne wäre Magdalena jetzt die Kastanie gewesen. Wie gerne wäre sie so stolz und riesig dagestanden, hätte Schatten gespendet, das Geschehen von oben interessiert beobachtet und dabei mit den Blättern geraschelt.

Tante Paula kam angelaufen und umarmte die völlig steife und angespannte Magdalena.

»Mensch Magdalena, ich… wir haben heute so einen Schock bekommen… aber es wird doch nicht kommen, nicht wahr? Man kann es gar nicht bauen, oder? Es ist bestimmt gar nicht machbar! Viel zu kompliziert! Viel zu teuer!«

Onkel Erwin stand hinter ihr und legte eine Hand auf die Schulter seiner Frau.

Magdalena löste sich langsam aus Tante Paulas Umarmung und schüttelte heftig mit dem Kopf. Dann atmete sie tief ein und sagte: »Nein, nein. Das geht gar nicht. Rein technisch nicht. Und finanziell. Das ist Humbug. Keine Ahnung, warum München sich dafür interessiert.«

Sie war stolz auf ihre Worte, die so sicher klangen. Dabei hatte es für sie wahnsinnig viel Kraft gekostet, diese Worte zu sagen.

Es waren Worte, die die große Unsicherheit tief in ihr drinnen versteckten. Die zum Teil gelogen waren. Sie schämte sich.

Tante Paula nickte und blickte zu Winnie.

»Winnie, freut mich, dich wiederzusehen. Du warst beim Geburtstag von Magdalena hier und hast beim Kirschkernweitspucken gewonnen.« Sie lächelte und schüttelte seine Hand.

Auch Onkel Erwin schüttelte Winnie die Hand.

»Wir haben noch Kirschen da, Winnie, wenn du magst. Nach dem Essen. Wir machen dann auch mit. Mal sehen, ob du wieder gewinnst.«

Sie lachten. Etwas zaghaft.

Das Geburtstagsmahl begann. Den Zeitungsartikel erwähnte niemand, aber jeder dachte daran, und jeder wusste, dass jeder daran dachte.

»Und, Moritz, du willst die Kastanienmühle mal übernehmen, hat mir Magdalena erzählt?«, fragte Winnie Magdalenas Bruder.

Moritz sah von seinem Teller auf.

»Ja, das ist der Plan.«

»Na«, sagte Mutter Rosmarie, »Das sollte aber nicht nur dein Plan sein, Moritz. Das muss eine Entscheidung fürs Leben sein! Für dich und deine ganze Familie!«

Moriz nickte.

»Genau. Und er muss erst einmal eine Frau finden, die das alles mitmacht. So wie meine gute Paula. Die war ein Volltreffer.«

Onkel Erwin gab Tante Paula einen Kuss auf die Wange.

Bis auf den fehlenden Nachwuchs, dachte sich Magdalena und hasste sich sofort dafür.

Nach dem Kaffeetrinken überredete Onkel Erwin sie alle zum Kirschkernweitspucken. Sogar Mutter Rosmarie machte mit, die sonst für so etwas nicht zu gewinnen war. Es war ein riesiger Spaß. Am Ende gewann Moritz, haushoch. Der ehemalige Kirschkernspuck-Meister Winnie landete nur auf Platz fünf.

Es war schon fast sechs Uhr, als sie wieder Richtung Georgensgmünd aufbrachen.

»Winnie, komm doch bald wieder. Bring Magdalena mit, sonst

lässt sie sich hier nur noch für die wichtigsten Arbeiten blicken«, sagte Tante Paula.

Magdalena nickte und lächelte. »Klar kommen wir wieder.«

»Mach's gut, Schwager«, sagte Onkel Erwin zu Vater Wolfram und reichte ihm die Hand.

Dann sah er ihm tief in die Augen und flüsterte, so, dass sich Magdalena bemühen musste, es zu verstehen:

»Und eines sag ich dir, Wolfram: Von der Kastanienmühle bringt mich kein Mensch weg, nie im Leben. Lieber trete ich in den Hungerstreik, als dass ich mich von hier wegjagen lasse.«

Er sagte es mit einer solchen Entschlossenheit, dass Magdalena erschrak.

»Auf unsere Magdalena! Zum Wohl!«, rief Greta grinsend und hob das Glas an.

»Hey, ich hab noch gar nichts zum Trinken! Ihr könnt nicht ohne mich anstoßen! Ich habe euch eingeladen!«, bemerkte Magdalena und kicherte.

Greta stellte lachend das Glas wieder ab. »Entschuldige, hab ich gar nicht gemerkt. Aber man kann ja auch zweimal anstoßen. Ich habe jedenfalls Durst! Entschuldigt mich! Der Tag im Stall war lang!« Sie trank einen großen Schluck.

Die Kellnerin kam angelaufen und stellte Magdalena eine halbe Maß auf den Tisch.

»So. Jetzt auf unsere Magdalena!«, rief Winnie und hob das Glas hoch.

»Und auf Greta!«, erklärte Magdalena, »dass sie das letzte Jahr der Lehre auch noch gut rumbringt!«

»Und auf Lieselotte, die muss auch noch fertig werden!« Jürgen lachte.

»Und auf Jürgen, dass er die Fabrik bald ganz unter Kontrolle hat!«, rief Lieselotte.

»Und auf Winnie, dass er immer gute Zeitungen hinbekommt!«
Sie stießen an, in einem Biergarten in Georgensgmünd an diesem Oktobertag im Jahre 1966. Lieselotte, Jürgen, Greta, Winnie und Magdalena. Es war ein lauschiger Abend. Die Sonne stand tief am Himmel und färbte die bunten Blätter der Eichen und Ahornbäume um sie herum. Die Stimmen und das Klirren von Gläsern und Geschirr im Biergarten erfüllten den Abend.

»Sag mal, Magdalena, wie geht es denn jetzt weiter bei dir?« Lieselotte stellte ihren Bierkrug auf den Tisch.

»Ich bleibe erst einmal im Ingenieurbüro in Weißenburg.«

»Aber dann seid ihr ja immer noch so weit auseinander«, bemerkte Lieselotte. »Winnie in Nürnberg, du in Weißenburg.«
Magdalena zuckte mit den Schultern.

»Für eine gemeinsame Wohnung in Nürnberg reicht das Geld leider erst, wenn ich meine Lehre auch fertig habe«, sagte Winnie. »Das ist da echt teuer. Und es wird immer schlimmer. Alle wollen nach Nürnberg. Außerdem: Wer weiß, ob ich nach der Lehre in Nürnberg bleibe. Es gibt ja in der näheren Umgebung auch Tageszeitungen.«

»Und außerdem müsstet ihr erst mal heiraten«, bemerkte Jürgen. »Ein unverheiratetes Paar in einer Großstadtwohnung, das ist ja eine Zumutung!«

Alle lachten lauthals.

»Soll Winnie doch wieder hierherkommen!«

»Ich finde Nürnberg in Ordnung. Und ich werde schon gucken, wer in Nürnberg eine technische Zeichnerin sucht«, erklärte Magdalena.

»Aber eigentlich ist es dir hier auf dem Land am liebsten, nicht wahr?« Greta grinste.

»Genau. Magdalenas Traumhaus: Die Kastanienmühle!«, rief Jürgen.

Als das Lachen verstummt war, fragte Lieselotte: »Es ist schon länger her, dass sie in der Zeitung von diesem Seenland geschrieben haben. Ist da eigentlich seitdem was passiert? Das ist ja schon ewig her… unser Bürgermeister, der hat sich mit den Landräten so reingehängt…«

Gerade, als Magdalena etwas entgegnen wollte, kam das Essen. Wie es duftete! Schäufele, Kloß, Spätzle, Zwiebelrostbraten, Bratensoße, Schnitzel, Pfifferlinge, Schweinemedaillons…

»Willst uns wirklich alle einladen?«, fragte Jürgen zum wiederholten Male.

»Klar! Ich habe meine Lehre bestanden, das reicht ja wohl!« Magdalena strahlte in die Runde.

Dann aßen sie, während die Schatten länger wurden und die Sonne langsam vom Horizont verschwand.

Magdalena war die erste, die sich ihre Jacke anzog, weil die Abende im Oktober eben nicht mehr ganz so warm waren.

Als sie aufgegessen hatten und die Kellnerin abgeräumt hatte, waren bereits die Lampions angegangen und tauchten den Biergarten in ein wunderschönes Licht. Greta zog ein bunt eingepacktes Geschenk aus ihrer Handtasche und reichte es Magdalena.

Magdalena nahm das Paket an sich. Es war eine schwere Schachtel. Sie riss das Geschenkband ab und öffnete sie.

»Was, nein, seid ihr verrückt?«

Vor ihr auf dem Tisch stand eine schwarz glänzende, nagelneue Fotokamera.

»Das muss ja sehr teuer gewesen sein! Und zwei Farbfilme noch dazu!«

Lieselotte zeigte ihr, wie man den Film einlegte und die Kamera verwendete.

»Ich mache gleich ein Foto von euch!«, rief Magdalena begeistert aus.

»Dafür müssen wir aber reingehen. Es ist zu dunkel hier. Einen Blitz hat die Kamera nämlich nicht«, bemerkte Greta.

Sie standen auf, nahmen ihre Taschen und Jacken und gingen in die Gaststube. Der Geruch von Zigarettenrauch und altem Holz schlug ihnen entgegen. Es war voll, die Männer vom Stammtisch spielten Schafkopf, die Fußballer hatten sich ein paar Tische zusammengestellt und aßen Bratwurst. Magdalena und ihre Gäste fanden einen gemütlichen Ecktisch und setzten sich. Magdalena hob die Kamera hoch.

»Bitte alle schön lächeln!«, rief sie.

Sie drückte auf den Auslöser.

Dann bestellten sie sich noch etwas zu Trinken und genossen den Abend.

Irgendwann erzählte Lieselotte von ihrem Sommerurlaub am Chiemsee. Sie schwärmte vom blauen Wasser, von der Abkühlung, vom Boot fahren, von den eleganten Schwänen.

»Es war ein Traum«, schloss sie ihre Erzählungen ab, »ehrlich gesagt, ich fände es toll, wenn wir hier Seen hätten.«

Magdalena musste schlucken.

Greta nickte. »Wassersport ist schon dufte. Und unsere Weiher hier, da bist du in zwei Minuten durchgeschwommen. Wenn du überhaupt schwimmen kannst. Und das Wasser in den Gebirgsseen, so klar. Einmal war ich schon da, mit meiner Taufpatin«, sie verdrehte schwärmerisch die Augen. Dann wurde sie plötzlich sachlich: »Und außerdem, also, wir auf dem Lehrbetrieb, wir sagen immer, dieses ständige Hochwasser im Altmühltal, das wäre die Hölle für uns. Wenn ein See die Lösung wäre...«

Jürgen pflichtete Greta bei und erzählte von einem bekannten Bauern in Altenmuhr, der vor ein paar Wochen seinen Betrieb aufgegeben hatte. Die Landwirtschaft im Altmühltal warf nicht mehr genug Geld ab für den Lebensunterhalt seiner Familie.

Winnie war die ganze Zeit stumm dagesessen, hatte zugehört und immer wieder mit seinem Bierdeckel gespielt. Nun meldete er sich zu Wort.

»Ich fände Seen schön. Ich würde so gerne Boot fahren. Ich war noch nie an den Gebirgsseen. Und hier, das wäre direkt vor der Haustür. Kein Hochwasser, dafür ein See...«, er lächelte.

Magdalena merkte, wie sich ihre Kehle zuschnürte. Sie hatte so eine Abneigung, so einen Hass gegen diese Seen entwickelt. Auf der einen Seite. Auf der anderen Seite hatte sie in den letzten eineinhalb Jahren so viele spannende Projekte gehabt, dass sie nur noch ab und zu daran gedacht hatte.

Was viele nicht wussten: Nur alle Seen zusammen ergaben Sinn. Denn ein Altmühlsee alleine war kein Parallelsystem zum Rhein-Main-Donau-Kanal. Und das sollte die Aufgabe der Fränkischen Seen sein. Sie sollten Wasser vom nassen Süden Bayerns in den trockenen Norden Bayerns schaffen für die Flüsse, für die Kraftwerke und für die Industrie. Damit das nicht auch noch der Kanal erledigen musste. Damit auf dem Kanal Schifffahrt stattfinden konnte, auch in Trockenzeiten. Damit der Wasserstand in Regnitz, Schwäbischer Rezat und Pegnitz nicht zu stark sank.

Jürgen nahm einen Schluck Weizen. Es war sein drittes und er wirkte leicht angetrunken.

»Vielleicht hören die Bauern und Müller überall auf, auch im Brombachtal. Es werden immer bessere Dünger entwickelt. Bald wird man mit einem Bruchteil der landwirtschaftlichen Fläche die ganze Bundesrepublik versorgen können. Ich sehe es schon kommen. Viele unserer Unternehmen sind so erfolgreich. Autos. Chemiekonzerne. Wir arbeiten uns hoch! Für unser aller Wohlstand!«

»Und wir bekommen bald eine Seenlandschaft vor die Haustür! Wohlstand für alle und Seen noch dazu!«, stimmte Lieselotte ihm zu.

»Lasst uns drauf anstoßen! Auf das Seenland!«, rief Winnie und hob seinen Bierkrug hoch.

Magdalena saß da wie gelähmt. Waren sie betrunken? Oder meinten sie es ernst? Die Seen, die sie so gut aus ihrem Kopf verdrängt hatte. Die Seen, die sie um alles in der Welt nicht wollte. In ihrem Kopf hörte sie Onkel Erwins Stimme: »Eher verhungere ich«. Ein Schauer lief ihr über den Rücken.

Wortlos stieß auch sie mit an. Und sorgte dann dafür, dass die Veranstaltung aufgelöst wurde. Holte die Kellnerin und zahlte. Verabschiedete sich von ihren Freunden. Jürgen düste auf seinem Moped davon. Lieselotte machte sich auf zum Bahnhof. Greta setzte sich auf ihr Mofa.

Als Magdalena nur noch mit Winnie in der dunklen Herbstnacht stand, konnte sie sich nicht mehr zurückhalten.

»Winnie, willst du die Seen wirklich? Eine Überschwemmung der Kastanienmühle! Das kann doch nicht sein! Dass du das auch willst! Bitte sag, dass das nicht wahr ist!«

Sie sah ihn flehend an und konnte doch sein Antlitz in der Dunkelheit kaum erkennen.

Winnie streichelte ihre Schulter. »Magdalena, ich verstehe dich. Wirklich. Aber unabhängig von der Kastanienmühle, eine Seenlandschaft wäre doch super hier. Und es müssen ja nicht alle Seen kommen. Der See im Altmühltal reicht. Das finde ich auch.«

Sie nickte, fühlte sich etwas getröstet, aber auch nur halb.

Winnie fuhr vorsichtig fort: »Und selbst wenn alle Seen kommen sollten, Magdalena, seien wir ehrlich: Was wird aus der Kastanienmühle? Also, langfristig? Oder wenn Moritz sich doch noch anders entscheidet? Und bei den anderen Mühlen? Finden die noch Nachfolger? Wollen die Kinder die harte Arbeit überhaupt noch machen?«

Magdalena versuchte, ihre aufkommende Wut zu unterdrücken. Ihre Panik. Sie war sich ja auch nicht sicher, ob Moritz an seiner Entscheidung festhalten wollte. Und so sehr sie die Kastanienmühle liebte, sie würde sie doch nicht übernehmen. Aber die Kastanienmühle durfte einfach nicht verschwinden. Und die ganzen anderen Mühlen auch nicht. Wie konnte Winnie nur so denken? Er musste betrunken sein. Er würde morgen wieder ganz anders sein.

Magdalena schluckte alle in ihr hochkommenden Tränen hinunter. Es war spät. Sie wollte nicht weiter darüber reden. Nicht weiter darüber nachdenken. Sie gab Winnie einen flüchtigen Kuss, dann hakte sie sich bei ihm ein. Er brachte sie nach Hause, zu ihren Eltern.

Sie verdrückte sich auf ihr Zimmer und war froh, alleine zu sein.

»Mann, das ist echt toll«, sagte Tante Paula.

»Sieht genial aus, nicht wahr?«, fragte Onkel Erwin.

»So, als wenn man direkt dabei wäre. Vor Ort. Live mit dabei.« Sie stellte ihrem Mann den Kaffee hin und schnitt vom Marmorkuchen ab. Onkel Erwin nahm sich ein Stückchen Zucker und rührte um, die Augen fasziniert auf das Fernsehgerät geheftet.

»Ich glaube es nicht, ich glaube es einfach nicht!«

»Mal sehen, was sie zu berichten haben vom Tagesgeschehen.« Tante Paula schien ganz hingerissen. »Mensch, so schön war Fernsehen noch nie. Was die Technik heute so alles möglich macht! Ich sag jetzt, es ist schon fast ein Glück, dass du unseren alten Fernseher nicht mehr reparieren konntest. Wann wären wir sonst in den Genuss von Farbfernsehen gekommen? In zwanzig Jahren vielleicht? Ich kenne niemanden, der einen Farbfernseher hat«, schwärmte Tante Paula weiter. »Fernsehen! In Farbe! Wer hätte das je gedacht, dass so etwas je möglich sein wird! Ich fand es ja auch schon erstaunlich, als sie den Ton eingeführt haben, damals.«

»Ich kann's kaum erwarten, das erste Fußballspiel zu schauen. Wenn ich mal die Farben der Trikots sehen kann!«

Onkel Erwin und Tante Paula waren so mit ihrer Begeisterung über den neuen Farbfernseher beschäftigt, dass sie gar nicht so auf das hörten, was der Sprecher der Tagesschau um fünf Uhr sagte.

»Und ich meine, die Qualität der Bilder hat sich auch stark verbessert. Unabhängig von der Farbe«, überlegte Paula und biss von ihrem Kuchen ab.

»Meinst du? Ich glaube, dass die Farbe den Unterschied macht. Unsere Augen sind einfach dafür gemacht, Farbe zu sehen«, bemerkte Erwin, »Schau mal, da sitzen sie, unsere Chefs. Da, der Doktor Goppel, unser Kaiser. Was der wohl zu sagen hat.«

Auf dem Fernsehbildschirm war der Ministerpräsident am Rednerpult zu sehen.

»Mach vielleicht mal lauter, Erwin«, sagte Tante Paula.

Erwin stand auf, ging zum Fernseher und drehte die Lautstärke nach oben. Sofort sprang der Hund Frodo auf, wedelte mit dem Schwanz und bellte. Auch er war begeistert über das Farbfernsehen, noch dazu, wenn er auch etwas hörte.

»Pst, Frodo, sei still! Platz! Wir wollen hören, was unser Ministerpräsident zu sagen hat!« rief Tante Paula und warf dem Hund einen strafenden Blick zu.

Frodo verstummte und legte sich beleidigt wieder auf seine Hundedecke.

Aber da war Ministerpräsident Goppel mit dem gesendeten Redeausschnitt schon fertig und der Bayerische Landtag klatschte.

»Worüber die wohl klatschen?«, fragte Tante Paula.

»Wird schon so wichtig nicht sein«, sagte Onkel Erwin. »Das ist doch Politik. Meistens ist das, was die da reden, gar nicht wichtig für uns kleine Leute. Schon gar nicht für uns hier in der fränkischen Provinz.« Er drehte die Lautstärke wieder etwas herunter, solange er noch am Fernseher stand. Dann setzte er sich wieder zu seiner Frau an den Tisch und schnitt sich noch ein Stück Kuchen ab.

»Schau mal, Erwin«, sagte Paula und zeigte auf den Fernseher, »ist eine schöne Landschaft, die sie da zeigen. Fast wie bei uns hier. Und in Farbe schaut es tausendmal besser aus. Ich bin schon gespannt auf die Wettervorhersage. Vielleicht können wir endlich Heu machen.«

Nachdem auch die Wettervorhersage zu Ende war und gutes Wetter versprach, sagte Onkel Erwin: »So, und jetzt schalten wir ab. Es gibt noch viel zu tun.«

Und sie standen auf und gingen an die Arbeit.

Um siebzehn Uhr dreißig saß Winnie im Zeitungshaus in Nürnberg im Sitzungsraum bei der Redaktionssitzung. Hier sollten noch die letzten zentralen Inhalte für den nächsten Tag besprochen und am geeigneten Ort in der Zeitung platziert werden. Winnie hatte schon vor längerer Zeit einen Beitrag über die Entwicklung des Hopfenanbaus im Spalter Hopfenland in den letzten zehn Jahren vorbereitet und hoffte, dass dieser an diesem Tag endlich Platz in der Zeitung finden und nicht vom spannenden Tagesgeschehen verdrängt werden würde, wie es so oft schon geschehen war.

Winnie hatte sich schon Notizen gemacht, falls Rückfragen zu seiner Reportage kommen würden. Und sein Manuskript des Artikels hatte er auch dabei. Und die Bilder. Wunderschöne Fotos, mit Magdalenas Kamera gemacht. Von dieser Kamera war Winnie begeistert.

Die Kollegen im Raum waren etwas unruhig geworden, weil der Chefredakteur noch nicht da war. Wenn er zu spät kam, lag es meistens daran, dass noch irgendetwas am Nachmittag geschehen war, das unbedingt noch in die Zeitung musste. Für manche von ihnen bedeutete das zwangsläufig Überstunden. Die Zeitung musste so brandaktuell wie möglich sein, das erwarteten die Leser. Hoffentlich war es dieses Mal anders, dachte sich Winnie. Hoffentlich hatte die Verspätung einen anderen Grund.

Nach weiteren zehn Minuten Wartens, als sich im ganzen Raum rege Unterhaltungen eingestellt haben, kam der Chefredakteur mit seiner Aktenmappe herein. Alle verstummten.

»Liebe Kolleginnen und Kollegen, entschuldigen Sie meine Verspätung, aber auch der Bayerische Landtag hat sich verspätet in seiner Sitzung, und es hat gedauert, bis die Presseagentur mich angerufen hat. Wir wollen natürlich druckfrisch sein. Und da musste ich es einfach abwarten, bis unser Ministerpräsident mit seiner Rede fertig war.«

Alle nickten, Verständnis von allen Seiten. Obwohl es wahrscheinlich ohnehin nur Oberbayern interessieren würde, was Herr Dr. Goppel da so am späten Nachmittag noch zu sagen hatte. Franken war ihm doch egal, wie allen Ministerpräsidenten davor. Obwohl sie hier so wirtschaftsstark waren. Die in München wuschen die Wäsche mit fränkischen Waschmaschinen, schrieben mit fränkischen Füllfederhaltern und zeichneten mit fränkischen Bleistiften. Und trotzdem interessierte München sich meistens nur für München und Umgebung. Da, wo die Berge waren. Die Touristen. Das klare Wasser. Und das Oktoberfest.

Der Chefredakteur fuhr fort: »Wir müssen für morgen einiges umschichten. Es gab eine wichtige Entscheidung, die unsere Leser brennend interessieren wird. Haben wir Platz auf der dritten Seite? Was war da geplant?«

Winnie seufzte. Würde also mal wieder nichts werden mit seinem Hopfenanbau.

»Hopfenanbau, von unserem Herrn Metz«, sagte der Redakteur des Mantelteils.

»Sehr gut, sehr gut. Das Sommerloch ist bekanntlich lang. Der Hopfenanbau hat noch Zeit.«

Fragt sich, ob er überhaupt noch in der Zeitung erscheint, dachte Winnie sich. Und im Sommerloch wird die Zeitung doch ohnehin von den meisten nicht gelesen. Er hörte den darauf folgenden Ausführungen gar nicht richtig hin, sondern sah nach draußen auf die Straßen Nürnbergs. Er war schon ziemlich müde, hatte wieder nachts nicht lang genug geschlafen. Er kam häufig sehr spät ins Bett, weil er bis spät abends arbeitete und danach gerne noch etwas trinken ging. Und morgens holte ihn eine innere Unruhe aus dem Bett, denn eigentlich war er eher eine Lerche als eine Eule.

Plötzlich merkte Winnie auf.

»…Seenlands offiziell beschlossen.« Der Chefredakteur blickte in die Runde.

Ein Raunen ging durch die Runde. Winnie drehte sich zu seinem Nachbarn, dem Redakteur Karl-Heinz.

»Was ist beschlossen worden?«, fragte er ihn flüsternd, was gar nicht nötig gewesen wäre, denn alle Mitarbeiter im Raum redeten nun laut durcheinander.

»Das Fränkische Seenland! Stell dir das mal vor, Winfried. Dieses Projektt Sehr interessant. Wir bekommen Seen vor die Haustüre. Für die Wirtschaft – und für den Tourismus. Der Lechner hat sich da scheinbar stark für unsere Region eingesetzt. Hättest du das jemals gedacht? Dass sie sich trauen, dieses verrückte Projekt offiziell zu beschließen… unsere Bürgermeister scheinen schon fast eine Lobby zu haben im Landtag…«

Das Seenland! Erstaunlich! So überraschend! Winnie hatte schon gar nicht mehr so oft dran gedacht. Und bei Magdalena war es besser, man tat so, als gäbe es die Idee nicht.

Er grinste nun auch. »Was, wirklich? Und die wollen das bezahlen? Der Freistaat will das bezahlen? Mit Steuergeldern? Aus München? Das wird doch bestimmt irrsinnig teuer.«

Karl-Heinz nickte und verdrehte die Augen. »Und viel teurer als vorher gedacht. Wir sehen es ja beim Kanal. Die Kosten sind jetzt schon explodiert und noch lange nicht fertig. Das ist läppisch, was sie da bisher gebaut haben. Aber der Freistaat zahlt und zahlt. Wie bei einer Gelddruckmaschine.«

Winnie fragte sich, woher eigentlich das ganze Gold kam, das der Freistaat brauchte, um so viel Geld für den Kanal drucken zu können.

Und jetzt Seen, hier in Mittelfranken.

Das kam also auf die dritte Seite. Die Fränkischen Seen. Magdalenas Planung. Die Landesregierung hatte beschlossen, das Fränkische Seenland zu bauen. Es war geschehen. Es würde kommen.

Das, worauf er insgeheim immer gehofft hatte. Dass er, Winnie, sich insgeheim auf die Seen gefreut hatte, das hatte er Magdalena nie erzählen dürfen. Das hatte er ihr stets verschweigen müssen. Die Seen würden gebaut werden. Keine Hochwasser mehr an der Altmühl. Dafür kristallklares Wasser zum Schwimmen, Boot fahren und Angeln. Laue Sommerabende, in denen sich der Mond im Wasser spiegelte. Seen, in seiner sonst so langweiligen Heimat. Er schwor sich, sollten diese Seen wirklich jemals Realität sein, er würde bleiben. Er würde nicht fortziehen. Er würde mit seinen Kindern Ausflüge machen zu den Seen. Er würde sich ein Boot kaufen, wenn er genug Geld hätte.

Der Chefredakteur räusperte sich lautstark, alle verstummten.

»Der Einsatz unserer engagierten Bürgermeister, Landräte und Kreisräte hier in der Region hat sich gelohnt. Vor allem der Einsatz vom Landrat Lechner. Da können wir echt stolz sein, dass die in München was für unser Land, für Mittelfranken, erreicht haben. Besonders gefreut habe ich mich über einen Teil des Landtagsbeschlusses…«

Der Chefredakteur machte eine lange Pause.

Alle lauschten aufmerksam.

»Das Ufer der Seen soll im Eigentum des Freistaats bleiben und auf immer und ewig für alle frei zugänglich sein!«

Ein Raunen ging durch die Mitarbeiter der Zeitung. Frei zugänglich! Winnie und Karl-Heinz sahen sich begeistert an. Winnie jauchzte innerlich. Er hatte schon öfters gehört, dass die Seeufer der oberbayerischen Seen umzäunt waren und reichen Privatleuten gehörten, und es nur wenige Möglichkeiten für die einfache Bevölkerung gab, Zugang zum See zu erlangen.

Und jetzt sollten die fränkischen Seen frei zugänglich sein.

Er konnte es kaum glauben. Es wurde immer besser.

Er konnte es kaum erwarten, seinen Verwandten mit dem Hof im Altmühltal vorab davon zu erzählen. Er würde sie anrufen. Er würde so bald wie möglich heimgehen. Alle Müdigkeit war von ihm weggeblasen. Er würde Magdalena anrufen.

Wobei, dachte er sich und sein Magen verkrampfte sich, Magdalena wollte diese Seen nicht. Überhaupt nicht. Leider.

Er musste recherchieren. Vielleicht gab es irgendetwas, das Magdalenas Gemüt beruhigen konnte. Ihr Hoffnung machen konnte.

Er liebte sie, er konnte sie nicht verletzen, er wollte ihr nicht wehtun.

Und wenn nicht – es wäre so schön, mit Magdalena eines Tages an einem der Seen spazieren zu gehen. Vielleicht würde sie sich irgendwann darauf freuen… Auch wenn die Kastanienmühle… Einige Mühlen im Brombachtal waren in den letzten Jahren bereits aufgegeben worden…

Er seufzte, als sich die Leute im Raum beruhigten und die Besprechung der nächsten Zeitungsausgabe fortgesetzt wurde.

DIE HIOBSBOTSCHAFT

»Und los geht's!«, rief Onkel Erwin und öffnete den Mönch im Fischweiher der Kastanienmühle. Magdalena zog ihren Overall zu, dieser Tag im Spätsommer 1970 war kalt, windig und es nässte ein wenig aus den Wolken. Sie stand neben Knecht Heribert und Friedrich und hatte einen Kescher in der Hand. Am anderen Ufer des Weihers standen Moritz, Karl und neben ihm erwartungsvoll der kleine Ludwig, der inzwischen acht Jahre alt war und ganz schön gewachsen. Gemeinsam beobachteten sie, wie sich alsbald im Weiher eine strudelnde Strömung in Richtung Mönch bildete, das Wasser nach und nach weniger wurde und aus dem Weiher herausfloss, wo es einige hundert Meter weiter flussabwärts wieder in den Brombach eingespeist werden würde. Das Ufer des Weihers gab seinen schlammigen Rand frei, der sonst die größte Zeit des Jahres mit Wasser bedeckt war. Ludwig raste auf das zu, was vor kurzem Weiher gewesen war, und sprang begeistert in seinen Gummistiefeln und seinem blauen Regenanorak im Schlamm herum. Es spritzte in alle Richtungen und bereits nach wenigen Minuten war der Kleine von oben bis unten verdreckt.

Die zwei Weiher der Kastanienmühle bildeten traditionell einen Wasserausgleich, um zu verhindern, dass die Mühlräder entweder bei Trockenheit trockenfielen oder bei zu viel Regen überliefen. Dass Onkel Erwin jetzt seine zwei Fischweiher abließ, um die Karpfen abzufischen, war schon lange zuvor mit den anderen Müllern im Brombachtal abgesprochen worden, da es die Stauhöhe des Eichpfahls veränderte. Viele Müller fischten ihre Fischweiher im September ab und viele Mühlen waren nicht mehr so stark von den wassergetriebenen Mühlrädern abhängig wie früher. Die Wasserkraft diente vor allem noch als Antrieb für die Sägmühlen. Nachdem die Birkenmühle vor kurzem die Mahlmühle aufgelassen hatte, wurde nur noch auf der Kastanienmühle Mehl gemahlen. Manche Müller betrieben ihre Mühlräder gar nicht mehr, sondern lebten nun allein von der Landwirtschaft, dank ihrer großen Flächen, die sie besaßen, der steigenden Ernteerträge und der fortschreitenden Mechanisierung der Landwirtschaft.

Heribert stand neben Magdalena, rauchte und sah gen Osten. Der Overall schlackerte an seinem mageren Körper und seine große Hakennase war rot wie immer.

„Weißt du schon das Neueste von der Öfeleinsmühle?“, fragte er.

Magdalena schüttelte den Kopf. „Da wohnt doch schon lange keiner mehr, oder?“

Heribert nickte. „Die hat die bayerische Landessiedlung ja schon längst aufgekauft. Ich finde das höchst verdächtig.“

Er nahm sich einen Zug und blies den Rauch in die Luft. „Ich hab vom Gerhard von der Birkenmühle gehört, dass sie die Mühle jetzt abfackeln wollen. Und zwar nicht einfach so! Sondern für einen Film!“

Friedrich gesellte sich neugierig zu ihnen.

Heribert blickte auf den fast leeren Karpfenweiher und schüttelte den Kopf. „Das würden die doch nicht machen, wenn sie keine Seen planen würden. Wenn du mich fragst.“

„Du meinst, sie haben das Brombachtal schon aufgegeben?“, fragte Magdalena.

Friedrich zündete sich ebenfalls eine Zigarette an. „Das ist wie beim Sand. Jahrelang reglementierten sie den Sandabbau, machten alles unnötig bürokratisch für die Müller, und jetzt geben sie den Sand uneingeschränkt für den Abbau frei. Uneingeschränkt! Goldgräberstimmung! Ich frage mich wirklich, was das mit unserem Grundwasser macht, wenn jeder nach Sand graben kann, wie er lustig ist.“

„Und die Politiker, die unterstützen das Ganze. Ich sag euch, das letzte Stündlein des Brombachtals und seiner Mühlen hat geschlagen!“, erklärte Heribert.

Dieser Satz versetzte Magdalena einen Stich in der Seele. Ein unangenehmes Schuldgefühl kam in ihr auf.

Karl kam mit dem Trecker angefahren, auf dessen Ladefläche

viele große, mit Wasser gefüllte Eimer standen, in die sie die Karpfen füllen würden.

»Es kann losgehen!«, rief Onkel Erwin von der anderen Seite des Karpfenweihers. Er, Moritz, Friedrich und Magdalena schlurften in ihren Gummistiefeln los, die Kescher in der Hand. Heribert sprang zu Karl auf den Trecker, bereit, die vollen Karpfeneimer aufzuladen. Ludwig hatte begonnen, im Schlamm Burgen zu bauen und ließ sich durch nichts aus der Ruhe bringen. Onkel Erwin, Moritz, Friedrich und Magdalena gingen auf den Weiher zu, bei dem jetzt ein Großteil des Wassers fehlte. Der Boden des Weihers war schlammig und Magdalena sank bei jedem Schritt fast knöcheltief ein. Ganz in der Mitte des Weihers befand sich das Restwasser, und hier hatten sich die Karpfen nun versammelt, waren vor dem schwindenden Wasser geflohen. So konnten sie leicht abgefischt werden. Heribert und Karl brachten die Kübel voller Wasser, in die sie die gefangenen Karpfen werfen würden. Oma Augustine, Tante Paula und Tante Gerlinde würden dann das Schlachten und Ausnehmen übernehmen und einige der Karpfen würden sie direkt lebend an die Abnehmer in der Gasthäuser der Region bringen.

Es war eine anstrengende Arbeit. Alles musste schnell gehen, damit den Karpfen in den kleinen Eimern bei dem wenigen Wasser nicht der Sauerstoff ausging. Bald schon fingen Karl und Heribert an, die mit Karpfen gefüllten Eimer auf den Trecker zu verladen, um sie den Frauen im Wohnhaus der Kastanienmühle zu bringen.

Als sie die Ladefläche des Treckers mit Karpfeneimern vollgestellt hatten, tuckerte Heribert zum Wohnhaus der Kastanienmühle. Onkel Erwin, Moritz und Magdalena gönnten sich eine kurze Pause, Onkel Erwin verteilte ein paar Flaschen Bier und Limo. Alle waren durstig, obwohl das Wetter immer noch garstig windig, nass und kühl war. Friedrich und Karl rauchten.

»Sag mal, Moritz«, begann Onkel Erwin, nachdem er genüsslich einen großen Schluck Bier getrunken hatte, »Willst du nicht auch mal probieren, den Trecker zu fahren? Du machst jetzt ja schon den Führerschein. Wenn du die Mühle in ein paar Jahren übernehmen willst, solltest du das können.«

Magdalena guckte verdutzt, aber noch erstaunter schaute Moritz drein.

Wenn du die Mühle übernehmen willst.

Ja, grundsätzlich wollte Moritz die Kastanienmühle übernehmen. Aber die aktuellen Entwicklungen… die Öfeleinsmühle… der Sandabbau…

Moritz fiel eine Antwort auf Onkel Erwins Frage sichtbar schwer. Und das lag bestimmt nicht nur daran, dass er neuen Aufgaben gegenüber immer schon skeptisch eingestellt gewesen war.

Moritz hatte im Juni sein Abitur mit Ach und Krach bestanden. Und jetzt hatte er mit dem Führerschein begonnen.

Was die Mühle anging, so war aus Moritz einfach nichts herauszubekommen. Die Eltern hatten ihn schon mehrmals gefragt, ob er unter diesen schwierigen Umständen und der unsicheren, nicht absehbaren Zukunft des Brombachtals wirklich die Mühle übernehmen wollte. Moritz hatte nur mit den Achseln gezuckt, wieder und wieder. Und keine Antwort gegeben. Man hatte sichtlich gemerkt, dass er dem Thema aus dem Weg gehen wollte.

Und so war es heute wieder.

Moritz zuckte mit den Achseln.

»Klar, den Trecker kann ich fahren«, sagte er nur, »Heribert kann es mir zeigen.«

Wollte er also immer noch die Mühle übernehmen? Magdalena wurde aus ihrem Bruder nicht schlau, ihr Bruder, der in den letzten zwei Jahren immer nachdenklicher und in sich gekehrter geworden war und seine Frechheit immer mehr verlor.

»Sehr schön«, Onkel Erwin klopfte Moritz grinsend auf die Schulter, »am besten, du fährst gleich heute mal mit.«

Schließlich kam Heribert zurück, und es ging weiter mit den Karpfen für den Gasthof. Diese landeten erst in die mit Wasser gefüllten Eimer und wurden dann von Karl und Heribert in den großen, mit Wasser gefüllten Behälter auf dem Trecker geleert. In diesem konnten die Karpfen länger überleben als in den kleinen

Eimern. Gegen Mittag, als Magdalenas Arme langsam schwer wurden, und ihr Magen sich immer deutlicher zu Wort meldete, war der erste Weiher leer gefischt.

»Hervorragend«, sagte Onkel Erwin. »Heribert, kannst du mit Moritz zum Gasthaus fahren? Ihr könnt ruhig dort essen, Eddy weiß Bescheid. Und Moritz sollte sich auch mal hinter dem Steuer versuchen.«

Magdalena sah Moritz an, dass er keine große Lust darauf hatte, mit Heribert mitzukommen, aber er nickte, kletterte zu Heribert auf den Trecker und sie knatterten los.

Das Mittagessen war eine willkommene Stärkung, aber sie bemühten sich, nicht allzu lange zu pausieren, denn es wartete noch viel Arbeit auf sie.

Erst gegen sechs Uhr war auch der zweite Fischweiher leer gefischt. Sie waren alle müde, als sie sich am großen Tisch zum Abendessen niederließen. Erst mit dem Essen und dem Bier kehrten die Lebensgeister wieder zurück und alle begannen, sich angeregt zu unterhalten. Magdalena saß neben ihrem Bruder, der ungewöhnlich still war und kein Wort über seine Erfahrungen auf dem Trecker verlor. Als sie alle gestärkt und gesättigt waren und Onkel Erwin das zweite Bier ausgab, bemerkte Magdalena, wie ihr Bruder einfach seine Bierflasche anstarrte und am Etikett herumfingerte. Warum war er so unruhig? Lag ihm das Treckerfahren nicht? War etwas passiert, hatte er vielleicht einen Unfall gebaut?

Irgendwann verabschiedeten sich Gerlinde, Johann, Karl und der kleine Ludwig. Es wurde ruhiger im Haus. Moritz und Magdalena waren zusammen mit dem Auto der Eltern gekommen, seit etwa einem Jahr hatte Magdalena den Führerschein. Und die Eltern hatten beschlossen, heute einen Ausflug mit dem Zug zu machen und ausnahmsweise einmal nicht beim Karpfenfischen zu helfen.

»Mag noch einer ein Bier?«, fragte Onkel Erwin und winkte mit einer Flasche Helles in die Runde.

»Erwin, lass das, die sollen doch morgen früh alle brav in die Kirche können!«, lachte Tante Paula, die wusste, dass die

Schwarzmüllers und Meierhofers ihren Durst sehr gut selbst einschätzen konnten.

»Danke, ich nehme Limo«, bemerkte Friedrich und hob seine leere Flasche hoch.

»Was magst du?«, fragte Erwin den wortkargen Moritz.

Moritz sagte nichts, guckte seine inzwischen doch leere Bierflasche an, spielte mit einem Stück Etikett in den Händen.

Irgendwann holte er tief Luft und sagte: »Ich will euch was sagen.«

Onkel Erwin hob die Augenbrauen, alle Augen waren nun auf Moritz gerichtet.

»Na dann, schieß los«, sagte Onkel Erwin.

Moritz holte aus: »Ich – ich habe viel darüber nachgedacht. Ich – hab jetzt Abi. Wir hatten auch schon einen Studieninformationstag. Ich – ich habe – mir gedacht… nein – ich habe beschlossen – also, ich werde die Kastanienmühle wohl – es tut mir leid, aber ich – ich werde die Kastanienmühle nicht übernehmen. Ich will studieren. Ja, das ist es, was ich will.«

Bei seinem letzten Satz wurde Moritz' Stimme plötzlich seltsam hoch.

»Hergottsakrament«, flüsterte Onkel Erwin.

»Himmel.« Tante Paula klammerte sich an den Arm ihres Mannes.

»Es liegt in Gottes Hand«, sagte Oma Augustine mit zittriger Stimme, »unser aller Zukunft liegt in Gottes Hand. Es ist Gottes Wille.«

Magdalena sah ihren Bruder von der Seite her an und wusste, wie alle in der Runde, dass Moritz' Pläne fürs Studium sicherlich nicht der einzige Grund waren, dass er jetzt nicht mehr der zukünftige Müller der Kastanienmühle werden wollte.

»Lieb, dass du mir hilfst«, sagte Greta und reichte Magdalena eine Mistgabel, »Sogar bei so einer Drecksarbeit. Du kannst gerne warten, bis ich zum Melken bereit bin. Du wirst ja für was Anderes bezahlt.«

»Ach, so ein Quatsch.« Magdalena hob eine große Mistgabel voller Kuhdung in die Schubkarre. »Du bist meine Freundin, deshalb helfe ich dir hier. Je schneller wir fertig sind, desto länger haben wir Zeit für uns.«

Greta lächelte und feuerte eine Ladung Mist in die Schubkarre, als ob es Watte wäre. Magdalena tat sich da schon viel schwerer. Sie hatte einfach keine Muskeln mehr. Wovon auch? Von den seltenen Arbeitseinsätzen auf der Kastanienmühle, wo immer mehr der Traktor die anstrengende Arbeit übernahm? Vom Sitzen und Stehen im Büro? Sie war dünn und blass geworden in den letzten Jahren. Sie war gertenschlank, groß und hatte ein schönes Gesicht, bekam im Sommer viele Sommersprossen, aber sie sah zerbrechlich aus. Wahrscheinlich würde Greta nach einem Tag Karpfenfischen bei Weitem nicht so viel Muskelkater haben wie Magdalena.

»Schön, dass du mal wieder Samstagabend Zeit hast«, sagte Greta.

»Und dass du Zeit hast, weil Hugo beim Kartenspielen ist!«

Hugo war Gretas neuer Freund. Er war ein paar Jahre älter als Greta, und Magdalena hatte ihn vor diesem Novembertag im Jahr 1970 noch gar nicht gekannt. Seine Eltern hatten auch einen kleinen Bauernhof, der viel weniger Fläche hatte als Gretas Ausbildungsbetrieb und niemandem mehr ein Auskommen sicherte. Hugo war gelernter Verkäufer und arbeitete neben der Landwirtschaft im Lebensmittelgeschäft von Absberg.

»Hat Winnie heute was Anderes vor?«

»Äh – ja. Ist auch mit Freunden unterwegs.«

Magdalena biss die Zähne aufeinander, weil der Kuhdung dieses Mal besonders schwer war. Wie Kühe auch so einen schweren Mist machen konnten. Sie fraßen doch nur Gras und Heu. Und tranken Wasser. Mit voller Kraft wuchtete Magdalena den Mist in die Schubkarre.

Greta stellte die Mistgabel ab und stemmte die Schubkarre nach oben.

»Ich bring das mal raus. Mach ruhig kurz eine Pause. Ich denke, noch drei bis vier Schubkarren, und dann können wir schon frisch einstreuen.«

Greta marschierte nahezu leichtfüßig mit der Schubkarre nach draußen zum Misthaufen. Magdalena wischte sich den Schweiß von der Stirn. Sie war sehr froh über dieses Winnie-freie-Wochenende.

Einerseits.

Weil es in letzter Zeit immer wieder zu Streit kam.

Immer wegen ein und desselben Themas.

Diese verflixten Seen.

Die er wollte. Auf die er sich freute.

Die sie nicht wollte. Vor denen sie Angst hatte.

Andererseits.

Sie vermisste ihren Winnie.

Seine Zärtlichkeit, seine Wärme, die Nähe.

Und es kam noch etwas hinzu: Langsam begannen ihre Eltern, Druck zu machen.

Dass sie doch mit Winnie zusammenziehen sollte.

Sie sich einen Job am gleichen Ort suchen sollten.

Magdalena war jetzt einundzwanzig Jahre alt und wohnte immer noch zu Hause.

Obwohl sie eine junge Frau mit Partner war. Und Geld verdiente. Und sich ja jeden Moment Nachwuchs ankündigen könnte.

Und verheiratet war sie immer noch nicht!

Magdalena wollte ja auch so gerne weg aus dem Elternhaus. Und zu Winnie ziehen. Einerseits.

Andererseits müssten sich dafür ihre heftigen Diskussionen legen. Der Streit, das stumme Zusammensein danach. Sie konnte sich ein gemeinsames Wohnen mit Winnie so nicht vorstellen.

Und wahrscheinlich würden alle dann erwarten, dass sie heiraten würde. Winnie heiraten.

Das wollte sie auf keinen Fall, das konnte sie sich überhaupt nicht vorstellen. Noch weniger als eine gemeinsame Wohnung.

Das wäre so…. endgültig. Sie wollte nichts Endgültiges.

Und es müsste Arbeit geben für sie in Nürnberg. Magdalena glaubte inzwischen nicht mehr, dass Winnie großes Interesse hatte, aufs Land zurückzukommen. Er arbeitete bei der großen Zeitung in Nürnberg, da hatte er doch kein Interesse an einer Stelle bei einem Käseblatt in der Provinz. Also würde sie zu ihm ziehen müssen. Und dafür suchte sie in Nürnberg nach Arbeit. Schon seit ein paar Monaten. Die Stellenangebote schnitt sie jedes Wochenende fein säuberlich aus der Zeitung aus. Wenigstens das gefiel ihren Eltern. Sie sahen, dass sich ihre Tochter kümmerte. Obwohl sie sich schon allmählich wunderten, warum ihre Tochter sich nicht bewarb. Stellen waren immer wieder ausgeschrieben, eigentlich sogar sehr viele, technische Zeichner waren gesucht, aber Magdalena fand immer eine Ausrede, sich nicht zu bewerben.

Hin und wieder fand sie es so ätzend bei ihren Eltern, dass sie nur noch wegwollte. Dann nahm sie sich eine Bewerbung vor, legte die Stellenausschreibung zentral auf ihr Tischchen in ihrem Zimmer, aber verpasste den Termin doch wieder. Weil sie es sich doch nicht so vorstellen konnte, in Nürnberg, mit Winnie, bei einer neuen Stelle. Weil es doch im Großen und Ganzen in Ordnung war mit ihren Eltern. Dennoch wäre es ihnen wahrscheinlich am liebsten, wenn sie schon geheiratet hätte.

So wie Lieselotte oder Heike, und die hatte ja schon ein Kind und war mit dem zweiten schwanger.

Magdalena lebte noch daheim, wie ein Kind. Sogar ihr kleiner Bruder Moritz war jetzt ausgezogen. Denn er studierte jetzt. Seit drei Wochen. Betriebswirtschaftslehre. In Nürnberg. Dort hatte er ein kleines Zimmer in einem Studentenwohnheim und kam nur noch am Wochenende nach Georgensgmünd.

Und die Kastanienmühle, die stand nun plötzlich ohne Nachfolger da.

Greta kam mit der leeren Schubkarre zurück, sie schufteten weiter, Mistgabel für Mistgabel, Magdalena benötigte all ihre Kraft. Greta plauderte davon, wie schön das Leben doch mit Hugo war, und wie gerne sie etwas mehr Freizeit hätte. Für Hugo. Wie schön es war, mit ihm auf den Dorffesten die ganze Nacht durchzutanzen. Wie sehr sie sich auf eine eigene Familie freute. Zwei Kinder wollten sie, einen Buben und ein Mädchen. Dass sie aber zunächst einmal ein sicheres und solides Einkommen finden müssten. Die Arbeit auf dem Bauernhof, die warf ja nur wenig ab, und auch Hugo verdiente nicht viel.

Endlich war der Stall sauber. Sie streuten das duftende frische Stroh ein und füllten die Futtergarben der Kühe mit Heu und Futterrüben.

»Das wird meinen Mädels gefallen«, sagte Greta und lächelte.

»Komm, holen wir sie. Die sind schon ganz voll, die Armen.«

Sie gingen hinaus auf die kleine Weide, wo die Milchkühe des Hofs schon am Zaun standen, und warteten. Der Tag neigte sich bereits sichtbar dem Ende zu und die vollen Euter schienen ihnen bereits sehr unangenehm zu sein. Zwölf Milchkühe hatte der Hof, auf dem Greta arbeitete. Anders als die meisten anderen Höfe in der Umgebung, bei denen die Kühe inzwischen ganzjährig im Stall standen, hatten die Kühe im Sommer tagsüber Weidegang. Greta öffnete den Zaun und die Kühe marschierten gemächlich los in Richtung Stall.

»Kannst du hinterher gehen und sie ein bisschen anschieben, wenn sie trödeln?«, fragte Greta und reichte Magdalena einen Stock.

Es dauerte etwa zehn Minuten, bis alle Kühe im Stall waren und Greta die erste Kuh an den Melkstand geholt hatte. Rasch und mit gekonnten Griffen setzte sie die Melkmaschine an.

»Sag mal«, fragte sie, während die Milch floss, »wann heiratet ihr eigentlich mal? Ihr seid doch schon so lange zusammen.«

Magdalena zuckte mit den Schultern. »Weiß ich nicht! Gefragt hat er mich noch nicht!«

Greta schüttelte den Kopf. »Das sind doch echt städtische Verhaltensweisen, die der Winnie schon an den Tag legt. Das hört man doch, in der Stadt wird immer später geheiratet. Die Leute wollen sich nicht festlegen. Verstehe ich nicht. Ich kann es kaum erwarten, bis Hugo mich fragt.«

Magdalena nahm sich zusammen.

»Ich weiß gar nicht, ob ich gerade im Moment will, dass er mich fragt.«

Greta hielt so abrupt beim Anlegen der Melkmaschine inne, dass die Kuh verdutzt den Kopf hob.

»Wie bitte? Habt ihr Streit? Oder liebt er dich nicht mehr? Erzähl, was ist los?«

»Es ist wegen der Seen. Winnie will sie. Das weiß ich jetzt. Ich will sie nicht. Die Kastanienmühle… und irgendwie kommt das Thema immer hoch, wenn wir uns sehen, und er hat so wenig Verständnis für… Und dann streiten wir uns. Über die Seen.«

Greta stand auf, entfernte die Melkmaschine und schob die Kuh nach draußen.

»Ich verstehe, dass du die Kastanienmühle über alles liebst. Und es sind so viele Müller und Bauern, die ihr Land verlieren. Und die Öfeleinsmühle haben sie abgebrannt. Und die Freigabe für den Sandabbau. Das ist alles heftig, finde ich auch. Aber du musst auch etwas Verständnis haben. Viele wollen die Seen, wenn sie keine Müller und reichen Landbesitzer da drunten sind! Die Politiker in der Region stehen dahinter. Der Landrat. Die Bürgermeister. Die setzen sich dafür ein! Weil sie unserer Region was Gutes tun wollen! Und so viele Höfe geben zurzeit auf. Deine Tante und dein Onkel werden das schon überleben. Deine Tante findet sofort eine Stelle in der Verwaltung. Und beide werden bestimmt großzügig entschädigt, wenn sie ihr Land hergeben müssen.«

Magdalena nickte und versuchte, ihre Tränen zu unterdrücken.

Sie wusste ja auch nicht, welche Zukunft die Kastanienmühle ohne dieses Seenprojekt hätte.

Mutter Rosmarie musste am Wochenende immer öfters rausfahren und helfen, weil Onkel Erwin so der Rücken schmerzte.

Ohne Heribert wäre es fast schon unmöglich, die ganze Arbeit zu bewerkstelligen.

Und trotzdem. Die Kastanienmühle konnten sie einfach nicht überschwemmen. Nicht einfach versinken lassen.

Die dritte Kuh stand an der Melkmaschine.

»Ach, Magdalena, es tut mir ja echt leid für euch. Und weißt du, wer weiß, was da noch alles kommt. Du sagst doch selbst, dein Onkel plant einen Aufstand. Alles können die da in München bestimmt nicht durchsetzen. Und das soll doch deine Beziehung mit Winnie nicht verschlechtern! Ihr passt so gut zusammen!«

Magdalena nickte.

Greta entfernte wieder die Melkmaschine.

»Das wird Jahrzehnte dauern, bevor man da überhaupt irgendwas in der Landschaft sieht. So langsam, wie die bei diesem Kanal sind. Wollt ihr euch da Jahrzehnte drüber die Köpfe einschlagen? Am besten, du machst mit ihm bald einen Ausflug. In den Nürnberger Tierpark oder so. Ihr müsst was zusammen erleben. Dann findet ihr ein neues, schöneres Gesprächsthema.«

Sie gingen zur nächsten Kuh.

»Und jetzt mach ich das schnell fertig, damit wir es uns gut gehen lassen können.«

Greta hatte Recht. Sie liebte Winnie. Sie wollte ihn lieben. Sie wollte mit ihm zusammenbleiben, und das hieß, vielleicht auch irgendwann heiraten.

Seen hin oder her.

DIE GROSSE CHANCE

Bereits eine Woche später nach Gretas und Magdalenas gemeinsamen Samstagabend, an einem Freitag Ende November 1970, war es mit der erfolgreichen Verdrängung der Seenlandgeschichte aus Magdalenas Kopf schon wieder vorbei. Es fing an mit einem Brief, den ihr die Mutter Rosmarie Freitagabend nach Feierabend reichte.

»Hier, ist für dich angekommen. Steht aber kein Absender drauf«, murmelte die Mutter und lief, nachdem sie Magdalena den Brief gegeben hatte, sofort zurück in die Küche. Währenddessen rief sie: »Wenn du dich umgezogen hast, komm runter und hilf mir beim Essen. Bin spät dran heute. Moritz und Wolfram kommen mit dem Sechsuhrzug.«

»Mach ich«, rief Magdalena, den Brief in der Hand. Sie lief in ihr Zimmer, legte den Brief auf die Kommode und stellte ihre Tasche ab. Endlich Wochenende! Sie ging zu ihrem Schrank und zog sich um. Sie wollte gerade den Brief öffnen, da rief die Mutter:

»Magdalena, wo bleibst du denn? In zehn Minuten kommen unsere Männer!«

Das war deutlich.

Und so blieb der Brief erst einmal verschlossen auf Magdalenas Kommode liegen.

Sie half der Mutter beim Eindecken und Brotschneiden. Draußen war es schon stockdunkel.

Als Magdalena gerade den Käse auspackte, fragte die Mutter: »Hast du dich jetzt eigentlich auf die Stelle schon beworben da in Nürnberg?«

»Nein, noch keine Zeit gehabt.«

Die neueste geeignete Stellenanzeige lag seit eineinhalb Wochen auf ihrer Kommode im Zimmer, in fünf Tagen würde die Bewerbungsfrist ablaufen.

»Und wirst du es dieses Mal schaffen, dich rechtzeitig zu bewerben? Vielleicht am Wochenende? Gleich morgen früh?«

Magdalena dachte an alles, was zu tun war. Saubermachen. Plätzchen backen. Winnie sehen. Trotzdem sagte sie:

»Ich werde mich bewerben dieses Mal, versprochen. Gleich morgen fange ich an.«

Die Haustüre wurde aufgesperrt und sie konnten Moritz' und Wolframs Stimmen vernehmen.

»Ha, gerade rechtzeitig fertig geworden«, stellte die Mutter Rosmarie fest und stellte den Brotkorb auf den Tisch.

Nach dem Abendessen lief Magdalena zurück auf ihr Zimmer und nahm den Brief in die Hand.

Kein Absender.

Wer machte so etwas?

Sie zuckte mit den Schultern und nahm den Brieföffner.

Als sie auf dem Schreiben den Absender sah, fiel ihr die Kinnlade runter.

Das Talsperren-Neubauamt Nürnberg.

Was wollten die bloß von ihr?

Dieses Amt sollte die Seen planen und bauen, das hatte sie mitbekommen. Eine Behörde, extra für dieses sogenannte Neue Fränkische Seenland gegründet.

Mit Herzklopfen faltete sie das Schreiben ganz auf und las.

Sehr geehrte Frau Meierhofer,

wie Sie den Presse- und Medienberichten entnehmen konnten, sind wir derzeit dabei, für das geplante Wasserausgleichssystem in Mittelfranken eine Landesbehörde aufzubauen. Das Talsperren-Neubauamt hat seinen Sitz in Nürnberg und sucht qualifizierte Mitarbeiter. Vonseiten des Wasserwirtschaftsamts Weißenburg, mit dem wir im Rahmen des Wasserausgleichssystems (Talsperren im Altmühltal, Brombachtal und Igelsbachtal) eng zusammenarbeiten, haben wir von Ihnen erfahren. Sie haben für das Ingenieurbüro Göbel und Partner an der ersten Planung ... des Wasserausgleichssystems maßgeblich mitgewirkt. Sehr gerne möchten wir von Ihren Fähigkeiten und Kenntnissen profitieren und Ihnen ein Angebot für eine attraktive Anstellung in unserem Hause unterbreiten.«

Magdalena sah auf. Sah an ihre mit Bildern ihrer Fotokamera voll gehängte Wand. Sah zu ihrem kleinen Dachfenster. Auf ihr Bett. Zurück zu ihren Bildern. Winnie, Greta, die Eltern, die Kastanienmühle, die Rezat.

Das Talsperren-Neubauamt.

Sie wollten Sie, Magdalena Meierhofer.

Sie las weiter und stutzte wieder, als sie auf ihr Monatsgehalt stieß.

Das war der Wahnsinn.

Das war das, was ihre Eltern zusammen verdienten.

Und das in Nürnberg!

Sie würde mit Winnie zusammenziehen.

Sie würde sich um Geld keine Sorgen mehr machen müssen.

Tu es, rief ihr Kopf. Das ist deine Gelegenheit, von zu Hause auszuziehen und selbständig zu werden. Und wenn du erst einmal mit Winnie zusammenwohnst, macht er dir sicher bald einen Heiratsantrag. Das erwarten doch alle. Das ist doch kein Zustand bei euch.

Aber die Kastanienmühle, rief das Herz.

Tante Paula und Onkel Erwin.

Diese Seen werden die Kastanienmühle zerstören!

Magdalenas Kopf überhörte es.

Das ist ein solcher Karrieresprung.

Du! Magdalena! Als Frau noch dazu!

Die Kastanienmühle, rief ihr Herz. Deine Heimat.

Das ist eine richtig gute Stelle, entgegnete ihr Kopf. Und noch dazu in Nürnberg. Es kommt wie gerufen. Und du musst nicht einmal eine Bewerbung schreiben. Außerdem, wo kannst du das Ganze besser beeinflussen, als wenn du da direkt mitarbeitest. Die Seen kommen so oder so, aber wenn du da arbeitest, kannst du vielleicht etwas zum Guten beeinflussen.

Wie sollst du das erklären, dass du bei diesem Amt arbeitest? Das werden sie doch nie und nimmer verstehen, protestierte ihr

Herz. Und Onkel Erwin und Tante Paula! Sie werden alles verlieren.

Alles ist vergänglich, sagte ihr Kopf.

Die Kastanienmühle nicht! Es gibt sie seit Jahrhunderten! rief ihr Herz.

Magdalena spürte diesen Widerstreit in ihrem Inneren und fühlte sich wie gelähmt.

Aber dann entsann sie sich auf etwas.

Sie hatte es schon fast wieder vergessen.

Letzte Woche hatte Winnie ihr einen Artikel gezeigt.

Aus einer schweizerischen Zeitung.

In dem es um einen Stausee ging.

Zur Energiegewinnung.

Den Schweizern fehlte ja die Kohle.

Die hatten schon so viele Stauseen gebaut und waren immer noch fleißig dabei.

Denn Stauseen lieferten Strom. Vor allem für die Eisenbahn.

Für diesen Stausee siedelten sie ein ganzes Dorf um.

Bauten die Kirche, das Wirtshaus und sogar den Friedhof ab und neben dem neuen See wieder auf.

Warum sollte das im Seenland nicht so sein?

Klar, die Schweizer hatten viel Geld.

Aber es musste doch irgendwie machbar sein, München dazu zu bringen, eine Umsiedlung zu bezahlen.

'Wäre das nicht eine Lösung?', dachte ihr Kopf.

'So ein Quatsch!' rief da ihr Herz. Die Kastanienmühle gehört ins Brombachtal, sonst nirgendwo hin. Und ohne Kastanie ist die Kastanienmühle auch keine Kastanienmühle. Und den Baum werden sie nicht mitnehmen können.

Aber an diesem Freitagabend hörte Magdalena nicht auf ihr Herz. Und entschied sich für den Kopf. Für die Stelle. Für Nürnberg. Und für Winnie.

ÜBER DEN DÄCHERN DER GROßSTADT

»Das ist ja eine schöne Wohnung!«, bemerkte Vater Wolfram schnaufend und stellte den Werkzeugkoffer auf den Dielen ab. Er steckte die Hände in die Taschen seiner Arbeitshose und sah sich um, an diesem Apriltag im Jahre 1971.

»Ja, für eine Großstadt wie Nürnberg ist es hier nicht schlecht«, bemerkte Mutter Rosmarie schnaufend und stellte vorsichtig Magdalenas neuen Spiegel ab. »Aber die Fenster sind nicht geputzt.«

»Das haben die Vormieter wohl vergessen«, sagte Winnie und grinste.

»Habt ihr schon unseren Balkon gesehen?«

Gemeinsam gingen Magdalena, ihre Eltern, Moritz und Winnie zum Balkon der Dachgeschosswohnung. Ein kühler Frühlingswind wehte und man konnte auf die vielen roten Dächer von Nürnberg schauen.

»Nicht schlecht!«, bemerkte Vater Wolfram.

Mutter Rosmarie sah sich um. »Aber da habe ich unseren Garten schon lieber. Alles so kahl hier. Wo soll man denn da Gemüse anbauen?«

»In Töpfen, zum Beispiel«, sagte Magdalena.

»Puh, das ist aber eine Arbeit, die Töpfe hier hochzuschleppen. Und Erde braucht man ja auch!«, bemerkte Mutter Rosmarie.

Winnie zuckte mit den Schultern. »Oder man kauft sich das Gemüse ein paar hundert Meter entfernt auf dem Hauptmarkt frisch aus dem Knoblauchsland.«

»Ich kaufe immer alles, was ich brauche, im Supermarkt ein«, erklärte Moritz.

»Was, du kaufst dein Gemüse in einem dieser neumodischen Supermärkte?«, fragte Mutter Rosmarie entgeistert. »Junge, das ist doch billige Massenware ohne Qualität! Wolfram, wir müssen ihm immer am Wochenende was von uns mitgeben, sonst kauft er so einen Schmarrn«, sagte sie zu Vater Wolfram gewandt.

Vater Wolfram lachte. »Naja, noch scheint er nicht darunter gelitten zu haben, meine Rosi, was meinst du? Und er ist jetzt doch schon ein paar Monate von zu Hause weg.« Er ließ seinen Blick über Nürnberg schweifen. »Ach ja. So viele Dächer. Das ist schon sehr erstaunlich.«

»Wollen wir loslegen?«, fragte Moritz, nachdem sie sich an den Dächern von Nürnberg sattgesehen hatten. »Ich hab nicht ewig Zeit. Hab nächste Woche zwei Prüfungen.«

Sie nickten. Seit Moritz studierte, wurde er immer strebsamer. Und war eigentlich gar nicht mehr nervig, gehässig und gemein. Sie mochte das. Sie begann schon fast, Sympathien für ihren Bruder zu entwickeln.

Es war ein arbeitsamer Samstag, aber sie kamen gut voran. Um sechzehn Uhr waren sie fast fertig und Magdalena bot ihrem Bruder an, schon einmal zurückzufahren und für die Prüfungen zu lernen. Doch Moritz zuckte mit den Schultern. »Kann ich auch morgen machen.«

Sie war erstaunt, aber so luden Winnie und sie die Eltern und den Bruder als Dankeschön zum Abendessen in einen Biergarten am Dutzendteich ein. Es war ein kühler, aber sonniger Frühlingsabend und viele Nürnbergerinnen und Nürnberger genossen den Abend im Grünen.

An diesem Abend fühlte sich Magdalena sehr zufrieden. Sie verspürte eine große Anerkennung ihren Eltern gegenüber, weil diese ihr zuliebe mit den Traditionen bewusst gebrochen hatten. Es war eigentlich ein Unding, dass sie, Magdalena und Winnie, zusammenzogen, aber nicht verheiratet waren.

Winnies Eltern waren da lockerer eingestellt, aber Magdalenas Eltern hätten sich schon eine Heirat gewünscht, damit alles ordentlich zuging und man auch mal ein Enkelchen erwarten konnte, und zwar kein Uneheliches. Magdalena und Winnie waren schon fast drei Jahre zusammen gewesen, als sie das erste Mal zusammen eine Nacht verbringen durften. Und jetzt konnten sie endlich zusammenziehen, aber sie waren noch nicht verheiratet. Weil es ja der Mann war, der den Heiratsantrag machte, und Winnie noch nicht einmal einen Verlobungsantrag gemacht hatte, waren Mutter Rosmarie und Vater Wolfram höchstpersönlich zu den Eltern von Winnie gefahren und hatten mit diesen geredet. Was genau die Inhalte des Gesprächs gewesen waren, wissen Magdalena und Winnie bis heute nicht, aber am Abend desselben Tages hatte die Mutter zu Magdalena gesagt:

»Also, wir haben uns entschieden. Die Zeiten ändern sich ja schlagartig. Die Studierenden in den Städten gehen auf die Straße, sind gegen unsere… naja… Traditionen. Ihr könnt noch etwas mit der Hochzeit warten und trotzdem zusammenziehen. Aber, Magdalena, versprich mir eins: Sobald deine Tage ausbleiben, müsst ihr heiraten. Bitte bringe mir kein lediges Kind zur Welt.«

Nach dem Essen verabschiedeten sich Magdalenas Eltern und fuhren mit dem Anhänger von Onkel Erwin nach Hause. Moritz schien die Stimmung im Biergarten sehr zu genießen. Dass er eingeladen wurde, erst von Vater Wolfram, dann von Winnie, gefiel ihm auch. So blieb er noch länger und bestellte sich ein drittes Bier. Magdalena genoss es, sich mit ihrem Bruder so gut zu unterhalten. Er hatte sich so sehr verändert.

Sie spürte den sehnlichen Drang, mit ihrem Bruder zu zweit zu sein. Ihn einmal unter vier Augen zu sprechen. Ein ernstes Wort zu reden.

Doch dazu kam es an diesem Abend nicht. Viel zu früh entschied Winnie, dass es Zeit war, nach Hause zu fahren, und sie gingen zur Straßenbahn und verabschiedeten sich voneinander.

Magdalena sah ihrem Bruder hinterher, Hand in Hand stand sie da mit ihrem geliebten Winnie, und wunderte sich gleichzeitig über dieses starke Bedürfnis, mit Moritz alleine zu sein.

DER ORNITHOLOGE

Im August des Jahres 1971 war es im Nürnberger Talsperren-Neubauamt ruhig, da Ferienzeit war. Magdalena, die im April den Dienst angetreten hatte, genoss die Arbeitstage, weil kaum jemand da war und den Fortschritt ihrer Arbeit kontrollierte. Denn das Arbeiten fiel ihr immer schwerer, beziehungsweise, es war ihr von Anfang an schwergefallen. Ihr Herz wollte die Arbeit nicht tun, die ihre Hände und ihr Kopf tun sollten.

Sie hörte Radio, um sich durch die Musik abzulenken. Sie besann sich immer wieder auf den sicheren, gut bezahlten Arbeitsplatz, den sie hatte. Sie machte sich immer wieder klar, dass sie weiterhin nur am Altmühlsee und am Altmühlzuleiter plante und nicht am Brombachsee. Dass sie in einer großen Behörde arbeitete und nur ein kleiner Teil des großen Ganzen war. Ein kleiner Teil in einem riesigen Getriebe, das auch ohne sie weiter funktionieren würde. In dem sie ersetzbar war. Dass es gut war, dass die jährlichen Hochwasser im Altmühltal mit dem Bau des Sees eines Tages ein Ende finden würden. Dass sie irgendwann der Behördenleitung würde vorschlagen können, die Häuser im Brombachtal umzusiedeln, die wunderschönen, uralten Häuser, als klitzekleines Trostpflaster. Sie hatte auch schon überlegt, ob man die stolzen Mühlräder umsiedeln konnte, aber sie war sich da nicht so sicher. Und bei der Kastanie war es wohl ausgeschlossen.

Das Talsperren-Neubauamt war am 27. April 1971 gegründet worden. Es war Teil der Obersten Baubehörde, die in München ihren Sitz hatte. Es war beeindruckend, wie viele Fachleute in kürzester Zeit hierhergekommen waren. Da gab es technische Zeichner und Ingenieure, welche die technischen Anlagen planten. Da gab es Juristen, die sich um die öffentlich-rechtlichen Verfahren zu kümmern hatten. Da gab es Landschaftspfleger, die sich für den Naturschutz einsetzten. In diesem Sinne sollte das Seenprojekt Vorbild werden.

Als Magdalena an diesem Tag Anfang August zum Mittagessen

gehen wollte, war keiner da, der mit ihr mitkommen hätte können.

Daher ging sie allein in die Kantine.

Auf dem Gang begegnete ihr ein Kollege, der ihr schon ein paar Mal aufgefallen war, weil er etwas jünger zu sein schien als die meisten anderen Angestellten des Talsperren-Neubauamts und sich etwas lässiger kleidete, nicht jeden Tag in Anzug und Hemd aufkreuzte. An diesem Tag trug er Jeans, Turnschuhe und ein ungebügeltes beiges Hemd. Er war klein, kompakt gebaut und hatte dunkle Haare und Augenbrauen. Sie wusste nicht, wo er arbeitete und wie er hieß, aber es sollte sie nicht interessieren, sie war ja schon vergeben. Sie grüßten sich mit einem kurzen »Mahlzeit«.

An der Essensausgabe standen sie wieder nebeneinander.

Mit ihrem Tablett sah Magdalena sich um, welcher Tisch ihr am besten gefallen würde.

»Entschuldigen Sie«, sagte da der junge Mann.

»Hallo«, sagte Magdalena kurz.

»In welcher Abteilung arbeiten Sie? Bei der Verwaltung?«

Magdalena schüttelte den Kopf und lachte innerlich. Die meisten Frauen arbeiteten in der Verwaltungsabteilung, als Sekretärinnen, Verwaltungsbeamtinnen, in der Kantine oder als Putzfrauen.

»Ich bin technische Zeichnerin und arbeite in der Planungsabteilung, Sachgebiet Altmühlzuleiter und Altmühlsee. In welchem Bereich arbeiten Sie?«

»Landschaftspflege. Sind Sie allein beim Essen?«

Wenig später saßen sie gemeinsam an einem Tisch am Fenster und blickten über die Dächer Nürnbergs.

»Ich bin Berti Schwab. Gerne Berti.«

»Magdalena Meierhofer. Was machst du hier, als Landschaftspfleger?«

»Wie viel weißt du über Landschaftspflege und Landschaftsplanung?«

»Wenig.«

Und so erzählte Berti, während er aß.

»Diese Seen – Altmühlsee, kleiner Brombachsee, Igelsbachsee, großer Brombachsee – das werden um die einundzwanzig Quad-

ratkilometer Wasserfläche sein – das ist ein ganz schöner Eingriff
in die Natur und die Landschaft, wie du dir bestimmt vorstellen
kannst.«

Magdalena nickte. Das war ein riesiger Eingriff. Alle Mühlen
würden verschwinden und die idyllische Landschaft, in die sie
eingebettet waren.

Niemand hier wusste von ihrer Herkunft.

»Wir beim Talsperren-Neubauamt arbeiten eng zusammen mit
dem neuen Bayerischen Umweltministerium. Wir orientieren
uns am Umweltprogramm, das in wenigen Wochen verabschiedet werden soll, am Gesetzesentwurf für ein Bayerisches Na-
turschutzgesetz. Wir sollen dafür sorgen, dass ein Teil der Seen
nachher als Naturschutzgebiet ausgewiesen werden kann, um
dort die Artenvielfalt zu erhalten. Als Ausgleich für die Baumaßnahmen sozusagen.«

Berti nahm einen Schluck von seinem Malzbier.

»Zunächst müssen wir aber wissen, welche Tiere und Pflanzen
betroffen sind. Dafür gehen wir raus und versuchen rauszufinden,
welche Tiere da leben und welche Pflanzen da sind. Und kartieren
alles.“

»Spannend.« Magdalena kratzte ihren Teller leer.

»Wo kommst du her? Ich bin aus Bayreuth.«

Aha. Aus der Stadt. Hatte sie es sich doch gedacht.

»Georgensgmünd.«

» Das ist gleich bei Spalt, richtig? Dann bist du ja gar nicht weit
weg von den geplanten Seen.«

Das kann man wohl sagen, dachte sich Magdalena.

Weil ihr die darauffolgende Gesprächspause zu unerträglich
wurde, fragte sie:

»Und, was habt ihr bei den Bestandserhebungen herausgefunden? Wie ist der Eingriff?«

Berti stellte die nun leere Bierflasche auf den Tisch und seufzte.
Dann sah er sich um. Es war bereits vierzehn Uhr und sie waren
die Einzigen in der großen Kantine.

»Der Eingriff«, fing er an. »Das ist so eine Sache. Warst du

schon einmal da drunten im sogenannten Wiesmet? Den Altmühl-
wiesen bei Ornbau und Altenmuhr?«

»Selten«, gab Magdalena zu. Dafür, dass sie Bauwerke für den
Altmühlsee und den Altmühlzuleiter plante, war sie selten vor
Ort. Bislang. Aber sie war ja noch nicht einmal vier Monate beim
Talsperren-Neubauamt.

»Ach so. Gut. Also, du bist jung, das sehe ich dir an, und nicht
auf den Mund gefallen. Drum sag ich dir jetzt was. Behalte das
aber bitte für dich.«

»Klar«, antwortete Magdalena verwundert. Vor einer halben
Stunde hatten sie sich erst kennengelernt und schon wollte Berti
ihr anscheinend ein Geheimnis verraten.

»Also«, sagte Berti umständlich und senkte die Stimme, »wir
wissen ja alle um die schlechte wirtschaftliche Lage der Landwirte da unten. Es geben zwar in der ganzen Bundesrepublik derzeit
unheimlich viele Bauern auf, aber das da unten im Altmühltal ist
für die Bauern gesehen wirklich schlimm. Die ganzen Hochwasser.«

Berti holte Luft, sah sich um, aber sie waren immer noch alleine, nur in der Küche klapperte das Geschirr.

„Für die Vögel aber sind die Altmühlauen wahrhaftig ein Paradies. Wiesenbrüter gibt es da, es ist eine Augenweide. Große
Brachvögel. Unmengen an Kiebitzen. Rotschenkel. Bekassinen
und so weiter. Und wenn dieser Altmühlsee kommt, dann...«

Bertis Sprechtempo beschleunigte sich, Magdalena merkte,
dass er aufgeregt war. Interessiert sah sie ihn an.

»Dann wird ein Teil dieses traumhaften Gebietes See und der
Rest wird trockengelegt. Wiesenbrüter und andere Vogelarten
werden ihre Brut- und Rastplätze verlieren. Zwar wird es einen
Ausgleich geben, aber das kompensiert bei weitem nicht die riesige Fläche, die der Vogelwelt entrissen wird.«

Magdalena wusste nicht, wie sie reagieren sollte. Von der Kastanienmühle würde sie nichts erzählen, niemandem hier, das hatte
sie sich geschworen. Berti war ihr zwar sehr sympathisch, aber
sie würde nichts preisgeben über ihre Geschichte, nichts.

»Kaffee?«, fragte Berti und stand auf.

Als sie wieder am Tisch waren, vor sich zwei dampfende Tassen, fragte Magdalena:

»Und – wie gehst du damit um, dass so viel Gebiet für die… Wiesenbrüter… verloren geht?«

Berti zuckte mit den Schultern. »Ich mache darauf aufmerksam. Ich setze mich dafür ein, dass das Schutzgebiet am Altmühlsee so groß wie möglich wird. Aber irgendwann habe ich meine Grenzen erreicht, irgendwann muss ich den Anweisungen meines Vorgesetzten folgen. Auch wenn wir damit unsere Natur zerstören, nicht nur hier, woanders auch, immer weiter, weiter, wir bauen Straßen, auf denen immer mehr Autos fahren, die Erdöl brauchen, wir spritzen Gifte auf die Äcker, verbrennen Kohle… das alles beunruhigt mich.«

Magdalena sah Berti an. So hatte sie das alles noch gar nicht gesehen. Jahrelang hatte sie mitgeholfen, Straßen zu planen und zu bauen, und über jede neue Straße freute sich ihre Familie, freuten sich ihre Freundinnen, freute sich Winnie, denn Straßen machten unabhängig, frei und schnell. Die Politiker lobten den Fortschritt, immer mehr Menschen bekamen den Wohlstand zu spüren.

Weil die Gesprächspause wieder sehr lang wurde, sagte Berti achselzuckend: »Ja, dafür setze ich mich ein. Ich versuche es zumindest.«

»Dann ist es gut, dass du hier bist«, sagte Magdalena leise.

Als der Kaffee leer war, standen sie beide auf und gingen durch die leeren Gänge an ihre Arbeitsplätze zurück.

»Wenn du willst, nehme ich dich mal mit in die Altmühlauen«, sagte Berti, »das sollte doch gehen. Dann können wir Kiebitze zählen und Brachvögel. Hast du Lust?«

Sie nickte.

Dann verabschiedeten sie sich voneinander.

Langsam, sehr langsam lief Magdalena zu ihrem Büro.

In der Zeitung und auf den Bürgerinformationsveranstaltungen wurde der Naturschutz beim Seenlandprojekt immer stolz hervorgehoben. Es hatte für sie immer so geklungen, dass es der Natur nach dem Bau der Seen besser gehen würde als jetzt. Dass das Seenland-Projekt ein Vorbildprojekt in Sachen Naturschutz war. Aber nun war sie sich nicht mehr so sicher.

RECHT UND FREIHEIT

Es war einer jener Tage im September 1971, an denen Magdaelna sich zum Talsperren-Neubauamt aufmachte. In letzter Zeit lief sie immer öfters zu Fuß morgens, dann musste sie früher los und Winnie und sie schwiegen sich nicht so lange an.

Es war einer jener Tage, an denen sie sich fragte, was das Ganze hier sollte, warum sie hier in Nürnberg wohnte, bei Winnie, der schon viel zu lange einfach ihr Freund war und nicht ihr Mann.

Es war einer jener Tage, an denen sie durch die Straßen Nürnbergs ging und an Onkel Erwin und Tante Paula dachte, die sich immer noch weigerten, zu verkaufen. Die Kastanienmühle aufzugeben. Sich vorzubereiten auf den Umzug hinaus aus dem Brombachtal. So viele Müller hatten es schon getan. Früher hatten auf vielen Mühlen fünfzehn Leute und mehr gelebt. Jetzt war das Brombachtal fast ausgestorben. Barbara hatte sich schon eine neue Stelle gesucht, Heribert war immer noch da und kämpfte mit. Sie mahlten immer noch Mehl, hatten immer noch Abnehmer, vor allem Bäckereien aus der Umgebung. Es war das einzige und vielleicht letzte Mehl aus dem Brombachtal. Von den Leuten in der Rechtsabteilung des Talsperren-Neubauamts hatte Magdalena schon Wörter wie Enteignung gehört, aber davon erzählte sie lieber nichts, und sie wusste gar nicht so genau, was es bedeutete.

Es war einer jener Tage, an denen Magdalena durch die Straßen Nürnbergs lief und sich fragte: Wie lange noch? Wie lange sollte ihr Leben noch so bleiben? Das Seenland würde kommen. Wie konnte sie ihre Familie unterstützen? Indem sie in dieser Behörde arbeitete? Wohl weniger. Sie war ein Teil der Maschinerie, die alles vorbereitete. Aber wo würde sie noch eine Stelle bekommen, wenn sie eine so attraktive und angesehene Arbeit kündigen würde?

Es war einer jener Tage, an dem Magdalena wieder der Gedanke kam, was wäre, wenn sie schwanger würde, dann könnte, nein, dann müsste sie aussetzen von der Arbeit und das, ohne kündigen zu müssen. Das wäre eine Lösung auf Zeit, die jeder verstehen würde, ihre Familien, ihre Kollegen. Es könnte ihr eine Verschnaufpause verschaffen. Sie könnte Hausfrau sein. Greta war schwanger und stolz darauf. Und verheiratet. Nur sie selbst hatte keine Kinder und keinen Ehemann.

Es war einer jener Tage, an denen Magdalena sich an die Kreuzung an der Hauptverkehrsstraße stellte und wartete, dass eine Lücke, um die Straße zu überqueren. Und an das Gespräch mit ihrem Kollegen Berti im Sommer in der Kantine dachte und daran, dass neue Straßen nicht nur Geschwindigkeit, Wohlstand, Freiheit und Flexibilität bedeuteten. Sondern auch Verluste an Tieren und Pflanzen.

Plötzlich stand er neben ihr.

Berti.

Verblüfft starrte sie ihn an. Gerade hatte sie noch an ihn gedacht. Konnte das Zufall sein? Sie hatte ihn noch nie auf dem Weg zur Arbeit getroffen.

Sie freute sich, aus ihrem Gedankenkarussell ausbrechen zu können.

Allerdings konnten sie erst einmal nicht reden. Denn in diesem Moment tat sich eine Lücke auf der Straße auf und sie liefen zügig auf die andere Seite gegenüber. Dort angekommen, unterhielten sie sich über Belangloses. Magdalena genoss es, nicht von ihren verzweifelten Gedanken verfolgt zu werden.

Doch Berti sorgte dafür, dass die Ablenkung nicht allzu lange anhielt.

Denn er fragte sie. Fragte sie nach dem Brombachtal. Weil sie aus Georgensgmünd kam. Und er das Brombachtal nicht kannte. Er fragte sie, ob sie schon einmal im Tal gewesen sei. Ob es schön dort war. Welche Vögel es dort gab.

Ja, sie kannte das Brombachtal und ja, es war schön dort. Sie schaute auf ihre Füße, wollte nicht weiterreden, wollte das Thema wechseln, doch ihr fiel nichts ein.

Stumm liefen sie nebeneinanderher. Sie genoss es, neben Berti zu gehen. Er hatte einen flotten Schritt und strahlte eine unglaubliche Ruhe auf sie aus. Ganz anders als Winnie. Neben ihm war sie seit einiger Zeit oft angespannt, musste fieberhaft überlegen, was sie in welchem Moment zu ihm sagte. Um keinen Streit anzufangen. Um keine unerträgliche Stille zu haben.

Berti fühlte sich gut an. Sie spürte, dass ihr Herz und ihr Kopf ihm Vertrauen schenken wollten, unbedingt. Irgendjemandem in diesem Amt Vertrauen schenken. Und dann kam bei Magdalena der Wunsch auf, ihm zu erzählen. Berti als erstem Kollegen zu erzählen, welche Verbindung sie zum Brombachtal hatte.

Sie bat ihn, ein Geheimnis für sich zu behalten. Wie damals, als er ihr von den Kiebitzen im Wiesmet erzählt hatte.

Er versprach es.

Magdalena nahm allen ihren Mut zusammen. Sie würde das Brombachtal sehr gut kennen, sagte sie, weil sie Verwandte dort unten hätte.

Berti staunte nicht schlecht. Er blieb stehen. Entfernte Verwandte, vermutete er.

Nicht wirklich entfernt, Tante und Onkel, murmelte Magdalena.

Berti schien der Atem zu stocken. Sie seien doch nicht etwa Müller, ihre Tante und ihr Onkel?

Doch, sie waren Müller. Die Müller der Kastanienmühle.

Nachdem sie dieses geliebte Wort ausgesprochen hatte, stiegen Tränen in ihr auf. Sie schluckte sie herunter.

Er sah sie mit großen Augen an und fragte, was ihre Tante und ihr Onkel zum Seenland sagen würden.

Magdalena schaute sich um, aber sie konnte keinen Kollegen auf der Straße sehen. Sie konnte es kaum glauben, dass sie Berti so vertraute. Was, wenn er etwas weitererzählte?

Na, wenn schon, rief ihr Herz, was macht das schon.

Sie wollten den See nicht, flüsterte sie. Ihre Tante und ihr Onkel. Gar nicht.

Wieder blieb Berti stehen. Er könne das nicht glauben, sagte er. Er fragte Magdalena, warum sie hier arbeitete. Ob sie die Seen wollte.

Dass sie hier arbeitete, sei eine lange Geschichte, murmelte

Magdalena. Sie erzählte von ihrer Tätigkeit beim Ingenieurbüro. Davon, dass sie sich immer auf den Altmühlsee konzentriert hatte. Davon, dass sie vielleicht etwas Positives bewirken könnte. Eine Umsiedlung der Mühlen vielleicht. Ein neues Brombachtal, woanders.

Da lachte Berti. Schüttelte energisch den Kopf. Erklärte ihr, dass sie sicher nichts beeinflussen könne. Er selbst könne ja nur sehr wenig beeinflussen, und er sei ein Mann und habe studiert. Es sei doch schon alles entschieden, das Talsperren-Neubauamt nur das ausführende Organ der Politik in München.

Magdalena sah betreten zu Boden.

Eine Zeit lang liefen sie stumm nebeneinander.

Irgendwann stellte Berti fest, dass sie befangen sei. Fragte sie, ob ihr das nichts ausmache.

Magdalena kannte das Wort nicht.

Er erklärte es ihr. Sie sei dem Projekt nicht neutral gegenüber eingestellt sagte er. Wegen ihrer Verwandten.

Sie lachte. Neutral, das sei doch niemand bei diesem gigantischen Projekt.

Er sagte nichts.

Sie erreichten die Eingangstür des Amtes.

Es war schon zehn nach halb neun, sie waren zu spät.

Sie stempelten sich ein und eilten in ihre Büros.

»Moritz, bist du es?«, fragte Magdalena.

»Was gibt's?«, fragte Moritz. Es waren Semesterferien, er war in Georgensgmünd. Angespannt blickte Magdalena auf ihre Wählscheibe. Sie wusste ja nicht einmal, ob sie private Anrufe tätigen durfte hier auf dem Amt.

»Ist die Mutter daheim? Der Vater?«

»Nein, die sind auf der Arbeit. Was ist los?«

»Kommst du demnächst nach Nürnberg? Wollen wir uns treffen? Im Biergarten?«

Die Worte waren Magdalena schwergefallen. Ihren Bruder um etwas zu bitten. Sie schielte zur Tür. Hoffentlich kam jetzt keiner hinein.

»Klingt so, als ob es wichtig ist.«

Na klar, dachte Magdalena, ich will mit dir reden. Bloß du willst wahrscheinlich nicht.

Aber Moritz reagierte anders.

Er würde sogar heute noch kommen. Er wollte ohnehin in die Bibliothek. Für seine Hausarbeit.

»Ich kann um halb sieben im Biergarten am Dutzendteich sein. Kommt Winnie auch?«

»Äh – nein.«

Winnie würde nicht vor zweiundzwanzig Uhr nach Hause kommen. Er ging ihr abends aus dem Weg, genauso, wie sie ihm morgens aus dem Weg ging.

»Wir können dann morgen gemeinsam den Zug nach Georgensgmünd nehmen.«

Am Wochenende war Karpfenfang.

Nachdem Magdalena aufgelegt hatte, stellte sie sich freudig motiviert ans Reißbrett und konnte arbeiten, ohne zu grübeln.

Aber lange ging das nicht gut.

Schon bald fragte sie sich wieder, was sie da tat.

Sie sah nach draußen, wo die Septembersonne strahlte und den schon leicht rostrot gefärbten Blättern des großen Ahornbaums vor ihrem Büro eine goldene Farbe verlieh.

Sie hatte auf einmal große Lust, in die Bibliothek zu gehen.

Vielleicht konnte sie heute früher Schluss machen.

Es würde ihr so guttun.

Ein paar Stunden später betrat Magdalena die große Stadtbibliothek und freute sich auf ein neues Buch.

Früher hatte sie nicht gerne gelesen. Doch die enge Stadtwohnung bot so wenig Beschäftigungsmöglichkeiten, dass sie eines Tages mit Winnie in die Stadtbibliothek gegangen war und sich ein paar Bücher ausgeliehen hatte, auf seine Empfehlung hin. Am Anfang war es ihr schwergefallen, in der Wohnung still zu sitzen und zu lesen, immer hatte sie etwas tun wollen, aber dann hatte sie „Winnetou" so gefesselt, dass die Zeit unheimlich schnell verflogen war. Und die Langeweile auch. Und da hatte sie gemerkt, wie Lesen sie in andere Welten führen und sie das Hier und Jetzt vergessen lassen konnte.

Sie schlenderte an den Bücherregalen entlang. Sie blieb vor dem Regal stehen, über dem die Aufschrift »Recht« stand.

Sie hielt inne.

Recht.

Was war das, Recht? Recht, dieses Wort hatte Magdalena bislang immer mit den Nazis in Verbindung gebracht, mit dem Holocaust, den Weltkriegen, die ein Meer von Unrecht gewesen waren. Mit anderen Kriegen. Und mit dem, was in der Deutschen Demokratischen Republik passierte mit Leuten, die etwas politisch verändern wollten, mit Leuten, die in die Bundesrepublik wollten. Denen man Unrecht antat.

Aber auch Erwin und Paula wurde Unrecht angetan.

Magdalena bemerkte, dass sie vielmehr sagen konnte, was Unrecht war, als was Recht war.

Was sagte das Recht zum geplanten Neuen Fränkischen Seenland? War es Unrecht, was den Müllern im Brombachtal widerfuhr und noch widerfahren sollte? Was den Vögeln in den Altmühlauen widerfahren würde? War das Recht oder Unrecht?

Wer entschied eigentlich, was Recht und Unrecht war? Die Politiker? Oder die Gerichte? Oder die Bürgerinnen und Bürger?

Als sie so am Regal stand und grübelte, kam gerade die Bibliothekarin hoch, um ein paar Bücher einzuräumen.

»Kann ich Ihnen helfen, Fräulein Meierhofer?«, fragte die Bibliothekarin.

Sie überlegte.

»Ich hätte gerne davon etwas.«

»In welche Richtung soll es denn gehen? Zivilrecht? Öffentliches Recht?«

Magdalena überlegte fieberhaft, was sie antworten sollte.

»Wissen Sie, die Bücher sind vor allem als Lehrbücher für angehende Juristen gedacht.«

»Ich hätte gerne was zum Thema Enteignung.«

Die Bibliothekarin sah Magdalena kurz staunend an, doch dann nickte sie langsam. »Ich gehe davon aus, dass es eine Art Grundlagenbuch sein soll. Was wissen Sie über Recht bislang?«

»Wenig.«

Magdalena fragte sich, was sie da tat, als sie die dicken Wälzer anschaute.

»Dann sehen wir einmal.«

Wenig später stand Magdalena an der Straßenbahnhaltestelle Richtung Dutzendteich, schlug ein Grundlagenbuch zu öffentlichem Recht auf und begann zu lesen.

Recht bezeichnete Regeln, mit denen Konflikte verhindert und gelöst werden sollten. Wenn diese Regeln von allen Menschen eingehalten wurden, sollte ein geordnetes und friedliches Miteinander möglich sein.

Naja, dachte Magdalena sich, das war schon einmal komisch. Schließlich schaffte der Freistaat Bayern erst Konflikte, weil er Seen bauen wollte. Davor hatten alle Müller im Brombachtal friedlich zusammengelebt, von ein paar kleinen Streitigkeiten wegen des Wasserpegels einmal abgesehen. Aber es war ja auch keine Regel, diese Seen zu bauen.

Als die Straßenbahn kam, hatte sie zwar schon fünf Seiten gelesen, aber noch nicht das Gefühl, wirklich etwas Neues, Interessantes gelernt zu haben. Sie stieg ein und setzte sich ans Fenster. Plötzlich überfiel sie eine starke Müdigkeit. Sie steckte das Buch in ihre Tasche und sah gedankenverloren nach draußen.

Als sie am Biergarten ankam, saß Moritz zu Magdalenas Überraschung schon da, ein halb gefülltes Bierglas und ein dickes Buch vor sich.

Sie bestellte ein Helles und blickte auf den Teich, wo einige Nürnberger Paare und Familien spazieren gingen und den Abend genossen.

»Wie war die Arbeit?«, fragte Moritz.

»Geht so. Wie immer halt.«

»Klingt aber nicht gut.« Moritz packte sein Buch in seinen

Rucksack.

»Ist halt jeden Tag das Gleiche.«

Wie schwierig es war, mit Familienmitgliedern über das zu reden, was sie wirklich bewegte, dachte sich Magdalena. Und mit ihrem Bruder ganz besonders.

Beide saßen stumm da und Magdalena war dankbar, dass ihr Bier kam und sie anstoßen konnten.

Das Bier schmeckte gut, frisch, malzig. Es erweckte Magdalena wieder zum Leben. Sie überlegte gerade, wie sie beginnen sollte, als Moritz loslegte.

»Hör mal, ich weiß doch, was los ist. Die Arbeit gefällt dir nicht, weil du zur Zerstörung des Brombachtals beiträgst. Aber nach Nürnberg zieht man nicht einfach so und mit dem Winnie zusammen – ich will damit sagen, ich hab schon eine Ahnung davon, wie es dir geht.«

Früher hatte er sich nie dafür interessiert, wie es seiner großen Schwester ging.

Moritz stützte sich mit den Ellbogen auf dem Tisch ab.

»Wie ist es bei dir?«, fragte sie und ärgerte sich darüber, dass sie vom Thema ablenkte, von dem Thema, weshalb sie sich an diesem Abend mit ihrem Bruder hatte treffen wollen. Sie musste dankbar sein, dass er so ohne Umschweife losgelegt hatte.

»Sehr gut. Ist spannend und viele Firmen interessieren sich für uns. Und die Kommilitonen sind dufte, mit denen kann man gut feiern gehen.«

Magdalena nickte. Sie verbrachte jeden Abend zu Hause, manchmal fand sie es langweilig, aber mit Winnies Freunden hätte sie sich nicht treffen wollen. Und ein Fräulein mit Partner ging nicht alleine fort. Sie las und machte den Haushalt. So beschäftigte sie sich nach Feierabend.

Wieder war es still zwischen den Geschwistern, die sich früher überhaupt nicht hatten leiden können.

Plötzlich wusste Magdalena, wie sie das Gespräch anfangen konnte.

»Wie lange hast du eigentlich wirklich Müller werden wollen?

Damals?«.

»Ich dachte mir schon, dass du mich das eines Tages fragen wirst. Es war nicht einfach für mich. Ich habe mich so unter Druck gesetzt gefühlt. Mit sechzehn wusste ich, wenn ich es eines Tages machen sollte, dann nicht für mich. Sondern nur für die Familie. Und als das mit den Seen klar wurde.... Ich wusste, ich konnte das nicht frei entscheiden, ohne euch alle tief zu enttäuschen.«

»Ich verstehe.«

»Jetzt, mit dem Studium«, fuhr er fort, »fühle ich mich frei und kann selbst entscheiden, was ich machen will. Das mit dem Brombachtal ist schlimm und traurig… Aber es ist eine Veränderung, die kommen wird. Es ist alles so im Umbruch auf dieser Welt. Und eine dieser Änderungen, die trifft eben uns. Es ist eine starke Veränderung. Aber nicht die Einzige.«

Moritz nahm einen Schluck Bier. Dann sah er seine Schwester ernst an, so ernst wie vielleicht nie zuvor.

»Was willst du in Zukunft machen, Magdalena?«

Sie schluckte. Sie wusste es nicht. Ihr Leben war eingefahren in eine Situation, die in der Gegenwart in Ordnung war, die sie ertrug, die für die Zukunft aber nicht die rosigsten Aussichten bot. Sie dachte nicht voraus, versuchte, jeden Tag für sich zu leben und irgendetwas Schönes zu finden, und wenn es auch nur ein paar Seiten in einem Buch waren.

»Ich weiß es nicht«, flüsterte sie daher.

Dann holte sie die Bücher aus der Bibliothek aus ihrer Handtasche.

»Hast du das im Studium? Recht?«

Verwundert blickte Moritz auf die Bücher und schüttelte den Kopf. »Nein. Das ist ein eigener Studiengang. Jura heißt der. Warum leihst du dir so etwas aus?«

»Ich… wir haben eine Rechtsabteilung beim Amt und ich will wissen, womit sie sich befassen.«

»Sie werden Tante Paula und Onkel Erwin enteignen, wenn sie sich weiter weigern. Das drohen sie beim Autobahnbau ständig. Meistens endet es aber in einer vorzeitigen Besitzeinweisung oder die Bauern geben ihr Land freiwillig gegen Geld ab. Interessiert es dich deswegen? Wegen Onkel Erwin und Tante Paula?«

»Vielleicht. Und einfach, weil ich wissen will, wie man Recht und Unrecht erklärt… wie man darüber urteilt…«

»Nicht schlecht, jetzt wirst du philosophisch.«

Magdalena lachte halbherzig. »Hast du Hunger?«

Sie bestellten sich Nürnberger Bratwürste mit Kraut. Sie aßen still vor sich hin. Irgendwann sagte Moritz: »Magdalena, was wäre, wenn du deinem Leben eine neue Chance gibst? Diesen Beruf beim Amt an den Nagel hängst? Dir etwas Neues suchst?«

»So einen guten Beruf gibt man nicht auf.«

Moritz verdrehte die Augen.

»Oder Kinder? Wie wäre es damit?«

Sie schüttelte den Kopf. »Nein, bloß nicht.«

»Aber warum nicht? Mutter und Vater würden sich über Enkel riesig freuen, da bin ich mir sicher, und du bist ja schon echt alt genug. Ist es wegen Winnie?«

Magdalena merkte, wie ihre Augen feucht wurden. Ungeniert zog sie die Nase hoch. Zuckte mit den Schultern.

Sie aßen stumm weiter. Dann legte Moritz sein Besteck weg und sah sie wieder ernst an.

»Jetzt hör mal zu, Magdalena. Es war verdammt schwierig damals, euch allen zu sagen, dass ich die Mühle nicht übernehmen möchte. Aber bis heute muss ich sagen, es war das Beste, was ich in meinem Leben bislang jemals gemacht habe.«

»Wirklich?«

»Definitiv. Magdalena, nimm dein Leben selbst in die Hand. Trau dich. Die Zeit ist vorbei, in der Frauen an ihre Männer gebunden sind. Ich finde es gut, dass du dein eigenes Geld verdienst, eine gute Ausbildung hast. Am wichtigsten ist aber, dass du glücklich bist.«

Sie starrte ihren Teller an.

Moritz beugte sich zu ihr vor. »Egal, was ist, ich kann dir helfen, und wenn du es einmal brauchst, kannst du auch bei mir schlafen.«

Sie nickte. Und wunderte sich. Wusste er von den Problemen in ihrer Beziehung zu Winnie? Sie hatte immer versucht, sich nach außen nichts anmerken zu lassen.

Später am Abend begleitete Moritz seine Schwester nach Hause. Magdalena hoffte inständig, dass Winnie nicht da sein würde. Dass sie Zeit haben würde, sich Gedanken zu machen.

Doch als sie das große Wohnhaus erreichten, brannte in ihrer Wohnung Licht. Winnie war da, und er hatte getrunken, sie ging ihm aus dem Weg, und den restlichen Abend interessierten sie sich nicht füreinander.

EIN LETZTES MAL

Am nächsten Tag wachte Magdalena mit einer seltsamen Unbeschwertheit auf, die sie schon lange nicht mehr gespürt hatte. Der Arbeitstag war kurz, er endete schon um zwölf, und sie nahm die Straßenbahn zurück in die leere Stadtwohnung. Sie merkte, dass sie sich darauf freute, am Wochenende Karpfen zu fischen.

Nimm dein Leben selbst in die Hand.

Immer und immer wieder hörte sie diesen Satz von Moritz. Allein das plötzliche Bewusstsein, dass sie diese Möglichkeit hatte, ließ Magdalena frohlocken. Sie hatte noch nichts entschieden. Sie wusste nicht, wann sie entscheiden sollte. Was sie entscheiden würde. Wie sie es umsetzen würde. Aber sie würde entscheiden. Sie durfte entscheiden. Selbst entscheiden.

Sie machte den Haushalt und packte für das Wochenende. Winnie würde wahrscheinlich nicht mitkommen. Das würde ihre Verwandten verwundern, wenn er nicht mitkam, dieser komische Winnie.

Als die Tasche gepackt und die Wohnung gewischt war, war es zwei Uhr und Magdalenas Magen rumorte. Sie fand noch etwas Brot und Käse in der Küche und setzte sich mit einem Glas Apfelsaft hin. Sie blickte nach draußen in die Zweige des großen Ahornbaumes vorm Fenster. Sie hatte mit Moritz ausgemacht, dass sie den gleichen Zug nehmen würden, um sechzehn Uhr.

Plötzlich hörte sie, wie sich der Schlüssel im Schloss drehte. Sie erschrak. Warum kam Winnie schon nach Hause? Die Wochenend-Ausgabe war noch lange nicht fertig.

»Du bist noch hier?«

»Du bist schon hier?«

Er kam in die Küche. Müde sah er aus, blickte auf den Küchentisch.

»Was isst du denn da?«

»Brot und Käse.«

»Hast du nichts gekocht?«

»Nein.«

»Ich habe aber Hunger.«,

»Dann iss auch etwas«, erwiderte Magdalena und begann, noch eine Scheibe Brot abzuschneiden.

»Ich habe Hunger auf was Gescheites. Was soll ich denn heute noch essen, wenn du nachher in die Pampa fährst?«

»Ich habe gar nicht mit dir gerechnet. Wirst schon nicht verhungern. Wurst ist auch noch da.«

Sie deutete auf den Kühlschrank.

Wütend warf er seine Aktentasche auf den Tisch. Magdalena fuhr zurück.

»Du bist echt keine gescheite Hausfrau! Lässt dich das Wochenende von deiner Mama bekochen, aber was ich bekomme, ist dir egal! «

Sie hatte aufgehört zu essen. Ihr Herz pochte bis zum Hals.

»Sag mal, was ist los mit dir?«

Winnie baute sich vor ihr auf. In diesem Moment war Magdalena so heilfroh, dass er sie nie schlug. Noch nie geschlagen hatte. Aus Prinzip nicht. Was hatte sie da schon für Geschichten gehört! Selbst Greta hatte von ihrem Hugo schon ab und an eine Ohrfeige bekommen, und jetzt erwartete sie sogar ein Kind von ihm!

»Was los sein soll? Ich habe Hunger und hier gibt es nur trockenes Brot und Käse! Nie bist du da, um wie eine ordentliche Hausfrau zu kochen. Meine Kollegen lachen mich ja aus!«

Magdalena stand auf und stemmte die Hände in die Hüfte. »Seit wann interessiert dich denn, was eine ordentliche Frau zu tun und zu lassen hat? Ich gehe genau so viel auf die Arbeit wie du! Mindestens! Und am Wochenende bin ich es, die kocht!«

»Das ist ja eine Selbstverständlichkeit! Das ist das Mindeste, dass du am Wochenende ab und zu kochst! Und selbst da verhunzt du immer alles!«

Sie hatte keinen Hunger mehr. Sie war einfach nur wütend. Wütend über Winnie, wütend auf ihre Lebenssituation, auf die Wohnung.

»Und überhaupt«, jetzt schrie Winnie regelrecht, »Was bist du denn für eine Frau? Ständig weigerst du dich, mit mir zu schlafen! Ständig! Seit über einem Jahr geht das jetzt schon so! Du gehst mir aus dem Weg, wo du nur kannst! Ich muss dich regelrecht anbetteln, dass ich mal mit dir schlafen darf! Ein Mann hat eine Frau, um sich auszuleben! Und du verweigerst es mir! Und taugst gar nichts im Bett!«

Magdalena zitterte. »Wir sind nicht verheiratet! Du kannst mich zu nichts zwingen!«

»Du wirst schon sehen!«, schrie er und packte sie an den Schultern. Mit voller Kraft.

Magdalena erschrak. Sie kreischte.

Erst jetzt roch sie seine Alkoholfahne.

Er war betrunken. Freitag am frühen Nachmittag.

Er hielt sie fest gepackt, sodass sie kaum atmen konnte.

Sie schrie. Sie versuchte sich aus seinem Griff zu winden. Aber es half nichts. Er zerrte sie ins Schlafzimmer, sie strampelte. Sie hatte keine Chance. Winnie war stärker, Winnie war außer sich vor Wut, Winnie wollte sie jetzt haben, sie konnte nichts dagegen tun.

Dass er zu so etwas in der Lage war. Ihr Winnie.

»Lass mich in Ruhe!«, schrie sie, voller Tränen.

Es war vergebens.

In diesem Moment wusste sie, dass es vorbei war.

Noch heute würde sie es beenden. Das alles.

Egal, wie es danach weitergehen würde.

»Ich komme zwei Stunden später.«

Sie fühlte sich so schwach. Sie bemühte sich, dass ihre Stimme nicht zitterte. Dabei bebte es in ihr. Sie hörte, wie Winnie in der Dusche sang und konnte sich nicht vorstellen, wie er jetzt auch noch singen konnte.

Ein unglaublicher Hass war plötzlich in ihrem Herzen, dass sie ganz über sich selbst erschrocken war.

»Zwei Stunden später?«, fragte Mutter Rosmarie am anderen Ende der Leitung. »Weiß dein Bruder das? Ich dachte, ihr wolltet zusammenfahren. Ist etwas passiert?«

Sie klang besorgt.

»Nein – es war nur auf der Arbeit viel los… Ich werde versuchen, Moritz in seinem Studentenzimmer zu erreichen«, versprach Magdalena und hoffte inständig, dass Moritz gerade nicht in der Bibliothek war oder sonst wo.

Aber sie musste es heute beenden. Heute hatte sie die Kraft dazu. Nein, nicht die Kraft, die Wut. Die unglaubliche Wut.

Sie musste.

Magdalena hatte gerade alles geklärt, da kam Winnie aus dem Bad und ging direkt ins Schlafzimmer.

Sie lief ihm hinterher.

»Ich muss mit dir reden.« Magdalena spürte, wie ihr Zittern und innerliches Beben sich in Entschlossenheit verwandelte.

Winnie sah sie an. Er wirkte arglos. Ahnungslos.

»Es – ich sehe keine – keine Zukunft – so mit uns beiden.«

Winnies Kinnlade klappte herunter.

»Ich denke, es ist… vorbei mit uns«, ergänzte Magdalena, um es deutlicher zu machen.

Es war unbeschreiblich, wie sich jetzt fühlte. Sie sah auf das Bett, wo er sie noch vor wenigen Minuten überwältigt hatte, sie ausgenutzt hatte. Kissen, Bettdecke, alles war durcheinandergewirbelt. Sie hatte es nie so wenig gewollt wie an diesem Tag. Der körperliche Schmerz in ihr fraß sich in ihre Seele und würde hier für lange Zeit seine Spuren hinterlassen.

Sie sah nach draußen, wo sich die Dächer von Nürnberg rot aneinanderreihten und wo sich vielleicht in der einen oder anderen Wohnung gerade etwas Ähnliches abspielte wie hier.

»Winnie und ich, wir haben uns getrennt.«

»Herrgott Sakrament«, murmelte Mutter Rosmarie. »Hat er mit dir Schluss gemacht? Ich habe gewusst, dass mit dem Winfried was nicht stimmt. Dass der dir nach so vielen Jahren immer noch keinen Antrag gemacht hat! Die Jugend von heute, die hat überhaupt keinen Anstand mehr! Wolfram, sag doch auch mal was, Himmel! Unsere Tochter ist wieder allein! Eine Wohnung alleine in Nürnberg, das kann sie sich doch gar nicht leisten!«

»Winnie behält die Wohnung«, unterbrach Magdalena ihre Mutter schnell. Vater Wolfram legte den Arm um die Schultern seiner Frau. »Jetzt beruhig dich mal, Rosmarie. Das wird unsere Magdalena schon hinbekommen. Sie ist schließlich erwachsen. Und wer weiß, vielleicht ist es besser so.«

»Ich habe mich so auf Enkel gefreut! Und wenn sie schwanger gewesen wär, er hätte sie heiraten müssen! Wie lange wird es denn jetzt dauern, bis unsere Magdalena wieder jemanden findet? Und ihn dann auch noch heiratet? Und bis dann Enkel kommen? «

Jetzt ergriff Moritz das Wort. »Macht euch keine Sorgen, ich kümmere mich schon um sie. Sie kann zu mir ins Wohnheim kommen, und dann suchen wir eine günstige Wohnung in einer sicheren Gegend.«

Magdalena verdrehte die Augen. Enkel. War das das Einzige, was ihre Mutter interessierte?

»Ich denke, wenn ihr euch getrennt habt, heißt das, ihr wärt nicht glücklich miteinander geworden?«, fragte Wolfram.

Magdalena nickte.

»Siehst du, meine Rosmarie. Es wird schon noch einen Mann da draußen geben, mit dem unsere Magdalena glücklich wird.«

Am nächsten Tag war auf der Kastanienmühle einiges los. So viele Familienmitglieder hatten sich selten zum Karpfenfischen zusammengefunden. Es war, als wollten sie alle durch ihre Anwesenheit zeigen, wie viel ihnen diese Mühle bedeutete, die dem Untergang geweiht war.

Weil sie so viele Helfer waren, blieb für jeden Einzelnen gar nicht mehr so viel zu tun. Und da es ein unglaublich schöner, warmer Septembertag war, bot sich manchmal die Zeit für eine Pause in der warmen Sonne. So eine Pause nahm sich Magdalena mit ihrer Cousine Kerstin nach ein paar Stunden. Sie setzten sich unter den Kirschbaum, der neben dem Karpfenweiher stand. Auch Onkel Erwin gesellte sich zu ihnen.

»Habt ihr noch ein Plätzchen frei?«, fragte er, »Meine Knochen werden nicht mehr jünger und bei der Menge an Leuten habe ich ja nichts zu tun. Und so viel Karpfen gibt es dieses Jahr auch nicht. Da kriege ich wahrscheinlich gerade so euch hungrige Helfermäuler satt, mehr auch nicht…«

Kerstin und Magdalena machten ihm Platz, er setzte sich hin und zündete sich eine Zigarette an.

»Ach, ist das schön hier«, sagte er und sah in die Landschaft.

Kerstin und Magdalena nickten stumm.

»Und das wollen diese Behördenleute aus München zerstören. Die waren doch noch nie hier! Die denken, nur im Bayerischen Oberland ist es schön! Die haben doch keine Ahnung!«

»Waren die vom Amt aus Nürnberg schon einmal da?«, fragte Magdalena.

»Nein. Seltsam, oder? Jetzt ist der Landtagsbeschluss schon über ein Jahr her, und es war noch keiner da. Aber die werden kommen, da bin ich mir sicher. Bald. Ich hab gehört, dass der Griesmüller überlegt, zu verkaufen. Mich würde ja echt interessieren, wie viel er verlangt, aber er rückt nicht raus mit der Sprache.«

Er zuckte mit den Schultern.

»Weißt du denn, was die vom Amt so anbieten?«, fragte er Magdalena.

Sie schüttelte den Kopf. »Nein, mit denen hab ich gar nichts zu tun. Und die dürfen mir bestimmt auch gar nichts sagen, wegen

Datenschutz.«

»Was denkst du, bekommt ihr Müller, wenn dieser See kommt? Baut der Freistaat euch dann neue Häuser? Oder Mühlen?«, fragte nun Kerstin.

Onkel Erwin warf seine fertig gerauchte Zigarette auf den Boden.

»Erst einmal, so lange ich hier bin, kommt da kein See. Lieber verhungere ich, als dass ich mich von hier wegjagen lasse! Und dann: Wo sollen sie denn bitte neue Mühlen bauen? An welchem Fluss? Die Altmühl ist doch viel zu träge. Oder eine Kunstmühle? Und was man da kriegt? Keine Ahnung. Ich weiß nur, die können uns doch nie im Leben unser ganzes Land zurückgeben. Das geht doch gar nicht. Ramsberg und Absberg, die ganzen Dörfer, die verlieren ja ihre meisten Flächen. Weil die dann unter Wasser sind. Das bekommst du doch nirgends anders mehr her, das Land, das lässt sich doch nicht vermehren. Geld kann man drucken, Land nicht. Und wenn du dich mit Geld entschädigen lässt, dann zahlst du unglaublich hohe Steuern. Also, wenn Geld nichts bringt und kein Land mehr da ist, dann bleibt ja nur Bauen. So ist es beim Autobahnbau übrigens auch. Alle verlieren ihr Land. Die ganzen Bauern und Müller. Und dann sollen sie auf viel weniger Fläche eine wachsende Bevölkerung ernähren. Ich meine, mit diesen riesigen Maschinen und dem ganzen Dünger klappt das vielleicht sogar. Aber es ist trotzdem fruchtbares Land, das verschwindet.«

Sie sahen dem regen Treiben im Karpfenweiher zu. Manchmal wunderte sich Magdalena, dass er sie so wenig fragte, obwohl sie bei der Behörde arbeitete. Onkel Erwin konnte unmöglich wissen, wie riesig und anonym die Behörde war, und dass sie von dem, was nicht ihre Arbeit betraf, nichts mitbekam. Vielleicht wollte er sie nicht belasten? Oder hatte ihm Tante Paula als Beamtenkind mehr erzählt? Mehr davon, wie es wirklich zulief in einer Behörde?

Aber war das Talsperren-Neubauamt nicht eine ganz besondere Behörde? Vielleicht lief das alles woanders ganz anders ab?

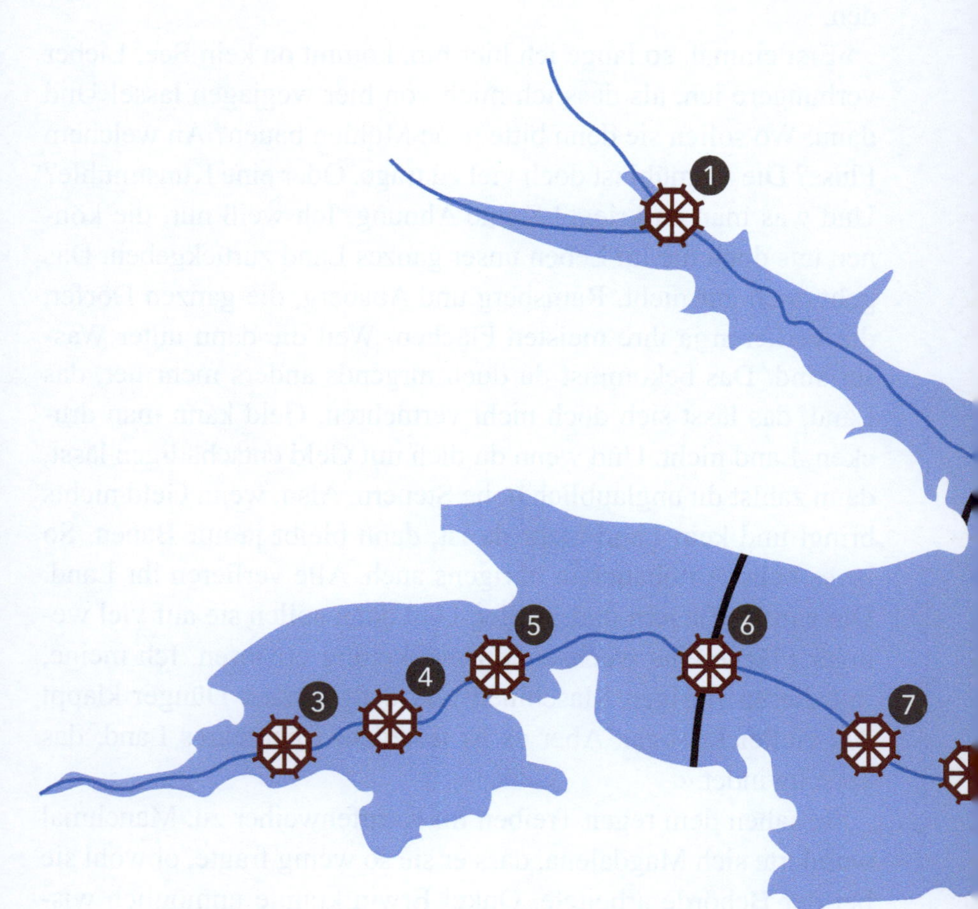

1
3
4
5
6
7

1 Griesmühle			
2 Sägmühle		**7** Grafenmühle
3 Furthmühle		**8** Kastanienmühle
4 Beutelmühle		**9** Birkenmühle
5 Scheermühle		**10** Oefeleinsmühle
6 Neumühle		**11** Langweidmühle
		12 Mandlesmühle

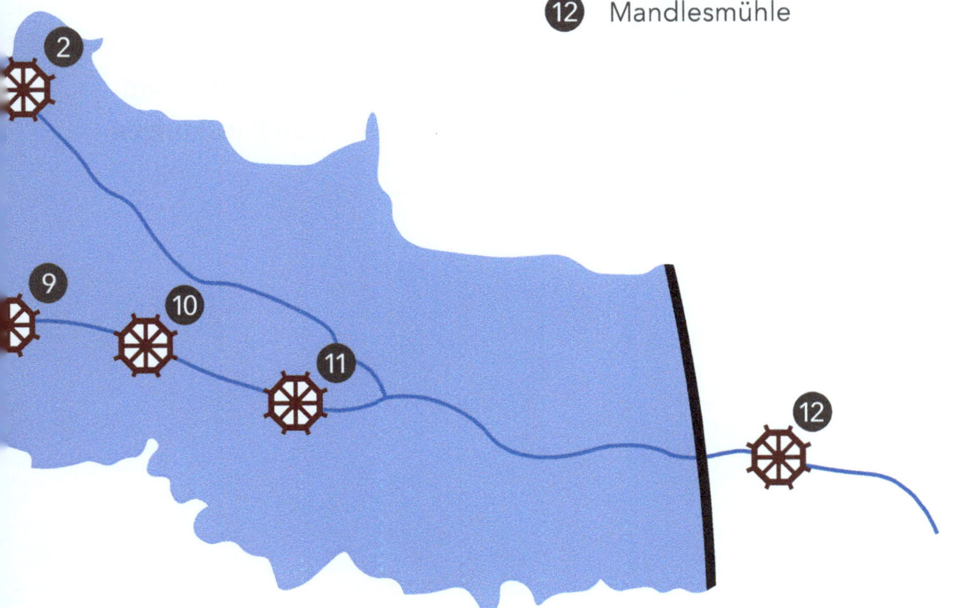

»Und… könntet… ihr auch… enteignet werden?«, fragte Kerstin nun.

»Davon gehe ich aus. Das drohen sie den Bauern doch die ganze Zeit an, bei den Autobahnen, die sie in der ganzen Bundesrepublik bauen.«

Beide, Kerstin und Onkel Erwin, sahen Magdalena fragend von der Seite an.

»Da, da weiß ich auch nicht mehr«, stammelte diese, »Ich bin ja nur technische Zeichnerin und erst ein paar Monate lang da.«

»Ja, stimmt schon«, brummte Onkel Erwin, streckte seine Beine aus und ließ den Blick über sein Land streifen.

Sie saßen da. Die Sonne vertrieb die Gedanken an den Untergang der Kastanienmühle aus Magdalenas Kopf. Sie wünschte sich sehnlichst, sie könnte diesen Moment festhalten, auf immer und ewig. Ihre Familie, wie sie zusammenhalf. Die Mühle, wie sie so stolz dastand. Der Brombach, wie er sich sanft dahinschlängelte. Die letzten Sommertage vor dem Herbst und dem langen Winter.

Plötzlich stand Onkel Erwin auf. »So, genug gefaulenzt! Je früher wir fertig sind, desto eher können wir den Abend ausklingen lassen.«

»Eins muss man dir lassen, lang hast du es hier nicht ausgehalten«, stellte Moritz fest und klemmte sich Magdalenas Nachtkästchen und die Tasche mit ihren Nähsachen unter den Arm. Magdalena hielt ihm die Tür ins Treppenhaus auf. Winnie war gerade unten mit einer Umzugskiste, er hatte sich dazu durchgerungen, Magdalena beim Auszug zu helfen. Wie er so die Treppe heraufkam, tat er ihr fast ein wenig leid. Wie er an ihr vorbeilief, seine rotbraunen Haare aus der verschwitzten Stirn strich und in seinem kantigen Gesicht ein konzentrierter, starrer Blick war. Sie hatten so viele schöne Dinge zusammen gemacht. So lange, so viele Jahre.

Vielleicht…

Weitermachen.

Magdalena seufzte und räumte ihre Kleidungsstücke weiter in Umzugskartons. Was sich alles so ansammelte! Es gab immer mehr Geschäfte, in denen es bereits fertig genähte, modische Kleidungsstücke zu moderaten Preisen gab, die sie nur anzuziehen brauchte. Am Ende hatte sie drei Kisten alleine voller Kleidung. Es war Zeit für eine kurze Pause, Moritz rauchte eine Zigarette und Winnie fand eine Flasche Bier, die er Moritz anbot. Dann ging es weiter.

Am frühen Nachmittag war es an diesem grauen Oktobertag im Jahr 1971 Zeit, Abschied zu nehmen.

»Also, mach's gut, Winnie, halt die Ohren steif«, sagte Moritz und reichte Winnie die Hand.

»Ja, mach du's auch gut«, sagte Winnie.

Schweigend sahen sich Magdalena und Winnie an.

»Ich bin schon mal unten!«, rief Moritz, wahrscheinlich, um dem Abschied aus dem Weg zu gehen.

»Was machst du heute noch?«, fragte Magdalena, weil ihr einfach nur Tschüss zu sagen dann doch zu wenig war.

»Ich habe mir ein Rennrad gekauft. Letzte Woche. Damit werde ich eine Runde drehen.«

Er deutete nach unten, wohl um zu verdeutlichen, dass sein Rennrad im Keller stand. Magdalena staunte.

»Ich habe einen Kollegen, der fährt auch. Der macht auch die Berichterstattung von der Tour de France. Ich wollte das schon länger machen. Aber mit dir…«

Oje, dachte Magdalena, so etwas konnte sie jetzt gar nicht gebrauchen. Als ob sie ihm keine Freiheiten gelassen hätte!

»Klingt gut. Also…«

»Also«

»Mach's gut«

»Du auch.«

»Wie lange gehst du noch in dieses Amt?«, fragte Winnie nach einer Pause.

»Nur noch diesen Monat.«

»Und dann?«,

»Such ich mir was Neues.«

»Hast du noch nichts?«

Magdalena schüttelte den Kopf. »Aber ich find schon was.« Dass sie dabei auch an andere Dinge dachte, sagte sie nicht.

»He, Magda, kommst du bald? Ich hab in zwei Stunden eine Vorlesung. Hab ich doch gesagt, dass wir nicht länger Zeit haben!«, rief da Moritz aus dem Treppenhaus.

Magdalena machte, dass sie nach unten kam.

Sie fuhren in den nördlichen Teil der Stadt, Richtung Maxfeld. An den roten Käfer der Eltern hatten sie den Anhänger von Onkel Erwin gehängt. Immer wieder drehte sich Magdalena unruhig um, auf keinen Fall wollte sie, dass etwas hinunterfiel. Und immer wieder beschwichtigte Moritz sie, er hätte alles gut befestigt.

Sie kamen am Studentenwohnheim an, einem großen, gleichförmig wirkenden grauen Neubau mit vielen Stockwerken und noch mehr Fenstern. Es war ein kalter, windiger Tag, kaum jemand war draußen unterwegs.

Hier würde Magdalena vorerst wohnen.

»Also, wie ich schon gesagt habe, für mein Zimmer ist das alles zu viel. Du musst dich entscheiden, .was du heute Abend nach Georgensgmünd mitnimmst.«

Darüber hatte sie sich schon Gedanken gemacht. Aber einfach war es nicht. Sie wusste ja nicht einmal, wie groß Moritz' Zimmer war, sie war noch nie dort gewesen.

Nachdem sie in Moritz' kleinem Studentenzimmer alles, was Magdalena für diesen Ort ausgewählt hatte, nach besten Wissen abgestellt hatten und es dort sehr voll wirkte, musste sich Moritz auch schon in Richtung Hörsaal verabschieden.

Als die Tür ins Schloss gefallen war, fiel Magdalena im Nu müde auf das Bett und starrte auf all die Kisten und Taschen. Es würde eng werden, die nächsten zwei Wochen, so lange, wie sie noch ins Amt musste.

Was würde danach kommen?

Sie war so müde.

Sie konnte sich vorstellen, allein eine schöne kleine Wohnung zu beziehen. Aber allein der Gedanke daran, ihren Eltern von dieser Idee zu erzählen, ließ sie erzittern. Sie würden sie nicht in Nürnberg alleine wohnen lassen.

Also doch woanders?

Plötzlich dachte Magdalena an Berti. Berti, den Ornithologen. Sie vermisste ihn, obwohl sie ihn kaum kannte. Er wusste noch nicht einmal, dass sie gekündigt hatte. Im Arbeitsalltag sahen sie sich kaum; oft nickten sie sich einfach nur im Vorbeigehen zu.

Immer waren zu viele Menschen in der Umgebung für ein Gespräch.

Mit Berti zusammenziehen, das konnte sie sich vorstellen.

So ein Quatsch, wies sie sich zurecht. Wahrscheinlich hatte er eine Verlobte oder sogar eine Frau. Sie kannte ihn ja kaum.

Magdalena ging zum Korb, den Tante Paula am Morgen für die beiden vorbereitet hatte. Sie nahm sich eine Flasche Limonade und ein Brot mit Hausmacher.

Als sie so dasaß und aß, erwachten ihre Lebensgeister wieder. Sie dachte an eine Idee, die sie vor einer Woche gehabt hatte. Sie hatte eine Annonce in der Zeitung gesehen, die sie sich bei Winnie mitgenommen hatte. Es hatte ihr gefallen, obwohl sie nicht wusste, ob sie die nötigen Qualifikationen hatte. Obwohl sie nicht wusste, ob sie dazu in der Lage war.

Aber es war eine Möglichkeit.

Und vielleicht war es die Chance auf einen Neubeginn in ihrem Leben.

»Das ist wirklich gut, dass du mir heute aushilfst. Ohne deine Kreissäge wäre ich hier auf der Kastanienmühle verloren«, gestand Erwin an diesem ungemütlichen Spätherbsttag des Jahres 1971.

»Dazu sind wir da, uns gegenseitig zu helfen. Das ist hier schon seit Jahrhunderten Tradition«, stellte der Müller Walter fest.

»Mal sehen, wie lange es noch etwas zu helfen gibt. Vielleicht sind wir ja bald über alle Dörfer im Brombachtal verstreut. Magst du einen Kaffee?«

»Gerne. Es ist schon garstig hier draußen.« Müller Walter steckte die Hände in die Taschen und folgte Erwin ins Wohnhaus der Kastanienmühle.

Sie setzten sich auf die Eckbank. Tante Paula füllte den Kessel mit Wasser. Oma Augustine saß in ihrem Sessel in der Wohnstube und las die Zeitung. Müller Walter setzte seinen Hut ab. Er war ein gedrungener, kleiner Mann, aber sein Vollbart ließ ihn doch größer wirken. Er war Sägmüller im Brombachtal und verstand sich mit allen anderen Müllern sehr gut. Auch mit Onkel Erwin, der mit seiner Beamtenfrau, Kinderlosigkeit und anhaltenden Mehlproduktion doch etwas aus der Müllers-Art schlug.

Paula brachte den Kaffee. Der Müller Walter goss sich großzügig Milch ein und kippte ordentlich Zucker hinterher. Schwarzen Kaffee mochte er gar nicht.

»Wie lange kann ich deine Kreissäge behalten?«, fragte Erwin.

»Am Freitag machen wir auch Feuerholz, bis dahin brauche ich sie wieder.«

Erwin nickte. Die Zeit würde ihm reichen, das Holz mit Heribert kleinzuschneiden, das sie am Wochenende aus dem Wald geholt hatten.

Dann sagte Müller Walter: »Weißt du schon? Der Griesmüller hat jetzt wirklich verkauft. An den Freistaat. Jetzt ist es amtlich.«

»Wie bitte?«

»Ja, so ist es. Alle wissen es hier. Und auch oben in Absberg und Ramsberg ist es bekannt. Und noch weit drüber hinaus. Weißt du, was das für uns heißt? Kannst du es dir ausmalen?«

Onkel Erwin zuckte mit den Schultern

»Ich sag's dir«, redete Müller Walter unbeirrt weiter, »die Seen kommen. Die vom Talsperren-Neubauamt kommen als Nächstes zu uns. Da wette ich was drauf. Die werden uns jetzt alle nacheinander abarbeiten. Und die Bauern auch. Alle, die Flächen hier unten haben.«

Paula stand in der Küche und schälte bei offener Tür Kartoffeln. Erwin war klar, dass sie alles mithörte.

»Glaubst du wirklich?«

»Na, sicher. Ich werde mal sehen, dass ich einen guten Rechtsanwalt für uns auftreibe. Damit wir eine gute Verhandlungsposition haben. Wenn ich mein Land schon hergeben muss, dann will ich wenigstens ordentlich Geld dafür haben.«

Erwin nickte stumm. Der Müller Walter redete unbeirrt weiter.

»Wie viel Land hast du? Dreizehn Hektar. Das ist nicht viel. Keiner hat so wenig Land wie du, oder? Sollen wir uns zusammentun? Wir finden bestimmt noch andere, die mitmachen. Der Riedels Müller garantiert. Und vielleicht der Alfred. Bist du dabei?«

»Bei mir war noch niemand«, sagte Erwin langsam.

»Ja, und? Bei mir auch noch nicht. Aber die werden kommen. Bald.«

»Bei mir hat noch niemand angeklopft und mein Land verlangt. Und ich bin nach wie vor nicht bereit, es herzugeben. Deswegen brauche ich für den Verkauf meines Landes garantiert keinen Rechtsanwalt. Eher dafür, eine Enteignung zu verhindern.«

Müller Walter zuckte mit den Schultern. »Wie du meinst. Aber du hast doch auch keinen Nachfolger für die Mühle. Und der jüngste bist du auch nicht mehr. In zehn Jahren könntest du locker in Rente gehen. Und so schnell kommt da kein See, das kannst du mir glauben. Und was soll denn aus der Kastanienmühle werden? Die Leute hier verlieren ihre Arbeit in der Landwirtschaft. Immer mehr sind es. Und sie wollen es auch nicht mehr, die jungen Leute. Viel zu hart die Arbeit, viel zu karg der Ertrag. Du bist der einzige Müller hier, der noch beutelt. Respekt. Das Brot aus deinem Mehl halte ich sehr in Ehren. Bis zum letzten Laib.«

Erwin ignorierte das Kompliment. »Ich habe nicht gesagt, dass die Seen nicht kommen werden.«

Müller Walter schüttelte den Kopf. »Aber was willst du erreichen? Ist nicht das Beste, was du jetzt erreichen kannst, möglichst viel für dein Land zu bekommen und eine schöne neue Bleibe anderswo?«

Paula hatte mit dem Kartoffeln schälen aufgehört.

Erwin sagte nichts.

»Meine Helga und mein Hubert, die sind beide sehr glücklich mit ihrer Ausbildung. Die wollen die Mühle gar nicht mehr weiterführen. Viel zu harte Arbeit und viel wirft das auch nicht ab. Bei den Bauern droben in Ramsberg und Absberg und Theilenhofen suchen sich die Kinder auch was Neues. In der Industrie. Oder bei den Beamten. Das hier«, er fuhr mit der Hand durch die Luft, als würde er die Weite des Brombachtals zeigen, »das hier hat doch alles so oder so keine Zukunft mehr. So traurig es auch ist.«

Paula fing langsam wieder zu schälen an.

Erwin nahm einen Schluck aus seiner Tasse. »Der Langweidmüller will auch nicht verkaufen.«

Der Müller Walter verdrehte die Augen. »Das verstehe ich bei ihm auch nicht. Aber im Gegensatz zu euch hat er eigene Kinder, die einmal die Mühle übernehmen könnten!«

In der Küche hörte Erwin, wie etwas herunterfiel.

Paula fluchte leise.

Erwin trank aus.

»Ich muss jetzt loslegen. Sonst werde ich heute nicht fertig. Ich bringe dir die Kreissäge spätestens morgen Abend vorbei. Heribert wartet bestimmt schon.«

Eine Woche später kamen sie.

Es war die Woche nach dem ersten Advent.

Erwin war gerade mit Heribert dabei, den Stall auszumisten. Paula buk zusammen mit Augustine Lebkuchen. Keiner hörte, wie ein Auto in die Hofeinfahrt fuhr. Als es an der Tür läutete, blieb Paula erst einmal verdutzt in der Küche stehen und sah aus dem Fenster, weil sie keinen Besuch erwartete. Dann wischte sie ihre Hände an der Schürze ab und ging an die Haustür. Draußen standen zwei elegant gekleidete Männer, groß gewachsen, der eine mit Bierbauch, der andere schlank mit Schnauzer. Sie trugen frisch gewienerte Lederschuhe und Aktentaschen, hatten kurz geschorene Haare, trotz der Kälte weder Mütze noch Handschuhe an und passsten mit ihrem gepflegten Aussehen so gar nicht auf diesen Hof, auf diese Mühle. Sie passten genauso wenig hierher wie die graue Mercedes-Limousine, die sie neben der Kastanie geparkt hatten.

»Ja, guten Tag, ich hab Sie gar nicht kommen hören.« Tante Paula ahnte, was die zwei Männer zur Kastanienmühle getrieben hatte. Denn beim Alfred waren sie am Vortag gewesen und beim Riedels Müller auch. Nur, dass sie so schnell wieder kommen würden, damit hatte sie nicht gerechnet. Es war ja doch eine ganz schön lange Fahrt von Nürnberg hierher.

»Guten Tag. Schmidt und Schulz vom Talsperren-Neubauamt in Nürnberg. Können wir unser Auto dort abstellen?«

»Ja - ja, freilich können Sie das«, stotterte Paula.

Augustine war aus der Küche gelaufen, ebenfalls zur Tür gekommen und stand nun hinter Paula auf dem Gang.

Die beiden Männer reichten Paula die Hand.

»Wir hoffen, dass wir nicht stören«, sagten die beiden Herren.

Was für eine Aussage, dachte Paula, natürlich störten sie.

Sie erwiderte den Händedruck.

»Paula Schwarzmüller, guten Tag. Und das ist meine Schwiegermutter, ebenfalls Schwarzmüller«, sie deutet auf Augustine. Was darf ich für Sie tun?«

Der Mann mit dem Bierbauch, der Herr Schulz sein musste, erwiderte: »Wo ist denn der Hausherr?«

Paula deutete auf den Hühnerstall. »Mein Mann ist da drinnen. Ist gerade schlecht bei ihm. Kann ich Ihnen vielleicht helfen?«

»Wir würden gerne mit Ihrem Mann sprechen. Er ist doch der Eigentümer dieser Mühle?«, sagte der schlanke Mann mit dem Schnauzer, der Herr Schmidt sein musste.

»Ich bin die Eigentümerin. Wie kann ich Ihnen helfen?«

Die beiden Herren drucksten mit ihren Aktentaschen herum.

»Entschuldigen Sie, Frau Schwarzmüller, aber uns wäre es wirklich Recht, wenn Sie Ihren Mann holen würden. Wir sind wegen eines wichtigen Anliegens da und wollen das gerne unter Männern besprechen, wenn Sie verstehen. Wir können aber gerne ein anderes Mal wiederkommen, wenn es bei Ihnen heute sehr schlecht ist.«

Um Himmels Willen, dachte Tante Paula, bloß nicht. Den Besuch der Beamten vom Talsperren-Neubauamt bringen wir möglichst schnell hinter uns.

»Ich werde mal nachsehen.«

Sie zog sich Mantel und Stiefel an, lief zum Hühnerstall und ließ Herrn Schmidt und Herrn Schulz mit Oma Augustine stehen.

»Erwin! Sie sind da! Die vom Talsperren-Neubauamt!«

»Was? Jetzt schon? Die waren doch erst gestern hier in der Gegend.«

Erwin stellte die Mistgabel ab und wischte sich die Hände an der Latzhose ab. Dann folgte er Paula aus dem Hühnerstall. Die beiden Herren waren sichtlich erleichtert, dass sie es nun mit dem Hausherrn zu tun hatten und nicht mehr nur mit seiner Gattin.

»Guten Tag, ich bin Herr Schmidt vom Talsperren-Neubauamt in Nürnberg und das ist mein Kollege Herr Schulz. Wie sie vielleicht wissen, planen wir an einer großen Baumaßnahme, welche dem Wasserausgleich in Bayern dienen soll und im öffentlichen Interesse steht.«

»Ja, das weiß ich, das mit der Baumaßnahme«, sagte Erwin.

Was öffentliches Interesse war, dachte er, konnte ja jeder für sich selbst definieren.

Herr Schulz und Herr Schmidt reichten Erwin die Hand, er

schüttelte sie. Herr Schulz packte danach sofort ein Stofftaschentuch aus, anscheinend war ihm Erwins Hand zu schmutzig. Auch Herr Schmidt hatte einen leicht geekelten Gesichtsausdruck. Erwin blickte auf seine schwieligen Hände, die definitiv nicht ganz sauber waren, schließlich war er bei der Arbeit.

»Ich verkaufe nichts«, sagte er sofort und zeigte mit einer Geste über das Anwesen der Kastanienmühle.

Herr Schmidt seufzte.

»Wollen Sie vielleicht reinkommen?«, fragte Paula, weil sie eine gute Hausfrau sein wollte und jeden Gast bewirtete, auch wenn er unerwünscht war.

»Das braucht's nicht, Paula. Ich glaube, wir sind schnell fertig.«

Herr Schmidt und Herr Schulz standen reglos da. Wahrscheinlich hätten sie sich über einen Kaffee und eine beheizte Stube gefreut.

Paula zuckte mit den Schultern. Oma Augustine schlurfte leise vor sich hin murmelnd zurück ins Haus und schloss die Haustür.

»Herr Schwarzmüller, wir freuen uns, dass Sie schon wissen, worum es geht. Sie sind gut informiert. Ja, wir wollen Sie darum bitten, Ihr Land für einen guten Zweck zu verkaufen. Für das Fränkische Seenland. Die Maßnahme steht in einem großen, gewaltigen öffentlichen Interesse. Wir werden Sie gut bezahlen.« Herr Schmidt strahlte Erwin an.

»Die Maßnahme dient unserem Wohlstand, dem wirtschaftlichen Fortschritt Bayerns. Und noch dazu wird hier eine Urlaubsregion entstehen, die deutschlandweit ihresgleichen sucht!«, ergänzte Herr Schulz.

»Sie tun der Gesellschaft, ihrem Land Gutes, wenn Sie mitmachen – und können sich ein neues Haus bauen, mit allem modernen Komfort, den man sich nur wünschen kann.«

»Sie werden einen richtigen Stromanschluss haben. Für alle modernen Elektrogeräte, die sich die Hausfrau von heute nur wünschen kann.«

Erwin wollte nicht unhöflich sein. Aber er wusste einfach nicht, was er dazu sagen sollte, als er sich das alles anhören musste.

Denn er war sich immer noch felsenfest sicher, dass er nicht verkaufen wollte.

»Was bieten Sie uns, sollten wir verkaufen?«, fragte Paula, weil Erwin einfach nichts sagte, grimmig dreinschaute und ihr die Stille und die angespannte Situation unangenehm wurden.

Die Augen von Herrn Schmidt leuchteten. Vielleicht waren die von der Kastanienmühle ja doch nicht so bockig, wie man hier im Brombachtal und in den Dörfern ringsum sagte.

Inzwischen war auch Heribert gekommen und sah sich das Geschehen von hinten mit einer erstaunlichen Gelassenheit an. Nebenbei rauchte er.

»Was wir Ihnen bieten? Das kann ich Ihnen gerne erklären«, sagte Herr Schulz. »Je nach Qualität des Bodens und Lage gibt es bis zu sieben Mark pro Quadratmeter Land.«

Erwin schüttelte den Kopf.

»Nach viel klingt das aber nicht. Wenn hier so viel Land verschwindet, dann steigen doch die Preise im Umland. Dann kann ich mir von meinen dreizehn Hektar, die ich hier habe, nur noch ein paar läppische Hektar dort droben leisten. Und viel besser ist der Boden da oben auch nicht, das ist ja bekannt«, sagte Erwin mürrisch. Das Ganze hatte er schon mit Paula und den anderen Müllern diskutiert. Die Sorge, keine adäquate Gegenleistung für ihr Land zu bekommen, hatten alle Müller und Landwirte in der Umgebung, egal, ob sie bereit waren zum Verkauf oder nicht.

»Das kann durchaus passieren, dass Sie nicht ganz so viel Fläche bekommen für Ihr Anwesen, als Sie gerade Ihr Eigentum nennen«, bestätigte Herr Schulz, »und deswegen profitieren Sie ja mehr, je früher Sie verkaufen und woanders neues Land kaufen. Denn noch steigen die Preise nicht, aber sie könnten es in Zukunft durchaus tun. Deswegen raten wir Ihnen, möglichst bald den nächsten Schritt zu gehen.«

Paula stellte sich jetzt dicht an ihren Mann, so, als wolle sie emotionalen Beistand leisten.

»Es gibt natürlich Verhandlungsspielraum«, beschwichtigte Herr Schmidt, »Ich darf Ihnen mitteilen, dass der Freistaat Bayern Ihnen sogar einen Rechtsanwalt zahlt, inklusive Fahrtkosten. Damit Sie das Maximale aus ihrem Eigentum herausholen können, wenn Sie an den Freistaat verkaufen. Sehen Sie.«

Er öffnete umständlich im Stehen seine Aktentasche und reichte Erwin ein Schreiben.

»Hier finden Sie Informationen dazu und eine Reihe von Rechtsanwälten in der Region, die das nötige Fachwissen für eine solche Aufgabe haben.«

»Na, die werden schön schauen, dass da nichts für uns rausspringt. Damit der Freistaat an uns Geld spart.«

»Das ist nicht richtig, Herr Schwarzmüller. Sie dürfen sich übrigens auch Ihren Rechtsanwalt aus freien Stücken auswählen, solange der Weg dorthin nicht zu weit ist. Ansonsten kann der Freistaat irgendwann nicht mehr die Fahrtkosten zahlen, aber das sollte ja verständlich sein.«

Herr Schmidt zog eine Art Broschüre aus seiner Aktentasche. »Hier finden Sie Informationen zum Vorgehen des Freistaats beim Aufkauf der Flächen im Brombachtal, Igelsbachtal und Altmühltal. Sie können sich das in aller Ruhe durchlesen. Wir wollen Sie nicht unter Druck setzen. Es wird auch noch Informationsveranstaltungen in den umliegenden Gemeinden geben, darüber werden wir rechtzeitig in den üblichen Gemeindezeitungen informieren.«

Erwin nahm das Schreiben in die Hand und sah es an.

»Ich möchte Sie gerne noch über einen wichtigen Sachverhalt aufklären, dann wollen wir Sie nicht weiter stören«, erklärte Herr Schulz. »Es ist so, dass Sie, wenn Sie für Ihren Flächenverkauf Bargeld erhalten, viel Steuer an den Freistaat zahlen müssen. So will es das Gesetz. Sie haben viel mehr davon, wenn Sie neues Land nehmen oder investieren, beispielsweise in einen Betrieb, in ein neues Haus…«

»Oder sogar in Ferienwohnungen!«, ergänzte Herr Schmidt, »das können wir sehr empfehlen.«

»Das mit dem Bargeld weiß ich, das ist ja bekannt. Aber ich sag Ihnen: Wir gehören hierher. Seit Jahrhunderten sind wir hier.«

Herr Schmidt nickte. »Wir haben größtes Verständnis für Ihre Bedenken an dieser Stelle. Aber da brauchen Sie sich keine Sorgen zu machen. Der Freistaat wird Sie beim Bau eines neuen Hauses umfassend unterstützen.«

Erwin sah Paula an. Es sah aus, als hätte er am liebsten alleine mit seiner Frau gesprochen in diesem Moment, ohne die Männer vom Talsperren-Neubauamt.

»Gut, wir lesen uns das durch«, sagte er dann und deutete auf die Informationsbroschüren.

»Haben Sie ein Telefon?«, fragte Herr Schulz.

»Ja«, sagte Erwin. Dass es nicht sehr zuverlässig funktionierte, sagte er nicht.

Herr Schmidt und Herr Schulz reichten ihm nun zwei Visitenkarten. »Hier haben Sie unsere Kontaktdaten. Sie können uns werktags jederzeit anrufen, wir stehen für alle Fragen rund um den Verkauf Ihrer Flächen zur Verfügung. Wir wissen, dass es eine harte Entscheidung für Sie ist und Sie viel für das öffentliche Wohl aufgeben, dass Sie einen höheren Preis zahlen müssen als viele andere. Deswegen ist es auch im Interesse des Talsperren-Neubauamts, und im Interesse des gesamten Freistaats Bayern, dass Sie und Ihre Kollegen keine Nachteile durch das geplante Seenland haben.«

Herr Schmidt und Herr Schulz klappten ihre Aktentaschen zu.

Als sie weg waren, fasste Paula ihren Mann sanft an der Schulter.

»So, jetzt geht es los. Gut, dass unsere Magdalena da nicht mehr mitspielt. Stell dir vor, das wären ihre ehemaligen Kollegen gewesen gerade!«, seufzte Erwin und griff die Hand seiner Frau.

»Ich mach dann mal weiter.« Er deutete auf den Hühnerstall.

Paula nickte. »Aber das nächste Mal lassen wir sie rein ins Haus.«

»Was?«, Erwin ließ ruckartig die Hand von Paula los. »Du willst die da reinlassen? Die uns alles wegnehmen wollen? Das kann doch nicht dein Ernst sein?«

Paula entgegnete: »Ach, Erwin, das ist doch unhöflich. Die Frau vom Müller Riedel und die Frau vom Müller Walter haben den Herren auch Kaffee und Gebäck angeboten. Aber du machst das nicht. Das geht doch nicht, die bei dem Wetter und bei der Kälte da draußen stehen zu lassen!«

»Doch. Das geht. Die haben es nicht anders verdient.«

»Nein, Erwin, das sind Beamte. Sie gehen ihrer Arbeit nach, so wie du und ich. Sie führen nur etwas aus, was von der Politik beschlossen wurde.«

»Dein Verwaltungskram kann mir gestohlen bleiben! Diese Männer kommen mir nicht ins Haus!«

Dann drehte er sich um, nahm seine Mistgabel wieder in die Hand und lief mit Heribert zusammen wortlos zum Stall.

Paula schüttelte den Kopf und ging mit den Unterlagen zurück ins Haus.

NEUES LERNEN

Magdalena bemühte sich, die Augen offen zu halten. Es war halb acht, und seit nun fast zwölf Stunden versuchte sie durchgehend, sich zu konzentrieren, von der kurzen Mittagspause einmal abgesehen. Draußen war es an diesem Dezembertag im Jahr 1971 stockdunkel, und der Regen prasselte unbarmherzig gegen die Scheiben. Drinnen im kahlen Klassenraum saßen fünfzehn Erwachsene an Pulten, die für Kinder gebaut waren. Magdalenas Pult war vollgeschrieben mit Sprüchen, Liebesbriefen und anderen seltsamen Wörtern und Zeichnungen. Sie bemühte sich, die krakelige Tafelanschrift zu entziffern. Es ging um Goethes Faust. Eigentlich hätte sie es schon durchgelesen haben müssen, dachte Magdalena. Sie hatte es nicht geschafft. Immer, wenn sie abends im Bett versuchte zu lesen, schlief sie einfach ein, so müde war sie.

»Faust war sehr unzufrieden mit seinem Leben. Deswegen gelang es dem Teufel Mephisto, ihn zu verführen. Weil er ihm mehr Abwechslung versprach im Leben. Natürlich hatte der Teufel dabei nicht nur Gutes im Sinn.«

Magdalena schrieb mit. Die Bibliothekarin hatte ihr schon einmal Goethes Faust in die Hand gedrückt, im Frühjahr, aber damals hatte sie das Buch ungelesen in die Bibliothek zurückgebracht. Sie mochte diese geschriebenen Theaterstücke nicht. Wenn ständig irgendjemand irgendetwas sagte und man die Handlung trotzdem verstehen sollte. Aber die anderen in ihrer Klasse des Abendgymnasiums munkelten, dass Goethes Faust gerne einmal in den Prüfungen drankam. Darum bemühte sich Magdalena, alles zu verstehen und sich für dieses Werk zu interessieren.

Das Abendgymnasium.

Dort war sie jetzt.

Im Oktober war es schon losgegangen, das Semester, aber Magdalena hatte ein paar Wochen später dazu stoßen dürfen.

Denn das war ihr Entschluss: Sie wollte lernen. Sie wollte Abitur machen, so wie Moritz.

Und dann studieren.

Die Welt besser verstehen.

Vielleicht einmal woanders hinziehen.

Die Welt kennen lernen.

Oder zumindest die Bundesrepublik.

Antworten finden auf all die Fragen, die sie hatte.

Die Schule ging immer um fünf Uhr nachmittags los und dauerte bis in den Abend. Den ganzen Morgen lang hatte Magdalena Bewerbungen geschrieben, es musste ja auch etwas Geld reinkommen, sie konnte ja nicht ewig in Moritz' engem Zimmer hausen, das tat sie ohnehin schon viel zu lang, und ihr Arbeitslosengeld würde sie auch nicht ewig beziehen können.

Technische Zeichnerin im Hochbau. Dafür hatte sie sich heute beworben. In einem kleinen Architekturbüro, nicht weit vom Abendgymnasium.

Magdalena war gespannt, ob es was werden würde. Sie wollte auf keinen Fall mehr irgendetwas mit Kanälen und Wasser zu tun haben. Und auf Grundwasserwannen und Brücken hatte sie auch keine Lust mehr. Sie wollte etwas ganz anderes machen.

»Fräulein Meierhofer, wie sorgt Mephisto in Goethes Faust dafür, dass Doktor Faust das junge Gretchen zugrunde richtet?«

Im Nu schreckte Magdalena aus ihren Tagträumen auf.

Sie spürte, wie alle Blicke auf sie gerichtet waren und sie rot anlief.

»Fräulein Meierhofer?«, fragte der Lehrer Wagner, in einem strengeren Ton.

Sie hörte, wie ihre Sitznachbarin Wilma mit den blond gelockten Haaren und der viel zu großen Brille tief ein- und ausatmete. Wahrscheinlich wusste sie die Antwort.

Magdalena blätterte hastig in ihren Notizen, doch dann fiel ihr die Antwort ein. »Also, Doktor Faust verliebt sich in Gretchen und er macht sie schwanger und sie bringt das Kind dann um«, stammelte sie. Den Teil der Tragödie hatte sie sich gemerkt. War ja auch wirklich heftig, das Ganze.

»Richtig. Kann jemand etwas ergänzen?«, fragte der Lehrer in die Runde.

Magdalena atmete erleichtert auf. Das war ja nochmal gut gegangen.

Bald war die Deutschstunde vorbei.

Sie stand kurz auf und streckte sich. Ein paar verließen das Klassenzimmer, um eine Zigarette zu rauchen.

Vier Jahre Abendgymnasium, bis zum Abitur, das ihr Zugang geben würde zu allen möglichen Studiengängen.

Ob sie das durchhalten würde?

Wo sie wohnen würde?

Sie musste wieder an Berti denken, der immer noch am Talsperren-Neubauamt arbeitete und von dem sie sich nie verabschiedet hatte. Der eines Tages würde feststellen müssen, dass Magdalena nicht mehr dort arbeitete – und von ihr nichts hatte, keine Telefonnummer, keine Adresse, nur ihren Namen. Vermisste sie ihn?

Sie wusste es nicht.

URLAUB AM SEE

Die Sommerlandschaft raste an ihnen vorbei. Felder, Äcker, Wiesen, Wälder, Kirchtürme, Alleen. Immer wieder durchquerten sie Straßendörfer, mit farbenfrohen, hergerichteten und stattlichen Häusern hier und verfallenen, grauen Häusern mit zerbrochenen Fensterscheiben da. Magdalena saß da, eingequetscht zwischen zwei Kindersitzen, im dunkelblauen Austin Allegro von Familie Hauser. Links neben ihr saß die dreijährige Susi, die tief und fest schlief, der Kopf hing schief im Sitz. Rechts von ihr saß Susis Zwillingsbruder Peter, der nach draußen aus dem Fenster starrte, seinen Teddybären fest in der Hand, die Füße baumelten in der Luft.

»Zieht's bei dir?«, fragte Hugo von vorne.

»Nein, ist sehr angenehm, lasst ruhig offen!«, rief Magdalena zurück.

»Mama, ich will was essen«, sagte der kleine Peter.

Greta gähnte. »Magdalena, schau mal in der Tasche unter Susis Sitz. Da sind Butterbrezen drin. Gib dem Peter ein Stück, aber bloß nicht die ganze, die wirft er eh nur auf den Boden. Und pass bitte auf, dass Susi nicht aufwacht.«

Magdalena bemühte sich und schaffte es, die kleine Susi nicht zu wecken. Sie gab Peter ein Stück Butterbrezel, dass er sich sofort in den Mund steckte.

»Ach, ich könnte auch was vertragen«, sagte Hugo und reichte eine Hand nach hinten, die andere behielt er am Lenkrad.

Peter saß kauend in seinem Sitz und schaute wieder nach draußen. Plötzlich fragte er laut: »Wann sind wir endlich da am See?«

Greta blickte in den Straßenatlas. »Dauert nicht mehr lang, mein Peter. Wir sind jetzt kurz vor Ulm und von da aus…«

»So zwei Stunden noch, denke ich«, brummte Hugo.

»Ich will an den See!«, rief Peter weinerlich.

»Magdalena, gib dem Peter doch bitte sein Bilderbuch«, sagte Greta, um den Sohn zu beschäftigen.

Peter warf das Bilderbuch auf den Boden.

Plötzlich tauchte vor ihnen ein riesiger Kirchturm in der Ferne auf, der alle anderen Häuser bei weitem überragte.

»Guck mal, dieser riesige Kirchturm!«, rief Greta aus. Peter starrte wieder aus seinem Fenster.

Auch Magdalena staunte über den Kirchturm. So etwas hatte sie noch nie gesehen.

»Das ist das Ulmer Münster«, erklärte Hugo. »das ist der größte Kirchturm der Welt. Hab ich im Reiseführer gelesen.«

»Höher als der Kölner Dom?«, fragte Magdalena.

»Ja. Ich glaube, über 160 Meter.«

An einer Ampel blieben sie stehen.

»Mama«, rief es links neben ihr leise und müde, »Sind wir schon da?«

Susi war aufgewacht.

»Nein, aber schaut euch mal diese riesige Kirche an!«, versuchte Magdalena die Zwillinge bei Laune zu halten.

Hugo suchte in Ulm eine Tankstelle auf. An dreien fuhr er murrend vorüber. Das Benzin war teuer geworden, seitdem die Öl exportierenden arabischen Länder die Rohölfördermengen im letzten Jahr 1973 drastisch reduziert hatten. Was das alles ausgelöst hatte! Arbeitslosigkeit, autofreie Sonntage… Zumindest das Tempolimit von 100 Kilometern pro Stunde auf Autobahnen hatte die Bundesregierung kürzlich aufgehoben. Sonst hätten sie wahrscheinlich noch länger an den Bodensee gebraucht. Auch Heizöl war teurer geworden. Auf einmal gab es in der Bundesrepublik Diskussionen darüber, dass die Ressourcen endlich waren, dass sie nicht in großen Massen für immer billig zu haben sein würden.

Nachdem sie Ulm durchquert hatten, was sehr lange dauerte, weil es sehr viele Ampeln und noch mehr Autos gab, fuhren sie wieder über Land und durch Dörfer. Magdalena fiel auf, dass die Landschaft hier ganz anders war als in Franken. Während die Landschaft, die sie kannte, aufgeräumt war, mit kompakten Dörfern und dazwischen vielen Wäldern und Feldern und die einzigen, alleinstehenden Gehöfte die Mühlen entlang der Flussläufe waren, so war es hier ganz anders. Überall waren Bauernhöfe, egal, wohin sie blickte, und trotzdem gab es noch kompakte Dörfer, durch die sie durchfuhren. Die Bauernhöfe wirkten stattlich, sie waren groß, mit vielen Nebengebäuden und herrschaftlichen, gepflegten Wohnhäusern. Sie mussten ziemlich reich sein, die Bauern in Oberschwaben.

Irgendwann, nachdem sie viele weitere Orte durchquert hatten, auch die Stadt Ravensburg, die sie alle von den Brett- und Puzzlespielen kannten, kamen sie auf eine Anhöhe bei Markdorf und Magdalena sah zum ersten Mal in ihrem Leben den Bodensee.

Alle schauten nun gebannt nach draußen.

»Mama, der See!«, rief Susi begeistert und klatschte in die Hände.

»See!«, rief auch der kleine Peter und presste seine Nase an die Fensterscheibe, so dass diese anlief.

Er war riesig. So groß, dass sie das andere Ufer kaum sehen konnten. Aber was sie sehen konnten, waren majestätische Berge auf der anderen Seite des Sees, Berge in der Schweiz und in Österreich, die sich massiv und stolz über dem See erhoben. Kristallblau glänzte das Wasser auf der Oberfläche.

Aus Gletschern geformt. Dieser See war nicht von Menschenhand gemacht.

Die Natur konnte so etwas Wundervolles hervorbringen.

Es war so schön, Magdalena konnte es kaum glauben.

Etwa eine dreiviertel Stunde später waren sie an ihrer Ferienwohnung in Hagnau angekommen. Frau Bentele, die Vermieterin, hieß sie willkommen und zeigte ihnen alles.

Wie lange es dauerte, mit Kindern alles auszuladen! Kinderwagen, Taschen, Kuscheltiere, Essen und Trinken für die nächsten Tage, und nebenbei waren Susi und Peter von der langen Autofahrt müde und quengelten herum.

»Ich brauch jetzt erst einmal einen Kaffee im Garten«, sagte Hugo, als alle Sachen wenigstens schon einmal in der Ferienwohnung standen.

»Ich mach dir gleich einen«, sagte Greta, »aber erst einmal möchte ich die Schränke einräumen, damit es hier drin ordentlich aussieht«.

Magdalena seufzte. Sie wollte nicht schon jetzt genervt sein, aber sie konnte es kaum erwarten, zum See zu gehen und den Ort zu erkunden.

Vorsichtig fragte sie daher: »Macht es euch etwas aus, wenn ich eine kleine Besichtigungsrunde drehe? In einer Stunde bin ich wieder da.«

Die Ferienwohnung lag jenseits der Hauptstraße. Um zum See zu gelangen, musste sie erst bergab laufen. Links von ihr waren Weinberge. Sie überquerte die Hauptstraße und gelangte in die Ortsmitte. Die Häuser waren herausgeputzt und frisch gestrichen, in den Blumenkästen blühten Geranien, alles war ganz anders als zu Hause. Sie dachte an die stattlichen Bauernhöfe und das riesige Münster von Ulm und die große Basilika in Weingarten. Die ganze Gegend hier musste reich sein. Warum? Und warum ihre Heimat nicht? Waren die Böden besser? War es der See? War es die Nähe zur Grenze in die Schweiz? Oder etwas ganz anderes?

War es vielleicht der Tourismus hier am See? Würde ihre Heimat auch so aufblühen, so herausgeputzt sein, wenn die Seen einmal da sein würden?

Bald erreichte Magdalena die Uferpromenade. Der See war direkt vor ihr, sie hätte einfach ins Wasser springen können. Sie war fasziniert von seinem Anblick.

Ein paar Schiffe waren unterwegs. Einige kleine Segelboote, aber auch ein sehr großes Schiff, auf das viele Menschen drauf passen mussten, vielleicht sogar Autos. Als das riesige Schiff näher kam, meinte Magdalena sogar Autos erkennen zu können, an deren Windschutzscheiben sich die Sonne spiegelte. Eine Fähre.

Sie war noch nie auf einem Schiff gewesen, nicht einmal auf einem kleinen Boot.

Sie konnte nicht einmal schwimmen.

Vor einem Jahr hatten sie mit dem Bau des Fränkischen Seenlandes begonnen, mit dem Bau des Überleiters, der das Wasser vom Altmühlsee über die europäische Hauptwasserscheide hinweg in den Brombachsee transportieren sollte.

Erst vor einem Monat war der Stollenanschlag am Altmühlüberleiter gewesen. Dieser Stollen sollte unterirdisch die Europäische Hauptwasserscheide überwinden und dabei Wasser vom Altmühlsee in den Brombachsee bringen. Damit war klar, dass auch der Große Brombachsee Realität werden würde. Und es die Kastanienmühle damit nicht mehr lange geben würde.

Viele freuten sich auf die Seen. Auch Irmi, Moritz' neue Freundin.

Irmi und Moritz hatten sich auf der Birkenmühle kennengelernt. Seit einigen Jahren war die ehemalige Mahl- und Sägmühle ein beliebter Treffpunkt der Jugend im Brombachtal, weil es im Gasthaus gutes Bier gab und man bis spät in die Nacht feiern konnte.

Vielleicht freuten sich genau die Menschen in ihrer Heimat auf das Seenland, die schon einmal an einem solchen See Urlaub gemacht hatten, die so etwas unglaublich Schönes mit eigenen Augen gesehen hatten, dachte Magdalena.

Immer mehr Menschen in der Bundesrepublik machten Urlaub. Immer mehr konnten sich das leisten. Weil das Essen billiger geworden war in den letzten Jahren. Weil immer mehr Menschen gut verdienten. Weil immer mehr Menschen Urlaub bekamen.

Aber konnte ein künstlich geschaffenes Seenland wirklich so schön sein wie ein solcher, auf natürlichem Wege entstandener See?

Sie blickte auf die mächtigen Berge im Hintergrund.

Die gab es im Brombachtal nicht.

Machte das einen Unterschied?

Magdalena sah auf ihre Uhr. Sie hatte noch gut zwanzig Minuten, bis sie zurück musste zur Ferienwohnung. Sie schlenderte gemütlich die Strandpromenade entlang, den Blick immer auf den Bodensee gerichtet.

Sie wollte den Anblick genießen.

Enten schwammen auf der Wasseroberfläche, eine Möwe stand auf der Hafenmauer, ein Schwan glitt stolz dahin.

Berti hatte damals gesagt, die Seen würden Lebensraum von Vögeln zerstören.

Aber auch auf dem Wasser gab es Vögel. Vielleicht schufen die Seen ja Lebensraum für neue Vögel? Oder suchten Vögel nur natürlich geschaffene Seen auf, künstliche aber nicht?

Sie fand eine leere Bank, setzte sich hin und genoss den Blick auf den glitzernden Bodensee mit seiner imposanten Bergkulisse. Viel zu früh musste sie den Rückweg zur Ferienwohnung antreten.

UMBRUCH AUF DER KASTANIENMÜHLE

Am Samstag nach dem Urlaub am Bodensee klingelte Magdalena bei ihren Eltern an der Haustür. Im Vorgarten waren Salat, Kürbis und Broccoli reif für die Ernte. Die Abendsonne ließ die Schatten lang werden. Magdalena fühlte sich so erholt und entspannt wie schon lange nicht mehr.

Die Mutter öffnete.

»Ja Magdalena! Du hast dich gar nicht angekündigt! Ich hab ja gar nichts vorbereitet! Wolltest du nicht direkt nach Nürnberg weiterfahren? Wie war der Urlaub? Wo sind die Hausers?«

»Die Hausers sind schon auf dem Weg nach Absberg. Der Urlaub war sehr schön. Mama, ich habe spontan überlegt, ob ich noch bis morgen bei euch bleibe.«

»Das freut mich natürlich. Aber du hättest ja vorher anrufen können! Dann hätte ich für dich eingekauft.«

Magdalena sagte nicht, dass sie kein Kleingeld mehr für eine Telefonzelle gehabt hatte und dass die zwei Kinder so quengelig gewesen waren, dass sie nicht auch noch Ansprüche hatte stellen wollen.

Wenig später saßen Vater Wolfam, Mutter Rosmarie und Magdalena am Küchentisch und stießen bei Müller-Thurgau vom Bodensee an. Dann erzählte Magdalena vom Urlaub.

»Und ihr?«, fragte Magdalena, nachdem sie geendet hatte. »Wie geht es euch?«

Vater Wolfram blickte seine Frau ernst an.

»Ach, Magdalena«, sagte Mutter Rosmarie. »dem Onkel Erwin geht es nicht so gut. Er musste ins Krankenhaus, nur eine Blinddarmoperation, er hatte so schreckliche Bauchschmerzen, aber da ist er natürlich ausgefallen auf der Kastanienmühle letzte Woche. Ich bin so oft wie möglich hingefahren und hab Paula und Heribert geholfen. Ich wechsle mich mit Horst und Hannelore ab. Ich muss morgen auch wieder hin. Erwin ist zwar seit gestern wieder zu Hause, aber er soll sich noch schonen.«

»Ich kann morgen auch mithelfen, ein paar Stunden, bevor ich wieder nach Nürnberg zurückmuss«, schlug Magdalena vor.

Mutter Rosmarie nickte. »Das ist sehr gut und lieb von dir. Aber die Sache ist die...«

Sie seufzte und sah ihren Mann an, als ob sie ihn bitten würde, für sie weiterzusprechen.

Vater Wolfram stellte sein Weinglas ab und räusperte sich. »Immer mehr da drunten verkaufen. Und immer mehr Bauern aus Absberg, Ramsberg, Allmansdorf und Enderndorf, die Flächen da unten haben. Die verkaufen auch. Angeblich hat sich eine Gruppe Bauern aus Absberg sogar zusammengeschlossen und fährt jetzt bis nach München runter, weil der Rechtsanwalt da so gut sein soll, weil sie glauben, dann mehr zu bekommen für ihr Land. Die Scheermühle ist nun auch verkauft.«

»Ich glaub, es sind nur noch vier oder fünf Müller, die noch nicht verkauft haben, und wer weiß, wie viele von denen kurz davor sind «, sagte Mutter Rosmarie.

Vater Wolfram überlegte. »Naja, lass mich mal nachzählen. Also, die Mandlesmühle liegt gar nicht im zukünftigen See, die braucht der Freistaat soweit ich weiß gar nicht, aber es gibt trotzdem Verhandlungen, der Mandlesmüller verkauft vielleicht trotzdem, keine Ahnung warum. Die Mäusleinsmühle kann stehen bleiben. Die Langweidmühle soll überflutet werden, aber der Langweidmüller wehrt sich, das ist ja in der ganzen Gegend bekannt. Die Öfeleinsmühle ist ja schon vor ein paar Jahren für den Kneisel-Film abgebrannt worden. Bei der Birkenmühle weiß ich's gar nicht...«

»Ich auch nicht. Da müssen wir mal nachfragen«, ergänzte Mutter Rosmarie, »Paula weiß da bestimmt mehr. Aber ist ja eh nur noch ein Wirtshaus, die Birkenmühle.«

Vater Wolfram fuhr fort: »... die Bayerleins von der Grafenmühle verhandeln schon mit dem Freistaat, die werden bald verkaufen, genauso ist es beim Neumüller, der verhandelt auch schon. Bei denen ist es nur eine Frage der Zeit, bis sie auch verkaufen. Die Scheermühle ist nur noch Landwirtschaft, aber da weiß ich auch nicht, vielleicht verhandeln die mit dem Neumüller zusammen. Der von der Beutelmühle hat ja schon länger verkauft mit seinem neuen Sägewerk. Der gute alte Müller Walter, der verhandelt ja auch schon lang, der wollte ja, dass der Erwin mitmacht. Welche hab ich jetzt noch vergessen?«

»Die Mühlen am Igelsbach, die Griesmühle und die Sägmühle«, half Mutter Rosmarie ihm.

»Und die Hühnermühle«, ergänzte Magdalena.

»Aja, genau. Die Hühnermühle ist ja in Neuherberg, die kann stehenbleiben, die ist außerhalb des kleinen Brombachsees. Die von der Griesmühle haben schon letztes Jahr verkauft, aber die haben es sehr ungern getan, soweit ich weiß. Und der Sägmüller, der hat auch schon verkauft. Das ist echt verrückt bei dem, der hat seinen Sägwerksbetrieb ja erst vor ein paar Jahren wieder in Betrieb genommen, nachdem er in den fünfziger Jahren abgebrannt ist!«

Mutter Rosmarie nickte zustimmend.

Vater Wolfram nahm einen Schluck Wein. »Alle verhandeln oder haben schon verkauft. Die einzigen, von denen wir wirklich wissen, dass sie sich immer noch weigern und nicht einmal verhandeln, sind der Langweidmüller – und Onkel Erwin.«

»Und jetzt, wo Onkel Erwin so angeschlagen ist, jetzt sagen ihm die anderen Müller direkt ins Gesicht, dass die Mühle doch eh keine Zukunft hat und dass er endlich verkaufen soll«, erklärte Mutter Rosmarie seufzend.

»Er wird immer verbitterter und garstiger, der Erwin. Dabei ist er früher immer so ein netter, lustiger und fröhlicher Kerl gewesen!« Vater Wolfram war sichtlich traurig.

Mutter Rosmarie sah auf die große Uhr an der Wand. »Huch, es ist spät! Ich decke schon einmal ein für das Abendbrot.« Sie stand auf.

Magdalena dachte an den Bodensee, an seine Herrlichkeit, an seine Schönheit. Vor ihrem Inneren sah sie kristallklares Wasser, den sich spiegelnden Himmel, Strände und Schwäne. Sie dachte an die schönen Dinge, die sie im Wasser getan hatten, das angenehm kalte Wasser, das die Beine so schön abkühlte, an das wohlige Gefühl, einfach auf einer Bank zu sitzen und in das Wasser zu blicken, das Gefühl der Freiheit, als sie auf dem Schiff auf die andere Seite des Sees gefahren waren, an die schönen Kieselsteine, die sie mit Susi und Peter am Strand gefunden hatte, an den Spaß, den sie zusammen auf dem Ruderboot gehabt hatten…

Es war einfach alles ein wundervoller Traum gewesen dort am Bodensee.

Vorsichtig sagte Magdalena zu ihren Eltern: »Wisst ihr… Es ist echt schwierig und das alles ist sehr schlimm für Erwin und die anderen Müller. Ich fühle da so mit und ich liebe die Kastanienmühle… aber ich muss zugeben, der Bodensee ist so traumhaft schön…. Wenn dieses geplante Fränkische Seenland nur ein bisschen was davon hätte… dann hätte das Ganze, das wir eh nicht verhindern können, vielleicht auch ein klein wenig Gutes.«

Vater Wolfram sah seine Tochter an. So hatte sich Magdalena noch nie ihm gegenüber zu den Seen geäußert. Noch nie.

Aber auch er hatte ja noch nie seine Meinung zu den Seen gegenüber seiner Tochter geäußert. Deswegen erklärte er jetzt:

»Ich kann's vielen nicht verübeln, wenn sie es gut finden. Für die Wirtschaft, für unsere Region, für unsere Lebensqualität, wie man so schön sagt. Andererseits haben manche ja auch Angst, dass dann der Verkehr zunehmen wird, dass wir überrannt werden von den Nürnbergern, die aus ihrer Stadt rauswollen. Aber gerade denke ich nur an Erwin und Paula, und dass die Landpreise oben in Absberg und Ramsberg, und wie sie alle heißen, jetzt schon in die Höhe schnellen, und wenn Erwin dann enteignet wird, kurz bevor der See kommt, weil er sich bis zuletzt weigert, dann wird er vielleicht noch ein armer Schlucker. Jetzt könnte er das, was er für sein Hab und Gut vom Freistaat bekommen könnte, noch dazu nutzen, ein neues Haus irgendwo anders zu bauen. In ein paar Jahren geht das vielleicht nicht mehr.«

Mutter Rosmarie stellte das Brot auf den Tisch. »Der Freistaat hilft den Müllern sogar dabei, Grundstücke zu finden, damit sie neue Häuser bauen können. Und die sind nicht in der schlechtesten Lage, die Grundstücke. Aber wie lange macht er das wohl noch? Und hat er wirklich für jeden Müller was oder gehen die letzten von ihnen dann leer aus? Stell dir vor, die sitzen noch da unten, die zwei, und Heribert und Augustine mit dazu, und außen herum kommt schon das Wasser! Kommt schon der See! Nicht auszudenken…«

»Sie wollen ja auch einen riesigen Damm bauen«, erklärte Magdalena, »Sie brauchen riesige Maschinen dafür, fast so groß wie beim Braunkohletagebau. Die Maschinen werden nicht gerade leise sein. Ich denke, es gibt dann auch Erschütterungen.«

»Daran habe ich noch gar nicht gedacht! Da ist ja an ein friedliches Leben gar nicht mehr zu denken!«, stöhnte Mutter Rosmarie.

Magdalena stand auf, um der Mutter zu helfen.

»Morgen bin ich dabei«, sagte sie nochmals, »auf der Kastanienmühle. Es reicht, wenn ich den Fünfuhrzug nach Nürnberg nehme.«

Sie merkte, wie ein gutes Stück ihrer Erholung bereits wieder den alltäglichen Sorgen und Problemen gewichen war. Vor allem der Sorge um die Kastanienmühle. Und noch mehr der Sorge um Onkel Erwin. Wie würde er damit umgehen, wenn das Unvermeidliche eintrat? Hoffentlich wurde er nicht verrückt.

Am nächsten Tag auf der Kastanienmühle trafen Mutter und Rosmarie einen bettlägerigen Onkel Erwin, eine umsorgende Oma Augustine und eine völlig gestresste Tante Paula an. Die Stimmung auf dem Hof war angespannt. Heribert hatte frei, es war ja Sonntag.

»Gut, dass ihr kommt, Gott sei Dank«, sagte Tante Paula, als sie die Tür öffnete. »Ich brauche euch dringend.«

»Geht es Erwin besser?«, fragte Mutter Rosmarie.

Zügig ging Tante Paula in die Küche. Mutter Rosmarie und Magdalena folgten.

Sie setzten sich auf die Eckbank.

Da brach Tante Paula in Tränen aus. Magdalena war ganz erschrocken, Mutter Rosmarie streichelte ihrer Schwägerin den Rücken.

»Na na, was ist denn los? Wir sind doch da. Was ist passiert?«, fragte Mutter Rosmarie besorgt.

Tante Paula schluchzte und schnäuzte sich in ein Taschentuch. »Er hat jetzt auch noch Fieber bekommen, mein Erwin. Vierzig Grad! Er muss sich im Krankenhaus was eingefangen haben. Die sind so gefährlich, die Krankenhäuser. Alles voller Keime! Am besten, man landet da nie! Dabei hab ich gedacht, er könnte uns jetzt langsam wieder unter die Arme greifen. Ich komme hinten und vorn nicht mehr zurecht und…«

Sie schluchzte.

»Kann der Arzt heute kommen?«, fragte Mutter Rosmarie.

Tante Paula nickte. »Ja, der kommt heute, wir haben ihm Bescheid gegeben, und ich hoffe, es geht Erwin bald wieder besser. Augustine kümmert sich um ihn, aber was anderes kann sie jetzt kaum noch machen. Sie wird immer schwächer, aber ist ja auch klar, sie hat ihr Leben lang den Hof gemacht und noch dazu fünf Kinder auf die Welt gebracht und großgezogen. Woanders wäre sie schon lange in Rente, hier schuftet sie bis zum Umfallen, und ich muss sie ermahnen, auf sich Acht zu geben. Aber das Schlimmste…«

»Was ist das schlimmste?«, fragte Magdalena.

In diesem Moment kam Oma Augustine in die Küche herein, langsamen Schrittes, den Oberkörper leicht gebückt.

»Er ist wach«, flüsterte sie, »schön, euch zu sehen«, sagte sie zu Magdalena und Mutter Rosmarie gewandt und lächelte sanft.

Dann ergänzte sie noch: »Es geht ihm besser. Der Schlaf hat ihm gutgetan.«

»Gott sei Dank!«, rief Tante Paula, rieb sich mit ihrem Stofftaschentuch über die Augen, und sie gingen zusammen ins Schlafzimmer zu Onkel Erwin.

Später, im Stall beim Ausmisten, bemühte sich Magdalena, in den wenigen Stunden, die sie Zeit hatte, so viel wie möglich zu schaffen. Sie strengte sich sehr an, sie schwitzte und redete kaum bei der Arbeit mit der Mutter, die auch im Stall war. Paula war in ihrem Gemüsegarten beschäftigt, den sie in der letzten Woche arg vernachlässigt hatte. Sie schafften es, in nur drei Stunden alle Ställe der Kastanienmühle auszumisten und frisches Stroh einzustreuen. Zudem versorgten sie die Hühner, Gänse, Ziegen und Pferde mit frischem Futter und Wasser.

Zwischendrin sahen sie den Arzt auf den Hof fahren und wieder gehen, aber nicht einmal für eine Frage, wie es Onkel Erwin denn nun ging und woher das Fieber kommen mochte, gönnten sie sich eine Pause.

Als Magdalena fertig war, kam die Katze Maunzie angelaufen und strich um ihre Beine. Magdalena streichelte sie gedankenverloren. Mutter Rosmarie war zu Tante Paula gegangen. Magdalena stellte fest, dass sie nur noch eine Stunde hatte, bis sie zum Zug musste. Sie ging in Richtung Gemüsegarten, wobei Maunzie ihr schnurrend folgte.

Tante Paula und Mutter Rosmarie standen nicht im Gemüsegarten, wo Magdalena sie erwartet hätte, sondern im Schatten beim Mühlrad, das sich langsam und gemächlich drehte.

Sie sahen Magdalena kommen und verstummten in ihrem Gespräch.

»Was ist?«, fragte Magdalena besorgt, »geht es Onkel Erwin schlechter? Hat er was Schlimmes?«

Tante Paula schüttelte den Kopf. »Nein. Das nicht. Er sollte in drei, vier Tagen wieder auf den Beinen sein, hat der Doktor gesagt«

Aber an ihrer sorgenvollen Miene änderte sich nichts.

Mutter Rosmarie ergriff das Wort.

»Heribert hat gekündigt!«

Völlig entgeistert sah Magdalena ihre Mutter an. Heribert? Heribert liebte die Kastanienmühle doch so sehr wie Tante Paula und Onkel Erwin. Sie war seine Heimat. Seit drei Jahrzehnten arbeitete er dort. Er gehörte zur Kastanienmühle wie das Mühlrad, die Kastanie und Marissa und Bodan.

Das konnte nicht sein.

Mutter Rosmarie fuhr fort: »Schon letzte Woche. Er hat eine

neue Anstellung da oben in Pfofeld bekommen, ebenfalls als Knecht, auf einem großen Hof.«

»Bauernhof. Keine Mühle. Ein Mühlknecht auf einem Bauernhof!« Tante Paula blickte fassungslos.

Erschrocken sah Magdalena die beiden an. Oh nein. Barbara war schon vor ein paar Jahren gegangen, aber dass der treue Heribert gehen würde, das hätte sie nicht gedacht.

»Der Hof vom Riedel Michael«, ergänzte Tante Paula, »der hat Maschinen, das kannst du kaum glauben. Und der haut alles auf die Felder, Dünger und was die ganzen Firmen so Neues erfinden. Seine Erträge explodieren, da können die anderen Bauern nur staunen. Der wird von den anderen reihenweise Flächen abkaufen, wenn die jetzt nach und nach vor die Hunde gehen. Wir haben schon seit ein paar Tagen kein Getreide mehr gemahlen. Ohne die Hilfe von Erwin ist das einfach zu viel Arbeit. Ohne Heribert können wir das Getreide nur noch Schroten. Aber auch das wird richtig viel Arbeit.«

Sie blickte zu Boden, es war eine kurze, unangenehme Stille.

»Und wer soll dann die ganze Arbeit machen? Wen können wir einstellen, wenn doch hier ein See kommen soll? Wer will schon hier jetzt noch eine Anstellung finden? Ohne Zukunft?« Tante Paula fing an, heftig zu schluchzen.

»Wir haben keine Wahl. Wir müssen verkaufen. Aber mein lieber Erwin, er will immer noch nicht. Wahrscheinlich hat ihn das alles ins Krankenhaus gebracht! Dieser ganze Schmerz! Seine Sorgen! Seine Angst vor der Zukunft, wenn hier Wasser ist!«

Jetzt war Tante Paula nicht mehr aufzuhalten. Sie setzte sich auf die Bank neben dem Mühlrad und ließ ihren Tränen freien Lauf, während Mutter Rosmarie sie streichelte und Magdalena dastand und nicht wusste, was sie sagen sollte. Aber sie hatte ihre Meinung geändert. Sie wollte die Seen akzeptieren. Tante Paula und Onkel Erwin mussten ihre Mühle aufgeben, so schlimm es auch war. Magdalena sah keinen Ausweg mehr.

Wenn Onkel Erwin doch nur bereit dazu wäre.

AUF IN EIN NEUES LEBEN

1975 war das Jahr, in dem Magdalena in Nürnberg das Abitur bestand und in dem mit dem Bau des kleinen Brombachsees begonnen wurde.

Die Abiturprüfungen fanden im Mai und Juni statt. Seit Februar hatte Magdalena gefühlt ununterbrochen gelernt, in ihrer kleinen Einzimmerwohnung in Nürnberg unter der Woche, wenn sie nicht gerade im Architekturbüro war, wo sie seit ein paar Jahren arbeitete, und nicht gerade im Abendgymnasium saß. Sie hatte das Gefühl, sie musste jede freie Minute nutzen. Erstens deshalb, weil sie sich nicht alles ohne Weiteres merkte wie einige ihrer Klassenkameraden. Zweitens, weil sie etwas studieren wollte, bei dem sie davon gehört hatte, dass sie gute Noten brauchen würde.

Sie wollte Jura studieren.

Sie wollte verstehen, ob das, was in ihrer Heimat, im Brombachtal, im Igelsbachtal, im Altmühltal, geschah, rechtens und richtig war. Wie man darüber urteilen konnte. Welche Kriterien man für dieses Urteil heranziehen musste und wie man das Für und Wider abwägen konnte. Sie wollte etwas lernen über das öffentliche und das private Interesse.

Deswegen lernte Magdalena so viel sie konnte, blieb auch am Wochenende in Nürnberg. Einmal am Tag gönnte sie sich einen ausgiebigen Spaziergang an der Pegnitz oder in der Stadt, damit sie den Kopf freibekam. In diesen Momenten dachte sie oft an Onkel Erwin, Tante Paula und die Kastanienmühle. Sie fragte sich manchmal, was Winnie tat, obwohl sie ihn nicht vermisste. Und immer wieder erwischte sie sich dabei, dass sie an Berti dachte. Den Landschaftsplaner Berti. Sie ärgerte sich, dass sie keine Kontaktdaten von ihm hatte und sie traute sich nicht, beim Talsperren-Neubauamt vorbeizuschauen.

Im Frühjahr 1975 hatte sich bei der Kastanienmühle und im Brombachtal einiges verändert. Nachdem Heribert gekündigt hatte, mahlte Erwin das Getreide nicht mehr zu Mehl – er beutelte es nicht mehr – sondern er schrotete es nur noch und es diente als Tierfutter für alle Kühe und Schweine, die in den Ställen in der Umgebung eingepfercht standen und das Tageslicht nur noch auf dem Weg zum Schlachter sahen. Rinder und Schweine, die Schrot zu fressen bekamen, damit sie schneller wuchsen, schneller das Schlachtgewicht erreichten.

Magdalena wusste, dass Onkel Erwin und Tante Paula, obwohl sie kein Mehl mehr mahlten, so viel schufteten wie noch nie zuvor in ihrem Leben und dass trotzdem Horst, Gerlinde, Hannelore und ihre Eltern aushalfen, sooft sie konnten.

1975 war auch das Jahr, in dem mit dem Bau des kleinen Brombachsees begonnen wurde. Als erstes bauten sie den Damm für den kleinen Brombachsee, der sich direkt bei der Neumühle befand. Mehr als einen Kilometer lang und mehr als fünfzehn Meter hoch sollte er werden, und damit würde er immer noch deutlich kleiner sein als der Damm des Großen Brombachsees. Die großen Bagger rückten an. Sie waren riesig, machten viel Dreck, bewegten viel Erde, es entstanden viele Erdhügel, viele Sandhügel.

Die Bauarbeiten waren nur wenige Kilometer von Onkel Erwin und Tante Paula entfernt, deren Mühle sich in etwa in der Mitte des Brombachtals befand.

Der Müller von der Neumühle hatte Onkel Erwin erzählt, die Bauarbeiten seien wie ein Erdbeben, die Bilder an den Wänden wackelten, es war laut, er hätte untertags keine ruhige Minute mehr. Er konnte es kaum mehr erwarten, in sein neues Haus zu ziehen. Das war ja kein Leben mehr im Brombachtal, überall nur noch Lärm, Sandgruben, Grundwasser, das bis an die Erdoberfläche anstand, weil sich alle am Sand des Brombachtals zu schaffen machten, und Dreck, sagte der Neumüller.

Die Kastanienmühle lag weiter im Osten als die Neumühle, doch auch Onkel Erwin und Tante Paula konnten die Maschinen hören und litten unter dem Lärm.

Inzwischen hatten bis auf Erwin und den Langweidmüller alle Müller verkauft oder waren zumindest bereit, ihre Mühlen zu verkaufen. Erwin und der Langweidmüller hatten sich zu einer

Art Schicksalsgemeinschaft zusammengeschlossen und zu den anderen Müllern nur noch wenig Kontakt. Von den Beamten des Talsperren-Neubauamts wurden sie regelmäßig aufgesucht. Immer wieder versuchten die Beamten erfolglos, sie vom Verkauf zu überzeugen. Die Müller und Bauern, die bereits verkauft hatten, bewirtschafteten weiter ihre Felder, die sie vom Freistaat nun gepachtet hatten und früher ihr Eigen genannt hatten, und bauten sich moderne Wohnhäuser in Absberg, Ramsberg und Enderndorf, mit Anschluss an die Überlandleitung, komfortablen Ölheizungen und modernen Sanitäreinrichtungen. Sie würden damit moderner als so manche Bauern in ihrer Nachbarschaft wohnen, die oft noch mit Holz heizten, und konnten sich bald über zuverlässigen Strom freuen. Aber sie hatten ihre Mühlen verloren. Manche Müller, darunter auch Müller Walter, überlegten, sich im Tourismus ein Einkommen zu sichern; ein Müller begann, den Milchlaster zu fahren; und andere Müller hatten ohnehin schon beschlossen, sich zur Ruhe zu setzen.

1975 war schließlich auch das Jahr, in dem Magdalena im September nach München zog, um dort Jura zu studieren.

Nach dem Abitur arbeitete Magdalena ununterbrochen beim Architekturbüro, um sich genug Geld für ihr Studium anzusparen. Sie beantragte Bafög, das hatte Moritz ihr empfohlen. Sie fuhr das erste Mal im Juli nach München, um sich einzuschreiben. Sie war noch nie zuvor in ihrem Leben in München gewesen und staunte über diese riesige Stadt. Die Landeshauptstadt war viel größer als Nürnberg und hatte viele prachtvolle Gebäude, majestätische Brücken und schmucke Bauten und Plätze, wie den Bayerischen Landtag, die Maximiliansbrücke und den Marienplatz. Die Mauern der Häuser waren hoch, verschnörkelt und herausgeputzt. Die Männer liefen in Anzügen mit frisch gewienerten Lederschuhen und ledernen Aktentaschen durch die Stadt und schienen es immer eilig zu haben. Die zentrale Lebensader von München war die Isar, die Magdalena vom ersten Tag an die Orientierung erleichterte. Auch die Universität war prachtvoll. Die Jura-Fakultät lag unweit des Englischen Gartens, in dem die Menschen flanierten und die Sonne genossen.

Magdalena schrieb sich im Studierendensekretariat für Jura ein und ließ sich auf die Warteliste für einen Wohnheimplatz im Studentendorf setzen. Das Studentendorf war zwar ein gutes Stück entfernt von der Juristischen Fakultät, aber es bot Platz für viele Studenten, lag im Grünen und war neu. Die Frau vom Studentenwerk hatte es Magdalena empfohlen. Noch vor drei Jahren hatte es der Unterbringung von Sportlerinnen, Sportlern, Journalistinnen und Journalisten anlässlich der Olympischen Sommerspiele in München gedient. Magdalena, die sich nicht für Sport interessierte, hatte die Spiele nicht verfolgt und nicht viel davon mitbekommen, einen Fernseher hatte sie ja auch noch nie besessen, lediglich ein Radio. Das Einzige, was ihr von den Olympischen Spielen in Erinnerung geblieben war, war der Anschlag, den die palästinensischen Terroristen dort verübt hatten.

Magdalena fuhr im August nochmals eine Woche mit Familie Hauser an den Bodensee, was sie sehr genoss. Das Wetter war noch besser als im Jahr zuvor und die Zwillinge waren, allein dadurch, dass sie ein Jahr älter waren, schon viel selbständiger. Die Krönung des Urlaubs war der Tag, an dem sich Hugo etwas widerwillig bereit erklärte, sich um die Zwillinge zu kümmern, und sie mit Greta mit dem Schiff auf die Mainau fuhr. Schon seit Jahren hatten sie sich nicht mehr so gut unterhalten wie an diesem Tag. Schon seit Jahren hatten sie nicht mehr so viel Zeit zu zweit gehabt.

Als Magdalena vom Bodensee zurückkam, lag ein Brief vom Studentenwerk im Briefkasten mit den Unterlagen der Einschreibung und der Zusage für den Wohnheimplatz. Magdalena kündigte ihre Wohnung in Nürnberg, las abends Gesetze aus der Bibliothek, ohne wirklich viel zu verstehen, und freute sich auf den Neuanfang in ihrem Leben.

Bei ihrem letzten Besuch auf der Kastanienmühle, vor ihrem Umzug nach München besichtigte Magdalena mit Vater Wolfram und Moritz die Baustelle des Kleinen Brombachsees.

Magdalena kannte viele Baustellen aus Nürnberg.

Aber hier sah es wirklich schlimm aus. Sand, Dreck, Schmutz, Staub.

Das Brombachtal verwandelte sich in eine Wüste.

Mit dem einzigen Unterschied, dass es hier viel Wasser gab, Grundwasser, das an die Erdoberfläche getreten war.

Es war laut. Lauter als an einer Autobahn, dachte sich Magdalena.

Stumm standen sie nebeneinander da und beobachteten die riesigen Bagger, wie sie Schaufel um Schaufel Erdmaterial aufhäuften an der Stelle, wo eines Tages ein kräftiger Damm einen See daran hindern sollte, auszulaufen. Es war so unangenehm – heiß, staubig, laut, hässlich – und Magdalena fragte sich, ob es wirklich eines Tages hier so schön sein konnte wie am Bodensee. Sie konnte es sich in diesem Moment nicht vorstellen. Es war unmöglich.

Wie lange würde es dauern, bis hier eine glänzende Wasseroberfläche sein würde? Bis die Menschen Boot fahren würden? Bis am Ufer Bäume wachsen würden und sich Schwäne und Enten ansiedeln würden? Mochten Schwäne und Enten überhaupt künstliche Seen?

Magdalena war sich auf einmal nicht mehr so sicher, ob sie sich auf die Seen freuen sollte.

DER KOFFERDIENST

Am ersten Oktober des Jahres 1975 erreichte Magdalena um zwei Uhr nachmittags München mit dem Zug. Sie hatte zwei große Koffer dabei, einen schweren Rucksack und ihre Handtasche. Mehr würde sie in ihrem möblierten Zimmer im Studentenwohnheim nicht brauchen. Ab jetzt würde sie sich die Küche und das Bad in einem Hochhaus mit anderen Studierenden teilen müssen. Sie konnte sich nicht wirklich vorstellen, wie das sein würde. Sie war nie in diesem Studentendorf gewesen. Die Frau vom Studierendensekretariat hatte ihr nur ein Foto gezeigt.

Der Zug fuhr quietschend im Hauptbahnhof ein. Es war ein riesiger Kopfbahnhof, und Magdalenas Abteil befand sich im hintersten Wagen. Der Zug endete in München, sodass sich vor dem Halt des Zuges bereits unzählige Reisende mit ihren Koffern und Taschen auf dem Gang drängten. Als Magdalena es endlich auf den Gang schaffte, war sie schon fast die Letzte. Sie fluchte über ihre zwei schweren Koffer, die Vater Wolfram ihr in Georgensgmünd noch in den Zug getragen hatte. Jetzt war sie auf sich alleine gestellt und betrachtete skeptisch die steilen Stufen, die von der Zugtreppe zum Bahnsteig führten.

Im Kopfbahnhof selbst würde es keine Treppen geben, zur U-Bahn würde sie die Rolltreppe oder den Aufzug nehmen können. Sie hatte sich gedacht, dass sie das alles alleine gut bewältigen konnte. Aber den Ausstieg aus dem Zug hatte sie dabei nicht im Blick gehabt.

Magdalena überlegte gerade, ob sie genügend Zeit hätte, jeden Koffer einzeln aus dem Zug zu tragen, oder ob sie dann riskierte, mitsamt dem Zug irgendwo abgestellt zu werden, als ein junger Mann ihr zur Hilfe eilte. Er war mittelgroß gewachsen, hatte blonde, gelockte Haare, einen schlaksigen Körperbau, lange Beine und trug eine Brille. Er hob beide Koffer mit Leichtigkeit und einem freundlichen »Darf ich bitte?« aus dem Zug und half dann auch noch Magdalena heraus. Magdalena bedankte sich überschwänglich.

Als sie dann so dastand am Kopfbahnhof, mit ihrem ganzen Übergepäck, sah sie vielleicht doch etwas hilflos aus. Jedenfalls fragte der Mann:

»Wo wollen Sie hin?«

Er hatte einen interessanten Dialekt, den Magdalena zunächst absolut nicht zuordnen konnte.

»Zur U-Bahn.«

»Welche U-Bahn?«

»Olympiastadion, Linie U 3«, sagte Magdalena.

Der junge Mann schaute abwechselnd zum Gepäck und zu Magdalena und wirkte sehr erstaunt.

»Das ist aber viel Gepäck. Ich bringe es Ihnen in die U-Bahn. Beim Aussteigen muss Ihnen allerdings jemand anderes helfen. Ich habe einen Termin am anderen Ende der Stadt und muss ebenfalls bald weiter.«

Und schon hatte er beide Koffer in der Hand.

»Soll ich Ihnen den Rucksack abnehmen?«

Sie schüttelte den Kopf. »Geht, danke.«

Der Mann trug Magdalenas Koffer so schnell in Richtung U-Bahnhof, dass sie Probleme hatte, hinterher zu kommen. Während sie ihm folgte, sah Magdalena den Mann von der Seite an. Er sah irgendwie besonders aus. Seine klein gekräuselten, blonden Locken wippten bei jedem Schritt auf und ab. Er trug einen dunkelroten Pullover und hatte einen modischen Lederrucksack auf dem Rücken. Trotz seines raschen Tempos schienen sich seine schlaksigen, dünnen Beine nur langsam zu bewegen. Magdalena eilte neben ihm her, und als sie die Prellböcke erreichten, wurde es voller. Unzählige Menschen wimmelten durch den Münchner Hauptbahnhof. Jetzt fürchtete Magdalena sich davor, ihn bei dem Menschengewimmel am Hauptbahnhof aus den Augen zu verlieren. Sie rannte ein paar Schritte, um ihn wieder einzuholen, aber er hatte sich schon umgedreht und wartete auf sie.

Als sie beim U-Bahnhof angekommen waren, fuhr gerade ein Zug ein. Der junge Mann hob die beiden Koffer in die U-Bahn und wies Magdalena durch ein Winken an, doch einzusteigen, damit die Koffer nicht ohne sie davonfuhren.

Die Türen gingen so schnell zu, dass Magdalena keine Möglichkeit hatte, sich bei ihm zu bedanken.

Sie konnte ihm nicht einmal winken, weil der junge Mann sofort verschwunden war.

Verdattert starrte Magdalena nach draußen, obwohl der U-Bahn- Tunnel bereits das meiste Tageslicht verschluckt hatte.

An der U-Bahn-Station Olympiazentrum bat Magdalena sogleich einen Studenten um Hilfe. Sie wusste nicht, wie weit es war zu ihrer neuen Bleibe. Der Student wirkte sehr schüchtern. Stumm trug er Magdalenas Koffer die Treppe von der U-Bahn-Station hoch an die Erdoberfläche, blickte nur gerade aus, sah sich nicht nach ihr um. Sie eilte mit ihrem schweren Rucksack und ihrer Handtasche hinterher.

Als sie das Olydorf, ihr neues Zuhause, das erste Mal erblickte, war sie überwältigt. Ein riesiges Meer an bunten Betonbungalows reihte sich im Vordergrund aneinander und dahinter türmten sich diejenigen Hochhäuser, von denen Magdalena eines in Zukunft bewohnen würde. Während Magdalena dem stummen Studenten mit ihren Koffern hinterhereilte, betrachtete sie begeistert die Bungalows. Jeder war anders bemalt, mit Comicfiguren, Blumen, Sprüchen und Bildern. Jeder schmale Gang zwischen den Bungalows schien neue Überraschungen zu bergen. Magdalena musste aufpassen, dass sie vor lauter Staunen den Studenten nicht aus dem Blick verlor. Sie hatte ihm ihre neue Adresse gegeben und er schien genau zu wissen, in welchem Hochhaus ihr Zimmer war. Viel zu schnell erreichten sie die Eingangstür und der Student hatte ihre Koffer in den Aufzug gehievt.

»Dritter Stock, gleich gegenüber von der Aufzugtür«, sagte er knapp, als er Magdalenas Koffer im Aufzug abgestellt hatte.

»Vielen Dank!«

Stumm und mit gebeugtem Rücken lief der Student wieder nach draußen.

Magdalena kramte den Wohnungsschlüssel aus der Jackentasche.

Nur eine Stunde später, es war inzwischen schon fast sechs Uhr, begab sie sich auf Erkundungstour. Sie hatte ihre Koffer und ihren Rucksack in ihrem kleinen Zimmer abgestellt und sich auf dem Gang, in der Küche und auf den Toiletten umgesehen. Es war alles ähnlich wie im Wohnheim von Moritz. Bislang hatte sie noch keine ihrer Mitbewohnerinnen angetroffen.

Bevor es dunkel wurde, wollte sie sich noch etwas umsehen an diesem besonderen Ort.

Magdalena ging zu den Bungalows, die nur wenige Meter von ihrem Hochhaus entfernt waren. Sie lief durch die Gassen und bewunderte die Bemalungen. Immer wieder traf sie auf Studierende, die aus den kleinen Häuschen herauskamen, sich mit anderen Studierenden unterhielten oder gerade nach Hause kamen. Als Magdalena sich an den Bemalungen einigermaßen sattgesehen hatte, entsann sie sich, dass auch die Architektur des Olympiaparks selbst spektakulär sein sollte. Sie kramte den Stadtplan aus ihrer Jackentasche, den ihr Vater ihr zum Abschied geschenkt hatte, und lief zum Olympiapark.

Nach wenigen hundert Metern überquerte sie eine Brücke über eine vielbefahrene Straße und war noch mehr überwältigt als vom Studentendorf. So eine eindrucksvolle Architektur hatte sie noch nie gesehen. Die riesigen Gebäude, die mitten im Grün lagen und als Sportstätten gedient hatten, waren durch ein von Stahlmasten getragenes, transparentes Dach miteinander verbunden. Dieses Dach wirkte grazil und unglaublich schön, als sie unten hindurchlief und fasziniert nach oben blickte. Wie man so etwas Wundervolles bauen konnte! Neben ihr erstreckte sich glitzernd blau ein kleiner See, an dem viele Menschen spazieren gingen. Hinter dem See befand sich ein Berg, es musste der Olympiaberg sein. Mächtig streckte sich der Olympiaturm gen Himmel.

Viel zu früh wurde es dunkel.

Als sie abends im Bett lag, zogen die Gedanken des Tages an ihr vorbei. Irgendwann fiel ihr wieder der Mann ein, der ihre Koffer

am Hauptbahnhof getragen hatte. Nur zu gern hätte sie sich be-
dankt. Und nur zu gern hätte sie gewusst, woher sein seltsamer
Akzent kam.

DAS ANGEBOT

Im Frühjahr 1976 begann in Westmittelfranken ein Rekordversuch. Es war nur einer von mehreren Rekorden, die mit dem Fränkischen Seenland verbunden sein sollten. Dieser Rekordversuch wurde aufmerksam von der Öffentlichkeit verfolgt und den ein oder anderen machte es vielleicht stolz, dass Westmittelfranken endlich eine Rolle spielte in Bayern und sogar in der ganzen Bundesrepublik.

Es begann der Bau des Altmühlsees.

Für den Altmühlsee hatten keine Mühlen und Höfe abgerissen werden müssen. Aber auch hier hatten viele Bauern ihr Land verloren, nicht nur für den Altmühlsee selbst, sondern auch für den Altmühlzuleiter. Das Talsperren-Neubauamt hatte bereits mit seinem Bau begonnen. Dieser Kanal zweigte beim eigens dafür gebauten Wehr in Ornbau von der Altmühl ab und sollte fast fünf Kilometer in Richtung Südosten verlaufen, um dort in den neuen Altmühlsee zu münden. Er sollte dafür sorgen, dass im Altmühlsee, der oberhalb des umgebenden Landes errichtet werden sollte, überhaupt Wasser ankam. Über das Wehr sollte das Hochwasser der Altmühl in den Altmühlzuleiter und den Altmühlsee abgeleitet werden. Die Altmühl selbst bekam ein neues Flussbett, sie sollte sich einmal parallel zum Kanal und zum Altmühlsee dahinschlängeln und bei Gunzenhausen wieder ihr ursprüngliches Flussbett erreichen.

Aber der Altmühlzuleiter selbst war nicht rekordverdächtig.

Rekordverdächtig war der Ringdamm, den Magdalenas Kollege Anton damals, vor über zehn Jahren, beim Ingenieurbüro in Weißenburg vorgeschlagen hatte und der nun Realität wurde. Mit seinen zwölfeinhalb Kilometern sollte der Ringdamm die längste Stauanlage der Bundesrepublik werden, auch in der DDR gab es nichts Vergleichbares.

Vater Wolfram, der nun Großvater der kleinen Steffi war, und Moritz, der nun Ehemann und Vater war und mit seiner Frau Irmi im nahe gelegenen Roth lebte, waren fasziniert von dieser Baumaßnahme. Sie lasen jeden Zeitungsartikel dazu, schnitten die Artikel sorgfältig aus und hefteten sie ab, fuhren zur Baustelle, und am meisten Begeisterung löste es bei ihnen aus, als der Altmühlsee es sogar in die Tagesschau schaffte.

Sie waren fasziniert von dem, was Ingenieurskunst und Technik gerade einmal dreißig Jahre nach Kriegsende möglich machten.

Wären da nicht Onkel Erwin und Tante Paula gewesen, die nach wie vor im Brombachtal lebten und schufteten und dort inzwischen wirklich fast alleine waren – mit dem Langweidmüller und den wenigen Leuten, die mit ihm noch auf der Mühle lebten.

Fast jeder der Familien Meierhofer und Schwarzmüller war inzwischen der Meinung, es wäre genug, die zwei müssten endlich den Tatsachen ins Auge sehen.

Keiner in der Familie wollte die beiden weiterhin da unten im Brombachtal haben.

Am Ostersonntag nach der Auferstehungsfeier am Friedhof liefen Mutter Rosmarie und Vater Wolfram zusammen mit den Nachbarn linker Hand, Herrn und Frau Goswitz, nach Hause. Mutter Rosmarie war ganz aufgeregt, denn heute würde ihre Enkelin aus Roth zum Mittagessen kommen. Steffi war jetzt dreieinhalb Monate alt und Mutter Rosmaries ganzer Stolz. Wie ein Wasserschwall erzählte sie Frau Goswitz von dem Baby, und dass sie schon am Vortag den ganzen Tag in der Küche gestanden war für ihre Vorbereitungen auf diesen Ostersonntag und so weiter. Und jammerschade, dass die Magdalena nicht kam! Aber die Steffi! Was für ein aufgewecktes Kind sie war! Und wie brav sie in der Nacht schlief! Wie gut ihr die Jäckchen standen, die Mutter Rosmarie ihr nähte!

Herr und Frau Goswitz hatten ihr Haus nach dem Krieg gebaut, ein paar Jahre später als die Meierhofers. Sie waren mit ihren vier Kindern aus Schlesien geflohen und hatten zuerst in Flüchtlingsunterkünften und dann bei einer Familie in Roth gewohnt, bis sie mit Unterstützung eben dieser Familie an das Grundstück in Georgensgmünd gekommen waren. Ihre vier Kinder waren schon lange ausgezogen, Rosmarie und Wolfram wussten nicht viel über sie, da die Goswitz-Kinder deutlich älter waren als Moritz und Magdalena. Sie waren alle noch im Krieg geboren, die älteste Tochter sogar noch vor dem Krieg. Rosmarie und Wolfram wussten, dass zwei der Goswitz-Kinder inzwischen in Stuttgart wohnten und arbeiteten.

Wolfram und Rosmarie hatten ein gutes, wenn auch leicht distanziertes Verhältnis zu Herrn und Frau Goswitz. Man grüßte sich, man hatte sich schon einmal mit ein paar Eiern und einem Liter Milch ausgeholfen, aber man war immer noch per Sie.

Als sie so dastanden vor Mutter Rosmaries Gemüsegarten, beendete Mutter Rosmarie ihre Erzählungen über Steffi und das herannahende Osterfest und sagte: »Also, ich wünsche Ihnen dann ein gesegnetes Osterfest!«

Sie wollte schon die Hand reichen, aber Frau Goswitz zögerte.

»Es gibt da noch etwas, was wir Ihnen mitteilen möchten«, sagte sie und zupfte an ihrem eleganten dunkelbraunen Rock, den sie sich angesichts des Osterfests angezogen hatte, und der sie, zusammen mit den hochgesteckten Haaren, sehr adrett und hübsch für ihr Alter wirken ließ.

Mutter Rosmarie nahm ihre Hand zurück. »Na, das macht mich aber neugierig. Ein weiteres Enkelkind?«

Herr und Frau Goswitz schüttelten den Kopf.

»Nein, das ist es nicht. Wir wollten euch sagen, dass unsere Zeit hier sich dem Ende zuneigt. Nächstes Jahr wollen wir umziehen. Nach Stuttgart. Zu Ralf und Ute.« Herr Goswitz nahm seineFrau an der Hand.

Ralf und Ute waren die beiden Kinder, die in Stuttgart lebten.

»Ach was, das ist ja eine Überraschung«, sagte Mutter Rosmarie. »Konntet ihr euch da ein Haus leisten?«

Herr Goswitz schüttelte den Kopf. »Wir werden eine Wohnung mieten. Aber wir wollen bei den Enkeln sein und jemanden haben, der sich im Alter um uns sorgt.«

»Wir haben uns das schon lange überlegt. Wir finden es sehr schön hier. Aber wir vermissen unsere Kinder und Enkelkinder.

Wir wollen hier nicht alt werden ohne sie«, erklärte Frau Goswitz.

Mutter Rosmarie blickte auf die Kirchturmuhr und erschrak angesichts der fortgeschrittenen Zeit.

»Ich will jetzt nicht unhöflich sein, aber ich muss weitermachen. Wolfram, kannst du mir bitte den Schlüssel geben?«

Wolfram reichte ihr den Schlüssel, sie verabschiedete sich schnell und war dann schon im Haus verschwunden.

Nun stand Wolfram alleine draußen mit Herrn und Frau Goswitz.

»Ihre Entscheidung freut mich. Vielleicht würde ich genauso entscheiden, wenn ich in Ihrer Situation wäre.«

»Sie können sich glücklich schätzen, dass Ihr Sohn in der Nähe wohnt. Unsere Kinder sind in der ganzen Bundesrepublik verstreut.«, bemerkte Herr Goswitz.

»Wenn ich Ihnen irgendwie behilflich sein kann beim Umzug, dann geben Sie Bescheid.«

Das gehörte sich für gute Nachbarn, dachte Wolfram sich.

Dass er zurzeit jedes Wochenende, an dem er nicht Zug fuhr, auf der Kastanienmühle aushalf und deswegen fast keine Zeit mehr für sein eigenes Haus hatte, sagte er nicht.

Nur noch ein Jahr, dann würde er endlich in Rente sein.

Die Nachbarn nickten.

»Vielen Dank für das Angebot.«

Es entstand eine kurze Pause. Die Sonne war für April schon erstaunlich warm. Wolfram knöpfte seinen Mantel auf.

»Aber es ist schade um unser schönes Haus hier«, seufzte Frau Goswitz, »wir haben so viel Arbeit reingesteckt.«

»Was machen Sie mit dem Haus?«

»Nächste Woche inserieren wir es zum Verkauf bei der Bank«, sagte Herr Goswitz.

Wolfram nickte. Plötzlich kam ihm eine Idee.

»Würde es Ihnen etwas ausmachen, mit dem Inserat noch etwas zu warten? Ich wüsste da vielleicht jemanden, der sich für das Haus interessieren könnte.«

Einen Tag später, am Ostermontag, stiegen Rosmarie und Wolfram abends in ihr kleines Auto und fuhren hinunter zur Kastanienmühle. Alles war ruhig im Brombachtal. Es waren keine Maschinen zu hören, da, wo der kleine Brombachsee bereits gebaut wurde, aber die Landschaft wirkte doch von Monat zu Monat wüster und leerer und insbesondere im Winter war es hier kahl gewesen. Wenigstens wuchsen am Straßenrand und auf den Wiesen die ersten Frühlingsboten – Löwenzahn, Gänseblümchen, Veilchen – und der Wald ergrünte schon leicht. Die Kastanienmühle begrüßte Rosmarie und Wolfram mit ihrem stattlichen, weiß gestrichenen Wohnhaus, der Kastanie, die schon die ersten Knospen zeigte und dem kleinen Brunnen, der bunt mit Ostereiern behängt war.

Wenig später saßen sie auf der gemütlichen Eckbank in der Wohnstube der Kastanienmühle. Oma Augustine häkelte Topflappen. Körperliche Arbeiten fielen ihr immer schwerer, ihr Herz machte das nicht mehr mit. Deshalb hatte sie sich aufs Nähen, Häkeln, Stricken, Kochen und Backen verlagert und Paula war nun viel öfters draußen mit Erwin und versuchte, den Verlust von Heribert wenigstens ansatzweise zu kompensieren. Doch die Arbeit war hart, und schon mit Heribert war es viel gewesen, von früh bis spät, sieben Tage in der Woche.

Und Oma Augustine konnte ja nicht alles machen, was Paula früher gemacht hatte.

Dass die Schwarzmüllers bereits jetzt überfordert waren, zeigte sich daran, dass das Mühlrad die meiste Zeit leerlief, ohne Getreide zu mahlen oder Holz zu sägen. Seit ein paar Monaten nutzten sie die Wasserkraft nur noch für ihre eigene Stromversorgung. Kein Bauer lieferte mehr sein Getreide an, und gesägt wurde in der Kastanienmühle nur noch für den eigenen Heizbedarf und für den Teil der Familie, der weder eine Ölheizung noch ein eigenes Waldstück besaß.

Paula stellte ein paar Flaschen Bier auf den Tisch. Erwin zündete sich eine Zigarette an, er rauchte immer mehr.

Wolfram hatte sich vorgenommen, ohne Umschweife loszulegen und seinen Vorschlag loszuwerden. Eine Woche hatten sie Zeit. Das war nicht viel für so eine weitreichende Entscheidung. Vor allem, weil Onkel Erwin immer noch der felsenfesten Überzeugung war, auf der Kastanienmühle bleiben zu wollen.

Als er schon zu sprechen anfangen wollte, legte Rosmarie sanft ihre Hand auf ihn und bedeutete ihm mit einem sanften, aber klaren Blick, dass sie anfangen wollte.

»Kommt ihr klar? Ich meine, mit der ganzen Arbeit?«

»Es geht so. Wir wollen nicht klagen«, sagte Erwin.

»Dreizehn Hektar Land sind viel für zwei Personen ohne große Maschinen«, erklärte Paula und sah ihren Mann durchdringend an, »Aber das wisst ihr ja und wir sind so unendlich dankbar für eure ganze Hilfe.«

»Ihr wollt nicht verkaufen?«, fragte Wolfram.

»Naja…«, begann Paula langsam, wurde aber von Erwin unwirsch unterbrochen. »Das kommt gar nicht in die Tüte. Lieber lass ich mich vom Bulldozer plattwalzen und vom Bagger wegbaggern, als mein Land und meine Mühle herzugeben.«

Paula seufzte und Oma Augustine auch.

»Ach, Erwin«, sagte Paula, anscheinend hoffte sie, dass sie in Anwesenheit von Wolfram und Rosmarie mehr erreichen konnte bei ihrem Mann, als alleine. Jeden Tag versuchte sie es aufs Neue. »Bitte werde vernünftig. Lass uns gehen. Das wird alles lange genug dauern. Bis ich das alles hier leer geräumt habe! Alles aussortiert habe! Bitte, Erwin, lass uns gehen von hier. Das ist doch kein Leben mehr. Unter der Woche der Lärm, ganz einsam hier unten, kaum noch andere Frauen mehr hier. Du klagst doch auch immer öfters über deinen Rücken und wenn du wieder ins Krankenhaus musst… oder ich…«.

»Na, da bin ich wohl am ehesten dran«, erklärte Augustine und häkelte weiter.

»Wir haben ein Angebot für euch«, sagte Wolfram vorsichtig, »aber ihr müsst euch rasch entscheiden.«

»Ich will keine blöden Angebote«, murrte Erwin, »der Freistaat macht mir ja auch ständig welche.«

Paula blickte ihren Mann wütend an. »Das hier ist dein Schwager und nicht der Freistaat.«

Wolfram holte tief Luft. Sein Bier hatte er noch nicht angerührt, seine Finger krallten sich an der Tischplatte fest. Er und Rosmarie wussten: Das war die letzte Möglichkeit, Paula und Erwin und Augustine vor einer Enteignung oder vorzeitiger Besitzeinweisung zu bewahren und Augustine noch einen schönen Lebensabend zu ermöglichen. Sie konnten jederzeit mit dem Bau des Großen Brombachsees beginnen. Vielleicht nächstens Jahr, vielleicht übernächstes.

»Kennt ihr die Familie Goswitz?«, fragte Wolfram.

»Die Schlesier bei euch nebenan, klar, die Flüchtlinge«, sagte Erwin.

Auch Paula nickte.

Wolfram fuhr fort: »Sie verkaufen ihr Haus. Ihr könnt es haben. Unter Marktpreis. Wenn ihr euch bis zum Weißen Sonntag entscheidet. Es ist ein gutes Haus, sie haben es sehr gut gepflegt. Ihr könntet neben uns wohnen. Paula könnte sich eine Anstellung in der Verwaltung in Roth oder Nürnberg suchen. Wir finden bestimmt auch noch eine Wiese und einen Schuppen, die ihr pachten könnt, damit ihr ein paar Tiere behalten könnt. Wir wissen auch schon jemanden, der was hat für euch. Herr und Frau Goswitz haben sich wirklich gut um das Haus gekümmert. Frau Goswitz hat sogar einen Gemüsegarten angelegt. Er ist zwar kleiner als der von Rosmarie, aber diese ganzen Neubauhäuser in den Siedlungen, die haben so etwas gar nicht mehr. Wir würden euch mit Tat und Kraft helfen beim Umzug. Überlegt euch das… wir…«

»Würden uns sehr freuen«, ergänzte Rosmarie.

Wolfram griff zum Bier, erleichtert, dass er alles losgeworden war.

Dann war es stumm. Augustine hatte ihr Häkelzeug abgelegt und sah erwartungsvoll abwechselnd zu Paula, Wolfram, Rosmarie und zu Erwin.

Paula sah ihren Mann an.

Sie wusste, eine solche Entscheidung stand ihr als Ehefrau nicht zu, aber trotzdem sagte sie klar und deutlich:

»Ich bitte dich, Erwin, sag ja.«

Von diesem Moment an, vom Ostermontag des Jahres 1976 an, hofften Wolfram, Rosmarie, Paula und Augustine wieder, dass Erwin vernünftig werden würde und dass er vielleicht irgendwann wieder seine fröhliche und lustige Art zurückgewinnen würde.

Dass sie alle eine neue Heimat finden würden.

DER SPEICHERSEE

Magdalena liebte ihr Studium und ihr Leben in München, obwohl es offensichtlich dafür wenig Anlass gab. Sie musste viel lernen. Sie musste nebenbei arbeiten, weil das Bafög alleine nicht zum Leben reichte. Sie sparte beim Essen, ging kaum aus, kaufte sich keine neuen Klamotten, sie sparte bei allem. Die Jurastudierenden waren größtenteils Männer, nur wenige Frauen waren dabei. Aber mit denen verstand sie sich gut. Manche von ihnen wohnten mit ihr im Olydorf und sie gingen zusammen in die Mensa, zu Vorlesungen oder in die Bibliothek zum Lernen oder Hausarbeiten schreiben. Eine Kommilitonin, mit der Magdalena sich besonders gut verstand, war Gertrud. Getrud kam aus Oberbayern, sie war klein gewachsen und zierlich, anders als Greta, die klein gewachsen, aber kräftig war, und wirkte deshalb für viele jünger als sie eigentlich war. Gertrud hatte dunkelbraune, glatte, mittellange Haare, trug eine Brille und musste aufgrund ihrer geringen Körpergröße und ihrer schlechten Augen im Hörsaal immer einen Platz in der ersten Reihe einnehmen. So saßen sie oft alleine zu zweit in der ersten Reihe und lauschten den Professoren.

Gertrud schenkte Magdalena zu ihrem siebenundzwanzigsten Geburtstag im Juli des Jahres 1976 ein Fahrrad, das sie nicht mehr brauchte. Magdalena hatte in Nürnberg zwar schon ein Fahrrad besessen, aber es war ein altes, klappriges Fahrrad ohne Gangschaltung gewesen und sie hatte es vor ihrem Wegzug auf einem Fahrradflohmarkt verkauft. Das Fahrrad, das sie bekam, hatte eine rosa Farbe, einen erniedrigten Einstieg extra für Damen und drei Gänge. Es war Magdalenas erste Gangschaltung und mit einem Male machte ihr Fahrradfahren unheimlich Spaß. Sie begann, immer mehr Dinge mit dem Fahrrad zu erledigen. Dadurch lernte sie München besser kennen, weil sich die verschiedenen Straßen und Plätze zu einer inneren Landkarte erschlossen.

Eines Mittwochs im Juli, kurz vor Ende des Sommersemesters, passierten Magdalena und Gertrud auf dem Weg von der Mensa nach draußen das große schwarze Brett, auf dem Wohnungen, Bücher, Möbelstücke und Nachhilfe gesucht und angeboten wurden.

»Guck mal, Magdalena, am Wochenende macht die Arbeitsgemeinschaft Radtour Olydorf einen Fahrradausflug nach Ismaning. Die fangen direkt bei uns an. Ich würde da echt gerne mitfahren. Du hast ja jetzt auch ein Fahrrad. Hast du Lust?«, fragte Gertrud.

Das Olydorf war das Studentendorf beim Olympiapark.

Magdalena dachte, wie viel sie noch für die Prüfung in Grundlagen des öffentlichen Rechts lernen musste. Dass sie ihr Zimmer schon lange wieder putzen und die Wäsche waschen wollte.

Eigentlich hatte sie gar keine Zeit.

Aber Gertrud hatte ihr das Fahrrad geschenkt.

Und eine Radtour…

Magdalena verstand es selbst nicht, aber sie sagte: »Ja, ich komme mit.«

Nachdem sie sich in der Liste eingetragen hatten, gingen sie zusammen in die nächste Vorlesung, öffentliches Recht.

Fasziniert lauschte Magdalena der Vorlesung. Es ging um die rechtsstaatlichen Grundprinzipien Rechtssicherheit, Rechtsgleichheit und Rechtsschutz. Sie erfuhr, dass der Nationalsozialismus auch deswegen entstehen konnte, weil damals der Staat nur an formelle Gesetze gebunden war, nicht aber an höherrangige Prinzipien, die unabhängig von Gesetzen existierten. Sie erfuhr, dass der oberste Grundwert allen staatlichen Handelns die Unantastbarkeit der Würde des Menschen war. Was bedeutete das? Sie überlegte, ob ein Müller, der sein ganzes Land und seine Mühle überschwemmen lassen musste, in seiner Würde vom Staat verletzt wurde. Sie dachte daran, wie hässlich das Brombachtal mit der Baustelle geworden war. Wie laut und dreckig. Sie dachte aber auch daran, dass das, was den Juden im dritten Reich und im zweiten Weltkrieg geschehen war, was die Deutschen ihnen angetan hatten, dass das noch viel würdeloser gewesen war, unendlich viel schlimmer und kein Vergleich zu dem, was im Brombachtal passierte. Wann wurde also die Würde des Menschen angetastet? Was war die Grenze dafür?

Manchmal hätte sie gerne einfach die Hand gehoben und gefragt. Aber sie traute sich nicht.

Am Samstag fanden sich etwa zwanzig Studierende zur Radtour zusammen, vor allem Männer. Als Magdalena sich zu Gertrud gesellt hatte, war sie plötzlich völlig perplex. Sie glaubte, ihren Augen nicht zu trauen.

Das konnte nicht wahr sein.

In München lebten doch so viele Menschen. Über eine Million! Da konnte so etwas doch nicht passieren.

Aber…

Es war nun schon ein dreiviertel Jahr her, aber sie hatte es nicht vergessen.

Der Student, der da vorne stand und die Radtour organisierte, sein rotblaues Fahrrad mit Satteltaschen bepackt, dieser Mann mit seinen langen, schlaksigen Beinen, den blond gelockten Haaren, das war ihr Kofferträger.

Es war der Mann, bei dem sie sich nie hatte bedanken können.

»Alles in Ordnung bei dir?«, fragte Gertrud, die Magdalenas Verblüffung bemerkt haben musste.

Magdalene nickte. Sie überlegte, nach vorne zu gehen und sich endlich zu bedanken. Aber er organisierte die Radtour. Wäre sie jetzt nach vorne gegangen, sie wäre sofort im Rampenlicht gestanden. Das wollte sie nicht.

Schon bald ging es los. Sie radelten, und aus irgendeinem Grund fühlte sich Magdalena voller Energie und konnte das hohe Tempo der Gruppe problemlos mithalten. Sie fuhren durch die Stadt in Richtung Isar. Als keine Ampeln mehr ständig für Unterbrechungen sorgten, bildeten sich schon bald Grüppchen und Magdalena stellte fest, dass Gertrud weit nach hinten abgefallen war. Sie selbst fuhr ganz vorne mit, als einzige Frau leicht versetzt hinter vier Männern, die sich rege miteinander unterhielten. Sie schienen Magdalena nicht zu bemerken. Die klare Sprache des Kofferträgers stach für Magdalena deutlich heraus. Wie er die Wörter aussprach! Wie er sie betonte! Es klang so ganz anders als das, was sie kannte. Sie überlegte fieberhaft, an was sie diese Sprache erinnerte. Irgendwann fiel es ihr ein.

Sie dachte an das Fernsehen, an die Nachrichten, und wie die Nachrichtensprecher redeten.

Sie hatten etwas gemeinsam mit diesem Mann.

Er redete, wie man schrieb.

Wie hieß er nochmal? Sie hatte sich seinen Vornamen nicht merken können. Er hatte komisch geklungen, der Name.

Plötzlich fiel Magdalena ein, wie weit hinten Gertrud war, dass sie ausgemacht hatten, dass sie zusammen an diesem Ausflug teilnahmen, und sie ließ sich zu ihr zurückfallen.

Bei Gertrud fuhren auch die anderen Frauen.

»Du fährst aber schnell«, bemerkte Gertrud und schnaufte. »Machst du öfters Radtouren? Du hast das Rad doch noch gar nicht lange? Hast du früher welche gemacht?«

»Nein.« Das neue Tempo kam ihr plötzlich so langsam vor.

»Magdalena, darf ich vorstellen, das ist Ursula. Sie studiert Geographie.«

Ursula fuhr leicht hinter Gertrud und Magdalena. Sie war groß gewachsen, wie Magdalena, aber viel breiter gebaut.

Magdalena winkte ihr.

»Wir machen Mittagspause am Ismaninger Speichersee, hat Ursula gesagt. Da warten schon ein paar Studentinnen und Studenten mit ein paar Leckereien. Nachmittags fahren wir dann zurück.«

»An einem Speichersee?«, fragte Magdalena verwundert. »Also, von Menschenhand gemacht? Ein künstlicher See?«

»Ja, schon, ist ja ein Speichersee«, sagte Ursula.

»Warum wurde er gebaut?«

Ursula, die Geographin, erklärte es. Der Ismaninger Speichersee war für den Hochwasserschutz gebaut worden und für die Reinigung des Abwassers aus München. Der wichtigste Grund war aber, dass die Kraftwerke an der Isar einen gleichmäßigen Wasserstand hatten. Er war noch vor dem zweiten Weltkrieg fertig gestellt worden. Ob Häuser, Mühlen oder Höfe dem See weichen hatten müssen, wusste Ursula nicht.

Magdalena stellte fest, dass manche der Gründe für den Bau des Ismaninger Speichersees auch auf das Fränkische Seenland zutrafen. Auch der Altmühlsee sollte dem Hochwasserschutz dienen. Und alle Seen des Fränkischen Seenlands sollten dafür sorgen, dass die Industrie in Nürnberg gleichmäßig mit Wasser versorgt würde.

»Gerade werden ja in Mittelfranken diese Seen gebaut«, sagte da Ursula. »Das ist echt spannend. Ich hoffe, sie bieten da mal eine Exkursion an. Ist schließlich einmalig, was da passiert. Und ich glaube, das ganze Ufer soll für die Öffentlichkeit zugänglich sein!«

Magdalena sagte nichts.

Mehr als eineinhalb Stunden nach Abfahrt im Olydorf erblickte Magdalena den See.

Er war bei weitem nicht so groß wie der Bodensee, doch auch er war wunderschön. Seine Oberfläche glänzte im Sonnenlicht, Enten und Schwäne schwammen auf ihm, das Ufer war mit Bäumen und Sträuchern zugewachsen, einige Radfahrer und Wanderer waren unterwegs. Der Speichersee war in zwei Teile geteilt, die durch einen kerzengeraden Damm voneinander abgetrennt waren.

Sie hielten bei einem schönen Platz an der Staumauer an, wo bereits eine Gruppe Studierender wartete. Sie hatten ein Auto am Parkplatz abgestellt und Tee, Kaffee, Marmorkuchen und Butterbrezen auf Campingtischen verteilt.

Plötzlich stand der Kofferträger vor Magdalena.

»Ja hallo, wir kennen uns doch!«, sagte er lachend und hielt ihr seine Hand entgegen.

»Bist du nicht die Frau, die mit viel zu vielen Koffern versucht hat, in die U-Bahn zu kommen?«

Ein paar der Männer, die die ganze Zeit neben dem Kofferträger hergefahren waren, kicherten.

Magdalena schluckte und spürte, wie sie rot wurde.

Was für eine peinliche Nummer musste sie damals auch abgegeben haben! Sie hatte sich mit ihrem ganzen Gepäck völlig überschätzt.

»Ja, die bin ich. Vielen Dank nochmals«

Sie ging schnell zum See zu Gertrud und Ursula.

Sie fragte sich, ob auch der Große Brombachsee eines Tages so schön werden würde.

Sie bemerkte nicht, wie der Kofferträger sie von hinten anblickte.

»Kennst du diesen Arne Schneider?«, fragte Gertrud, die beherzt in ihren Marmorkuchen biss.

»Nicht wirklich«, murmelte Magdalena. Arne, was für ein seltsamer Name, dachte sie sich.

Als sie am Abend wieder am Studentendorf ankamen, wollte Magdalena unbedingt in ihr Zimmer, um zu essen und zu lernen. Die Studierenden plauderten eifrig neben ihren Rädern, nach und nach machten sie sich von dannen, irgendwann auch Gertrud und Ursula, und ehe sie sich's versah, stand Magdalena alleine auf dem Platz – mit diesem Arne. Die Sonne warf lange Schatten, die Glasscheiben des imposanten Olympiastadions glänzten im Abendlicht.

Arne ging auf sie zu und reichte ihr seine Hand.

»Entschuldige, wenn du dich vorhin unwohl gefühlt hast. Ich wollte dich nicht bloßstellen. Ich bin Arne. Schön, dich kennenzulernen.«

Magdalena ergriff seine Hand. Ihr Herz pochte bis zum Hals. Sie war erschöpft von der Tour.

»Ich bin Magdalena. Passt schon. Danke für die Organisation.«

Jetzt wollte sie aber nach Hause.

»Was studierst du?«, fragte er.

»Jura. Im zweiten Semester.«

»Ich auch.« Arne strahlte plötzlich. »Im sechsten Semester. Kommst du gut voran?«

»Ja, es geht schon. Aber einfach ist es nicht. Vor allem Verwaltungsrecht.«

»Wenn du willst, kann ich dir mal helfen beim Lernen.«

Magdalena war erstaunt über dieses Angebot.

»Gerne.«

Wenig später radelte Magdalena etwas verwirrt nach Hause. Das war vielleicht ein seltsamer Typ. Erst zog er sie vor anderen auf, dann war er sehr höflich und freundlich und bot ihr sogar Hilfe an.

Irgendwie war ihr dieser Arne sympathisch.

Obwohl sie nicht wusste, warum.

Sie freute sich darauf, ihn bald wiederzusehen.

BEREIT ZUM ABSCHIED UND ZUM NEUBEGINN

Bis auf den Langweidmüller war Erwin nun der letzte Müller, der noch nicht verkauft hatte. Erwin hatte so lange wie möglich vermieden, dass es im Brombachtal bekannt wurde, aber einer der Müller Walter hatte es herausgefunden, und nun wussten es alle Müller und alle Bauern und eigentlich alle Leute ringsum: Der Schwarzmüllers Erwin von der Kastanienmühle hatte verkauft! Seine Verwandten aus Schorschlasgmünd – so nannten die Georgensgmünder liebevoll ihren Heimatort am Zusammenfluss von Schwäbischer und Fränkischer Rezat – hatten ihn zur Vernunft gebracht! Ja, sie hatten ihm und seiner Frau und seiner Mutter sogar ein neues Haus verschafft! War das nicht eine Neuigkeit! Jetzt verkaufte der gar noch früher als so mancher Bauer aus Absberg und Enderndorf, der noch mitten in den Verhandlungen stand! Das hätte man ja nicht mehr gedacht! Und, leid muss er einem schon tun, der Schwarzmüllers Erwin mit seiner Frau, dass er jetzt wirklich seine geliebte Mühle aufgeben musste!

Auf der Kastanienmühle waren Paula, Erwin und die alte Augustine so beschäftigt wie noch nie zuvor in ihrem Leben. Da musste Erwin sich einen Rechtsanwalt suchen, um möglichst viel für seine Grundstücke zu bekommen. Da musste er überlegen, ob er außerhalb des Brombachtals neues Land wollte, ein Stückchen Wald vielleicht, ein bisschen Acker, und dann möglichst nah an Georgensgmünd, er braucht doch Land, er war es doch sein Leben lang gewohnt, das Feld zu bestellen und im Wald Holz zu machen, aber für zehn Quadratmeter Brombachtal würde er nur einen Bruchteil Land bei Georgensgmünd bekommen. Da mussten die Tiere verkauft und geschlachtet werden. Da musste die Rente beantragt werden. Da mussten das Wohnhaus und die Scheunen entrümpelt werden. Da musste der Kauf des neuen Hauses abgewickelt werden. Überall gab es Probleme und Herausforderungen, und Erwin war beileibe nicht glücklich über seine Situation, auch wenn er sich so entschieden hatte.

Warum tat ihm der Staat so etwas an? Warum war er gezwungen, solche Entscheidungen zu treffen, darüber, welches seiner Tiere er behalten konnte, welche Maschinen er mitnehmen konnte, warum musste er dafür kämpfen, wenigstens so viel für sein Land und seine Mühle zu bekommen, dass er seine neue Bleibe bezahlen konnte und nicht sein Leben lang etwas abbezahlte, das er eigentlich nie gewollt hatte? Warum musste er von frühmorgens bis spätabends schuften, wochenlang, monatelang, und seine Paula noch dazu, nur, weil der Staat sie aus dem Brombachtal wegjagte? Warum musste er jeden Tag an der Kastanie, an den Mühlrädern, an der Scheune, an seinen Weihern vorbeilaufen, nur um zu wissen, dass er das alles schon bald nicht mehr sehen würde?
Aber Erwin schaffte es immer wieder, sich aufzuraffen und weiter-zumachen.

Was ihn motivierte, wenn er das Grübeln anfing und sich schlecht behandelt fühlte in dieser Welt, war seine Frau Paula mit ihrem Tatendrang, ihrer Energie, und ihren aufmunternden Worten Erwin gegenüber.

Paula war schon immer eine optimistisch denkende Frau gewesen und in diesen Monaten. Sie sorgte sich sehr um ihren Mann. Auch sie arbeitete von frühmorgens bis spätabends und entdeckte beim Ausmisten des Wohnhauses der Kastanienmühle viele spannende Dinge, von deren Existenz sie bislang nicht gewusst hatte. Sie hatte sich vorgenommen, möglichst viel wegzuwerfen. Doch es fiel ihr nicht leicht. Geschirr, Tischdecken, Bettzeug, Sonntagskleidung, Fotos, Briefe, Lederzeug für die Zugtiere, Werkzeug, Kleidung und Schmuck für alle Jahreszeiten und Anlässe – es war unglaublich, was sich in diesem Haus alles angesammelt hatte. Augustine war keine große Hilfe mehr beim Ausräumen. Wegen ihrer Herzschwäche saß sie meistens auf der Eckbank in der Stube oder in ihrem Sessel und betrachtete mit großem Interesse die Briefe und Bilder, die Paula ihr zum Anschauen auf den Tisch legte.

Mit ihren fünfzig Jahren war Paula deutlich jünger als Erwin. In diesen Monaten des Aufräumens und Ausräumens besann sie sich häufig darauf, was für ein Glück genau die Tatsache war, die sie jahrelang als einen großen Nachteil in ihrem Leben betrachtet hatte: dass sie eine Ausbildung hatte, als Verwaltungsfachangestellte, und dass sie mit ein bisschen Fortbildung bestimmt rasch eine neue Tätigkeit finden würde.

Jahrelang war sie deswegen von den anderen Müllersfrauen belächelt worden. Paula hatte sich beweisen müssen und nach Jahren eine gewisse Akzeptanz bei den Müllersfrauen erreicht, so lange, bis die anderen feststellten, dass Paula und Erwin wohl keine Kinder mehr bekommen würden. Dann war das Belächeln wieder losgegangen, begleitet von Mitleid.

In diesen Monaten war Paula nicht mehr so unglücklich darüber, dass sie keine Kinder hatte bekommen können. Sie war sich sicher, ihr Erwin hätte einem eigenen Sohn das Müllerhandwerk mit seiner Leidenschaft so schmackhaft gemacht, dass dieser Sohn sein Nachfolger hätte werden wollen, und dann wäre der Abschied von der Kastanienmühle noch schwieriger geworden.

Oder vielleicht auch nicht? Vielleicht hätte genau dieser Sohn es geschafft, Erwin früher dazu zu überreden, aufzugeben? Vielleicht hätte sich ihr Sohn sogar auf die Seen gefreut?

Eines Abends lag Paula früh alleine im Bett und dachte nach. Sie dachte an ihre Nichte Magdalena, die in München studierte. Seit Weihnachten hatten sie sich nicht mehr gesehen. Magdalena war jetzt so alt wie Paula, als sie erfahren hatte, dass sie nie Kinder würde gebären können. Wie würde es ihrer Nichte weiter ergehen im Leben? Wo würde Magdalena einmal arbeiten? Wo würde sie einmal wohnen? Würde sie einen Mann finden, eine Familie gründen? Und was war Magdalenas Einstellung zu den Seen?

Paula drehte sich auf die andere Seite. Sie würde Magdalena einen Brief schreiben. Sie würde Fragen stellen. Von ihren Gefühlen berichten. Von den Briefen und Bildern, die sie gefunden hatte.

Es war schließlich auch Magdalenas Vergangenheit.

In diesem Moment öffnete sich leise die Schlafzimmertür. Paula wusste, es war Erwin, und war erstaunt, dass er schon so früh ins Bett kam. Mit geschlossenen Augen vernahm sie, wie er sich umzog und die Kleider über den Stuhl hängte. Für all das brauchte er kein Licht, der Mond schien hell genug ins Schafzimmer. Dann lag er neben ihr. Paula hörte, wie sich sein Atem nach und nach verlangsamte.

»Schläfst du schon?«, flüsterte Erwin schließlich.

»Nein«, flüsterte Paula zurück.

Erwin rückte ein Stück näher zu seiner Frau und streichelte ihr über den Kopf.

»Ich hoffe, dass du eine gute Stelle findest. Damit wir es gut haben im neuen Haus. Ich will kein Geld von Wolfram. Er tut schon viel zu viel für uns.«

Erwin streichelte Paula weiter.

»Ich habe mir überlegt«, sagte Erwin, »ich möchte arbeiten. Ich will noch nicht den ganzen Tag Däumchen drehen.«

Paula war verblüfft. Erwin hatte noch nie mit ihr darüber gesprochen, was mit ihm werden sollte im neuen Leben. Der drohende Verlust schien stets seine ganze Aufmerksamkeit zu beanspruchen.

»Ich würde gerne in einer Bäckerei arbeiten. Das würde mir gefallen. Vielleicht im Verkauf.«

Paula rückte ganz eng an Erwin heran. Er küsste sie.

»Gute Idee. Und ein paar Hühner nehmen wir mit«, sagte Paula.

»Ja, das machen wir. Und Marissa und Bodan müssen auch in gute Hände kommen.«

Es war ein wunderschönes Gefühl, das in Paula hochkam. Sie wusste, der Abschied würde unglaublich schwer werden. Aber vielleicht würde das neue Leben nicht nur voller Sehnsucht nach der Vergangenheit sein, sondern auch schön. Mit neuen Erlebnissen, besserem Strom, vielleicht einem Geschirrspüler und anderen Annehmlichkeiten. Und sie waren zusammen, sie und ihr Erwin, das war das Wichtigste.

Es war die größte Entscheidung ihres Lebens gewesen, als Beamtenkind einen Müller zu heiraten.

Die zweite Entscheidung hatten sie jetzt getroffen. Und sie würden es meistern. Gemeinsam.

Als sie so da lagen, ineinander gekuschelt, flüsterte Erwin: »Und ich habe mir vorgenommen, der Magdalena einen Brief zu schreiben. Sie studiert doch Jura. Sie soll mal rausfinden, wie wir das Maximum aus unseren dreizehn Hektar Land rausholen!«

AUS DEM HOHEN NORDEN

Als der Brief der Schwarzmüllers wenige Tage später Magdalena erreichte, war diese tief in Gedanken versunken, schwelgte in den Erinnerungen der letzten Monate. Immer und immer wieder lief das Unglaubliche, das ihr widerfahren war, wie ein Film in ihrem Inneren ab.

Eine Zeit lang im letzten Sommer 1976 hatte sie befürchtet, sie hätten sich wieder aus den Augen verloren.

Wie damals, als sie sich nicht verabschieden hatte können vom Kofferträger.

Dabei verging kein Tag, an dem sie nicht an ihn dachte.

Sie hatten sich getroffen, zum Lernen.

Sie hatte gut von Arne lernen können.

Einmal waren sie zusammen in die Mensa gegangen.

Sie hatten sich zaghaft unterhalten. Arne kam aus Hamburg. Sein Vater hatte eine erfolgreiche Rechtsanwaltskanzlei.

Arne schwärmte von Hamburg, er schwärmte vom Meer.

Magdalena schwärmte von Mittelfranken, sie schwärmte vom Brombachtal.

Magdalena war noch nie nördlich des Mains gewesen.

Arne war noch nie in Franken gewesen.

Doch ein paar Wochen nach ihrem gemeinsamen Mensabesuch, es war Anfang August 1976, hatte Arne ihr geschrieben, dass er nach Hamburg hatte fahren müssen.

Von diesem Tag an fehlte Magdalena plötzlich viel Energie.

Sie dachte täglich an Arne.

Sie vermisste ihn.

Sie wusste nicht, wann sie ihn wiedersehen würde.

Sie hatte keine Telefonnummer von Arnes Eltern, auch keine Adresse, eine Familie Schneider gab es bestimmt zigtausend Mal in Hamburg, sie wusste nicht, wie die Rechtsanwaltskanzlei seines Vaters hieß und hätte sich ohnehin nicht getraut, dort anzurufen.

Sie wusste, dass ihr Onkel und ihre Tante die Mühle verkaufen würden, dass sie jetzt alle Vorbereitungen dafür trafen, aber sie hatte keine Energie, sich damit zu beschäftigen. In immer schwärzeren Farben malte sich Magdalena aus, dass Arne sich gar nicht für sie interessierte, dass er schon eine Freundin hatte, dass er ihr einfach nur hatte helfen wollen, und das machte sie unendlich traurig. Für etwas anderes war in ihrem Kopf kaum Platz.

Jeden Tag entflammte bei ihr die Hoffnung, Arne würde wiederkommen. Jeden Tag lief sie mehrmals an seinem Wohnheim vorbei und blickte nach oben, dorthin, wo sie sein Fenster vermutet hatte, sie war ja noch nie bei ihm gewesen.

Als im Oktober das Semester wieder begann, verbrachte sie immer längere Zeit vor seinem Wohnheim. Und da, eines Tages, als sie gerade gehen wollte, hörte sie plötzlich Schritte hinter ihr.

Da war er plötzlich wieder da.

Dieser Abend im Oktober des Jahres 1976 war der erste Tag, an dem sie zusammen waren. Er endete mit einer schüchternen Umarmung und zwei sanften Küssen. Es war der Beginn ihrer innigen, liebevollen, respektvollen Beziehung auf gleicher Ebene, die so ganz anders war als das, was Magdalena mit Winnie erlebt hatte.

An all das, was zwischen ihr und Arne in den letzten Monaten passiert war, dachte Magdalena, als sie an diesem Abend Ende März 1977 den Brief von Onkel Erwin und Tante Paula aus ihrem Briefkasten holte und neugierig öffnete. In einer halben Stunde würde Arne vorbeikommen, sie war voller Vorfreude auf ihn.

Es dauerte etwas, bis sie sich auf das konzentrieren konnte, was Tante Paula und Onkel Erwin ihr schrieben. Der Brief lenkte ihre Gedanken auf die Kastanienmühle, dorthin, wo sie in letzter Zeit sehr selten gewesen war. Warum hatte Tante Paula nie Kinder bekommen können? Wie ging es ihr jetzt damit, von allem Abschied zu nehmen? Konnte sie Onkel Erwin für den Umzug motivieren?

Und dann Onkel Erwins Frage. Magdalena würde ihm nicht helfen können. Aber vielleicht… Würde Arnes Vater, der erfolgreiche Rechtsanwalt, Onkel Erwin dabei unterstützen können, mehr Geld für sein Land im Brombachtal zu erhalten? Onkel Erwin hatte bereits einen Rechtsanwalt, den der Freistaat Bayern bezahlte, aber es musste ja einen Grund geben, warum er sie, seine Nichte, gebeten hatte, die Möglichkeiten für den Verkauf der Kastanienmühle auszuloten. Vielleicht war der Rechtsanwalt nicht gut, oder nicht interessiert, sich für Onkel Erwins läppische dreizehn Hektar Land zu bemühen. Und die anderen Müller und Bauern mussten mit ihren Verkaufsverhandlungen schon so weit sein, dass sich Onkel Erwin ihnen wohl nicht mehr anschließen konnte.

Aber es waren ihr Onkel und ihre Tante.

Und Arnes Vater war ein guter Rechtsanwalt.

Es war gewagt. Sie kannte Arnes Vater nicht. Sie wusste nicht, wie Arne reagieren würde. Aber sie wollte, sie musste ihnen da unten im Brombachtal helfen.

Später am Abend saßen Magdalena und Arne tief umschlungen auf dem Bett und hörten Musik. Magdalena fühlte sich tiefenentspannt. Sie hatte das Gefühl, sie könnte Arne alles erzählen, alles, was in ihrem tiefsten Inneren war, er würde sie verstehen, er würde ihr zuhören, würde ihr helfen, wo immer es ging. Sie war so glücklich wie schon lange nicht mehr und gleichzeitig hatte sie ihrem Arne noch nie erzählt, was sie in den letzten Jahren am meisten beschäftigte.

Jetzt war der richtige Zeitpunkt dachte sie, und lauschte dem Song 'Hotel California'.

»Weißt du, Arne, ich habe es dir noch nie erzählt, warum ich Jura studiere.«

»Nein, stimmt.«

»Es ist… wegen der Kastanienmühle und wegen des Fränkischen Seenlands. Und was gerade da in meiner Heimat passiert, das ist schon so oder ähnlich an vielen Orten auf der Welt passiert und das wird in Zukunft auch immer wieder passieren.«

Arne nickte und blickte sie aufmerksam an.

»Ich möchte wissen«, sagte Magdalena »ob es Recht oder Unrecht ist, dieses Seenland zu bauen. Ob es Recht ist, all den Müllern so etwas anzutun, sie umzusiedeln, ihre Mühlen, von denen manche viele hundert Jahre alt sind, abzureißen. Ich frage mich, wie wir in dreißig, vierzig, fünfzig Jahren darüber denken. Ob es damals richtig war. Ob es damals das Richtige war, das getan zu haben. Mit allen Folgen.«

Arne überlegte. Sie blickten sich an, ein paar Minuten vergingen, ohne dass jemand etwas sagte.

»Ist es, weil du damals da gearbeitet hast... in diesem Amt? Und gleichzeitig deine Verwandten dort wohnen? Willst du es deswegen wissen?«

»Wahrscheinlich.«

Wenn sie da nie so reingekommen wäre, in die ganze Geschichte, dachte Magdalena, dann würde sie sich vielleicht einfach nur auf die Seen freuen, ohne Nebengedanken, einfach so. Oder sie würde aus voller Überzeugung bis zum heutigen Tag das bedauern, was ihre Tante und ihr Onkel durchmachen mussten. Einfach so. Wenn sie da nicht so reingekommen wäre in die ganze Angelegenheit, über ihre Arbeit, sie würde sich heute nicht schuldig fühlen.

War es deswegen, dass sie alles so beschäftigte? Weil sie Schuldgefühle hatte? Oder weil sie ihre Tante und ihren Onkel so bemitleidete?

»Ich will es einfach wissen. Ob das richtig oder falsch ist, was da gerade passiert. Juristisch betrachtet. Ethisch betrachtet. Normativ betrachtet.«

»Vielleicht ist es ja irgendetwas dazwischen. Nicht richtig. Nicht falsch. Irgendwas dazwischen.«

Magdalena sah ihn fragend an.

»Es gibt nur zwei Möglichkeiten. Entweder die Seen werden gebaut oder nicht. Ich glaube, man muss dann auch sagen können, ob das dann richtig oder falsch war.«

Arne sagte erst einmal nichts. Er schien zu überlegen.

Magdalena nahm sich einen Schluck Bier.

»Vielleicht gibt es auch hier Nuancen«, fuhr Arne fort. »Für manche Menschen ist es gut, dass die Seen kommen. Für andere

– wie die Müller – ist es weniger gut. Dadurch, dass der Freistaat so viel macht – du hast mir erzählt von der Flurbereinigung, vom Naturschutz, von den Weiterbildungsangeboten, vom freien Zugang zum Seeufer – dadurch macht der Freistaat vielleicht auch so manches besser. Er könnte das alles auch einfach… nicht machen. Also das, was nicht gesetzlich vorgeschrieben ist.«

»Womit wir wieder bei den Rechtsnormen wären.«

»Genau. Einerseits gibt es die Frage, ob das, was im Brombachtal passiert, mit den geltenden Rechtsnormen in unserem Land vereinbar ist oder diesen widerspricht. Die geltenden Rechtsnormen können jederzeit geändert werden, ja, sie werden beständig geändert, das weißt du ja, das gehört zur Politik und das ist auch gut so, dass sich das immer weiterentwickelt. Aber wenn jemand die Macht an sich reißt und dadurch die Macht bekommt, Gesetze zu seinen Gunsten zu ändern, dann… Ich denke da an das Ermächtigungsgesetz von den Nazis von 1933… Also, dann ist da ein Unterschied zwischen dem, was laut Rechtsnormen zulässig ist und dem, was rechtens und richtig ist. Daher gibt es da andererseits die viel spannendere und viel schwieriger zu beantwortende Frage: Ist es rechtens, ethisch gesehen, was da im Brombachtal passiert? Das ist wirklich eine sehr spannende Frage. Aber ist das noch Jura? Oder ist das schon Ethik? Philosophie? Theologie?«

»Ich würde sagen, es ist eine interdisziplinäre Frage.«

»Das Wort kennt im Brombachtal bestimmt niemand.«

Sie lachten.

Magdalena legte eine neue Platte auf. Abba. Stumm lagen sie da, eng umschlungen, spürten sich, fühlten sich, waren ganz eins miteinander.

Viel später, als sie das Bier geleert hatten, erzählte Magdalena von Onkel Erwins Bitte. Erst zögerlich, doch mit jedem Wort fiel es ihr leichter. Zum Abschluss sagte sie:

»Weißt du, es passiert auf der ganzen Welt, auch in Demokratien, auch in der Bundesrepublik. Auch für den Braunkohleabbau mussten viele Dörfer weichen und so wird es weitergehen. Oder für Stauseen zur Stromerzeugung. Oder diese Autobahnen, die immer noch, trotz Ölkrise, gebaut werden. Das ist wirklich heftig, was da überall auf der Welt passiert. Der Staat greift ein in die Rechte Einzelner – es passiert überall, für den Fortschritt, für den Wohlstand. Für das öffentliche Wohl, wie es heißt. Aber ist es wirklich rechtens?«

Arne kuschelte sich eng an sie. Dann flüsterte er:

»Ich weiß es nicht. Aber meinen Vater werde ich fragen, ob er deinem Onkel helfen kann.«

DER VERLUST

Am 31. Januar 1979 starb Oma Augustine, und es war ein schlechter Zeitpunkt für Magdalena.

Im Neuen Fränkischen Seenland bauten sie den Altmühlüberleiter, der das Wasser vom Altmühlsee über die europäische Hauptwasserscheide hinweg in den Brombachsee transportieren sollte. Am Stollen selbst, der zur Überwindung der Wasserscheide diente, hatte Magdalena damals mitgeplant. Der Abschnitt östlich des Stollens in Richtung Brombach war bereits vor zwei Jahren fertiggestellt worden.

Doch das war lange her und die Baustelle war weit, weit weg von München, und all das war für Magdalena das Unwichtigste der Welt, denn in den letzten Wochen und Monaten hatte ihr Leben eine gewaltige Wendung genommen.

Und jetzt war auch noch Oma Augustine gestorben.

Alles hatte damit angefangen, dass der Frauenarzt Magdalena im vergangenen Monat mitgeteilt hatte, dass sie im dritten Monat schwanger war. Von Arne. Diese Nachricht hatte sie unfähig gemacht, an etwas anderes zu denken. Sie hatte nicht schwanger werden wollen. Noch nicht? Oder vielleicht gar nicht? Sie wusste es nicht. Obwohl die meisten ihrer Freundinnen schon eine Familie hatten, hatte sich Magdalena nie ausführlich Gedanken über dieses Thema gemacht. Jahrelang stand es nicht zur Debatte, mit Winnie nicht, und ohne Freund schon gleich gar nicht. Ihr Leben hatte sich um viele andere Dinge gedreht, aber nicht darum, eine eigene Familie zu gründen. Und dann war es plötzlich passiert. Völlig verstört war Magdalena vom Frauenarzt direkt zu Arne gegangen und hatte auf dem Weg dorthin versucht, sich mit dem Gedanken anzufreunden. Sie war jetzt dreißig Jahre alt, es war allerhöchste Zeit, nein, es war eigentlich schon zu spät. Sie waren noch nicht einmal verheiratet! Das mussten sie nun ganz dringend angehen. Ein uneheliches Kind, das konnte nicht sein. Wie würde Arne reagieren, hatte sie sich gefragt. Hatten sie nicht gut genug aufgepasst? Wozu gab es diese Pillen, die sie dick machten und ihre Laune verschlechterten. Auf dem Weg von der Frauenarztpraxis zum Wohnheim musste sie sich hinsetzen und ihren Tränen freien Lauf lassen.

Plötzlich mussten Arne und sie ihr Leben umplanen. Sie verlobten sich. Sie suchten eine Wohnung. Doch München war teuer. Es schien kaum möglich, etwas zu finden. Sie erzählten allen von der Schwangerschaft, und Magdalena beantragte ein Urlaubssemester.

Und dann, am 28. Januar des Jahres 1979, als sie es geschafft hatte, sich innerlich immer mehr mit dem Gedanken, bald Mutter zu sein, anfreunden konnte, als sie und Arne schon eine kleine Wohnung im Blick hatten und kurz davor waren, den Mietvertrag zu unterschreiben, da verlor Magdalena das Kind in ihrem Bauch.

Eine Totgeburt.

Am 30. Januar verließ Magdalena nach drei schlimmen Tagen, körperlich und seelisch ausgelaugt, das Krankenhaus in Begleitung von Arne und war völlig verstört. Hatte sie etwas falsch gemacht? Konnte sie womöglich gar kein Kind austragen?

Arne versuchte für Magdalena da zu sein, so gut er konnte. Er sagte ihr, dass Fehl- und Totgeburten gar keine Seltenheit waren. Das hatte er in der Medizin-Bibliothek recherchiert. Magdalena fragte sich, warum sie dann davon nicht wusste, warum ihr das nie jemand erzählt hatte. Arne blieb die Nacht über bei Magdalena und überredete sie, gleich am nächsten Tag vom Münzfernsprecher Mutter Rosmarie anzurufen und ihr von der Totgeburt zu erzählen.

Der Mietvertrag landete im Papierkorb und Arne sagte ihre erste gemeinsame Wohnung ab.

»Magdalena! Gut, dass du anrufst!«, rief Mutter Rosmarie, als Magdalena gewählt hatte. »Ich muss dir etwas Wichtiges sagen… wie geht es dir?«

Magdalena brach in Tränen aus.

»Weißt du es schon? Ich wollte dir schon schreiben! Zu dumm, dass du kein Telefon hast!«

»Was weiß ich schon? Weißt du es schon?«, fragte Magdalena verdattert zurück und wischte sich mit einem Taschentuch über die Augen.

»Mein Kind ist tot!«

Am anderen Ende der Leitung war es still.

»Himmel Herrgott«, sagte Mutter Rosmarie, »das auch noch.«

Magdalena warf fünfzig Pfennig nach, damit das Gespräch weiterging.

»Das tut mir so leid! Warum?«

»Weiß ich nicht… weiß keiner.«

»Warst du im Krankenhaus? Warum hat Arne nicht angerufen?«

»Er war in jeder freien Minute bei mir«

»Und ich habe auch keine guten Nachrichten… Augustine ist gestern gestorben. Sie ist gestern friedlich eingeschlafen. Zu Hause. Nachts.«

Jetzt war Magdalena stumm, völlig geschockt.

»Das alles auf einmal… das muss Schicksal sein«, murmelte Mutter Rosmarie.

»Du musst bald kommen, mein Kind! Die Beerdigung ist am Sonntagnachmittag. Geht es dir gut genug? Gesundheitlich?«

Sie schluchzte.

Dann war das Geld aus.

Sie überlegte, noch einmal nachzuwerfen, aber sie fühlte sich nicht in der Lage dazu.

Benommen trat sie nach draußen. Nasse Schneeflocken wirbelten durch die Luft. Auf den Gehsteigen lag eine dünne Schicht Pappschnee. Sie zog ihre Handschuhe an und rückte die Mütze zurecht.

Dann schluchzte sie.

Sie hatte in weniger als drei Tagen ihr Kind und ihre Oma verloren.

Und bald würden sie alle die Kastanienmühle verlieren.

Oma Augustine würde das alles nicht mehr erleben.

Und ihr Kind würde nie irgendein Leben erleben.

DER ABSCHIED

An einem strahlend sonnigen Maitag des Jahres 1979 war es so weit. Von Georgensgmünd aus starteten drei Autos in Richtung Brombachtal.

Es war das Jahr, in dem die Bauarbeiter fleißig am Altmühlüberleiter buddelten, der bald fertig sein sollte. Es war das Jahr, in dem mit dem Bau des Igelsbachsees begonnen worden war, der nordwestlich vom zukünftigen Großen Brombachsee das Igelsbachtal überschwemmen sollte. Die Griesmühle war dem Igelsbachsee zum Opfer gefallen. Auch am Kleinen Brombachsee, der sich westlich an den Großen Brombachsee anschließen sollte, arbeiteten sie fleißig weiter, der Damm wuchs und wuchs, der Dreck und der Lärm waren allgegenwärtig.

In dieses Tal, das Brombachtal, das nun neben Wald, der immer noch einen großen Teil der Talfläche einnahm, voller Sandhaufen, kleiner Tümpel, Seen und im Westen voller Baustellenfahrzeuge war, fuhren die drei Autos.

Im ersten Auto, dem alten VW Käfer der Familie Meierhofer, saßen Mutter Rosmarie, Vater Wolfram, Onkel Erwin und Tante Paula. Mutter Rosmarie dachte an ihre Kindheit auf der Kastanienmühle zurück. Vater Wolfram, der jetzt in Rente war, dachte an all die Arbeiten, die er noch im neuen Haus von Erwin und Paula bewerkstelligen wollte, damit sich die beiden dort wohl fühlten. Tante Paula auf dem Rücksitz des Käfers starrte nach draußen und war sehr traurig; gleichzeitig war sie froh, denn sie hatte erst zwei Tage zuvor die Zusage als Verwaltungsfachangestellte bei der Stadt Roth bekommen; eine bessere Stelle hatte sie sich nicht vorstellen können, und natürlich hatte das auch mit dem Einfluss von Irmi zu tun, Moritz' Ehefrau, deren Vater lange Zeit zweiter Bürgermeister der Stadt Roth gewesen war.

Onkel Erwin starrte ebenfalls nach draußen und fühlte vor allem eines: leer. Er hatte seit drei Jahren auf diesen Punkt hingearbeitet, hatte sich immer wieder den Kopf darüber zerbrochen, dass er seine Mühle verlieren sollte, und wie er möglichst viel Gegenleistung dafür bekommen sollte, dass er sein ganzes bisheriges Leben aufgab. Irgendwann hatte er es mit Hilfe von Arnes Vater geschafft, so viel für sein Land zu bekommen, dass so manch anderer Bauer aus Absberg, Ramsberg oder Enderndorf, der ohnehin kaum noch von seinen landwirtschaftlichen Flächen leben konnte, ganz neidisch geworden war. Aber der Kampf hatte Erwin viel Energie gekostet, dann auch noch im Winter der Tod seiner Mutter Augustine.

Im zweiten Auto, einem lilafarbenen Opel Kadett, saß Moritz mit seiner Frau Irmi und den Kindern Steffi und Thomas.

Im dritten Auto, einem weißen VW Golf, fuhren Tante Gerlinde, Onkel Hans, sowie Arne und Magdalena. Magdalena dachte an die letzten fünfzehn Jahre ihres Lebens. Sie dachte an das Ingenieurbüro in Weißenburg, an Anton, der von der Idee des Ringdamms um den Altmühlsee so begeistert gewesen war. Sie dachte an das Talsperren-Neubauamt, an die langen Gänge dort, an ihr sonnendurchflutetes Büro, und an Berti, der sich so für die Vögel im neuen Fränkischen Seenland einsetzte. Sie dachte an die Bibliothek, die kleine Stadtwohnung, die sie sich mit Winnie geteilt hatte, an ihren Entschluss, Jura zu studieren, an das Abendgymnasium, an den Umzug nach München. Sie dachte an den Bodensee mit seinem kristallklaren Wasser und den majestätischen Bergen dahinter und an den Ismaninger Stausee, der trotz seines schnurgeraden Damms wie in die Landschaft eingebettet zu sein schien. Magdalena war entschlossen, sich auf das neue Fränkische Seenland zu freuen, weil sie die anderen Seen, die sie kennengelernt hatte, so sehr mochte. Aber in ihrem tiefsten Inneren war sie sich über ihren Entschluss nicht ganz sicher und sie hatte Angst vor dem, was sie heute sehen würde, obwohl sie ihrer Familie hoch und heilig versprochen hatte, sie würde dabei sein an diesem denkwürdigen Tag. Das schuldete sie ihrer Familie, das schuldete sie ihrer Oma Augustine, die das Ganze nicht mehr mit ansehen würde, die auf einer Mühle gestorben war, die es schon fast nicht mehr gab, das schuldete sie dem Kind, das sie hätte bekommen können und das jetzt bei Gott war, ohne das Leben draußen überhaupt jemals erlebt zu haben.

Sie bauten drei Seen, den Altmühlüberleiter und den Main-Donau-Kanal.

Ganz Mittelfranken war eine Baustelle.

Nur den Großen Brombachsee, dem die Kastanienmühle im Weg stand, den hatten sie noch nicht angefangen zu bauen.

Sie fuhren hinunter ins Brombachtal. Der Wald stand zu großen Teilen da wie eh und je, als wüsste er nicht, was auch ihm bevorstand. Die Sandgruben waren allgegenwärtig und bildeten dort, wo das Grundwasser an die Oberfläche kam, kleine Seen. Die Langweidmühle trotzte stolz den Baggern.

Sonst war das Tal wie ausgestorben.

Die drei Autos hielten an und sie stiegen aus. An der Kastanienmühle. Wie schon so oft in ihrem Leben. So viele Male.

Viele andere waren schon da, Edith und Udo, Franz und Friedrich mit Familie, Kerstin und Karl mit ihren Familien, Ludwig, Freunde der Schwarzmüllers, die anderen Müller aus dem Brombachtal, ein paar Bekannte aus den Nebenorten, ein paar Schaulustige, sogar zwei Herren mit Krawatte. Ein Absperrband war aufgespannt worden und trennte die Trauergemeinde von der stolzen Mühle, die jetzt leer und leblos war, die ausgeräumt war und auf der kein Hund mehr bellte, kein Hahn mehr krähte und keine Pferde mehr wohligen Stallgeruch verbreiteten. Auf der sich bald nie wieder ein Mühlrad drehen würde.

Umarmungen, Händeschütteln, leise Gespräche. Zigaretten wurden angezündet.

Das Abrissunternehmen war schon da. Ein großer, orangefarbener Schaufelbagger und ein Lastwagen mit großer Ladefläche standen neben der Mühle. Sie waren groß, aber gegen die gewaltigen Maschinen, die den Damm vom kleinen Brombachsee bauten, wirkten sie eher unscheinbar. Neben dem Lkw standen vier Männer, die rauchten und sich unterhielten und aus den Augenwinkeln die wachsende Menge an Zuschauern betrachteten.

Es waren die Arbeiter, die dazu da waren, die dafür bezahlt wurden, die Kastanienmühle zu beseitigen.

Ein für alle Mal.

»Es ist so gut, dass die Schwiegermutter nicht mehr lebt. Spätestens das hätte ihrem schwachen Herzen den Garaus gemacht«, sagte Tante Paula zu Magdalena gewandt und hatte den Arm um Onkel Erwins Hüfte gelegt, der einfach nur stumm dastand und sogar Vater Wolframs Angebot, doch eine Zigarette mit ihm zu rauchen, ausschlug.

Der Chef der Baufirma, Herr Weber, trat seinen Zigarettenstummel auf dem Boden aus und ging auf Onkel Erwin und Tante Paula zu.

Er reichte ihnen die Hand und begrüßte sie.

»Grüß Gott, Herr und Frau Schwarzmüller. Ich verstehe, das ist eine schwierige Situation für Sie. Aber glauben Sie mir, es war eine gute Entscheidung,«, sagte er.

Magdalena verdrehte die Augen, Arne auch. Genauso eine Aussage brauchten die zwei heute.

Die Trauergemeinde redete miteinander, es entwickelten sich viele Gespräche, lange hatten sich einige nicht mehr gesehen. Ihr Ton blieb gedämpft und viele blickten immer wieder zur Mühle, zum Mühlrad, zur großen Kastanie, zum stattlichen Wohnhaus mit den Fensterläden, zum Hühnerstall, zur Scheune, zu den Weihern hinter der Mühle, zu Tante Paulas Gemüsegarten, in dem das Unkraut über Mangold, Rhabarber und Erdbeeren wucherte.

Es passte einfach nicht, dachte Magdalena.

Für so einen traurigen Anlass waren die Blüten der Kastanie und die Blumen zu farbenfroh und das Wetter zu sonnig. Für so einen traurigen Anlass war die Wärme nach dem langen Winter zu wohlig und das Licht zu fröhlich. Für so einen traurigen Anlass sangen die Vögel zu leidenschaftlich und die Grillen zirpten zu sommerlich. Magdalena hätte sich einen Regentag gewünscht, bei denen die Tränen aus den Wolken sich vermischt hätten mit den Tränen der Schwarzmüllers und Meierhofers und all der anderen, die die Kastanienmühle und das Brombachtal liebten und immer geliebt hatten. Sie hätte sich einen kalten, windigen Tag gewünscht, die Eisheiligen, ein Tag, dessen Ungemütlichkeit alle dazu gedrängt hätte, den Schauplatz möglichst bald zu verlassen und das Gasthaus in Neuherberg aufzusuchen, in dem sie zum Kaffeetrinken reserviert hatten.

»Mein Beileid«, sagte da plötzlich eine bekannte Frauenstimme zu Magdalena.

»Greta!«

Sie umarmten sich.

»Hugo konnte leider nicht mitkommen, er muss arbeiten. Aber Susi und Peter haben darauf bestanden, dabei zu sein. Ich hätte es ja besser gefunden, wenn sie zu Oma und Opa gegangen wären. Aber der Peter tickt ja immer aus, sobald er einen Bagger sieht, und für die Susi ist es undenkbar, ohne Peter zu Oma und Opa zu gehen.«

Sie schüttelte den Kopf und deutete auf die Zwillinge, die sich zu Steffi, Thomas und den Kindern von Kerstin gesellt hatten.

»Hast du dich von deinem… Kind… erholt?«, fragte Greta besorgt.

Magdalena nickte.

»Ich hoffe, dass es bei dir noch klappt mit Kindern. Meine Susi und mein Peter sind einfach so reizend und erfüllen wirklich mein Leben!«

Magdalena nickte nochmals.

»Es wird schon klappen«, flüsterte sie, war sich aber nicht so wirklich sicher.

»In Absberg soll übrigens ein Café aufmachen! Von der Familie Graf!«

Sie wurde etwas lauter mit ihrer Stimme.

Ein paar Frauen wandten sich interessiert zu ihr um.

»Wirklich?«

»Ein Café? In Absberg?«

»Stimmt das?«

»Ich glaube, es geht los«, sagte plötzlich Greta, als der Motor vom Bagger angelassen wurde.

Greta stellte sich ganz nah neben Magdalena und es tat ihr so gut, zwischen Arne und Greta zu stehen, zwischen den liebsten Menschen, die sie außerhalb der Familie, in die sie hineingeboren war, in ihrem Leben kennengelernt hatte.

Sie blickte auf die Kastanienmühle, mit feuchten Augen.

Es war still geworden, alle starrten auf den Bagger. Wie leid Onkel Erwin ihr tat. Niemand hatte sich mit dem Abschied von der Kastanienmühle so schwergetan wie er. Irgendjemand hatte einen Campingstuhl in seine Nähe gestellt, wahrscheinlich, damit Onkel Erwin sich setzen konnte, wenn es so weit war, wenn er nicht mehr stehen konnte, wenn ihn alles zu sehr mitnehmen würde.

Die Baggerschaufel nahm als erste das Wohnhaus in Angriff. Mit ihren kräftigen Zähnen riss sie ein Stück vom Dach des Wohnhauses ab. Magdalena krallte ihre Hände fester in Arnes Arm. Der Baggerfahrer bugsierte den Inhalt der Schaufel auf die Ladefläche des Lkws und es ging weiter. Jeder Angriff des Baggers auf das Haus war ein Stich in Magdalenas Seele. Schon bald fingen manche Frauen zu weinen an, Taschentücher wurden hervorgeholt, und plötzlich schluchzte Onkel Erwin, so laut, so klagevoll, dass er den Lärm des Baggers und des Lasters schon fast übertönte.

Sie hatte ihn noch nie weinen sehen.

Alle sahen ihn an, voller Mitleid.

Die Kinder sahen betroffen um sich.

Susi nahm die Hand von Greta und Peter lutschte an seinem Daumen.

Magdalena spürte, wie plötzlich eine Wut in ihr aufstieg, die sie sich nicht erklären konnte. Sie wusste doch schon lange, was heute passieren würde. Sie hatte lange genug Zeit gehabt, sich darauf vorzubereiten. Aber sie war wütend, einfach wütend. Wütend auf diese Welt, auf diese Umstände, auf dieses Schicksal, auf diese Ungerechtigkeit.

Es war eine Wut auf all das, was in den letzten Jahren hier passiert war, eine Wut auf ihr Schicksal, eine Wut darauf, dass sie nicht einfach das Geschehen von außen aus beobachten und sich auf die Seen freuen konnte, eine Wut darauf, dass ausgerechnet sie Onkel und Tante im Brombachtal haben musste und dann noch für die Planung dieses Seenlands ihr Geld verdient hatte. So oft schon in ihrem Leben hatte sie sich versucht klar zu machen, dass sie keine Schuld trug, und Arne versuchte immer wieder, sie darin zu bestärken, doch in diesem Moment fühlte sie sich voller Wut und voller Schuld und voller Mitleid mit ihrem Onkel und voller Hass auf das Fränkische Seenland.

Hinzu kam ihre Trauer um Oma Augustine und die Trauer um ihr tot geborenes Kind.

Als der Bagger die Kastanie in Angriff nahm, wurde es ihr zu viel.

Sie warf sich in die Arme von Arne und weinte, verzweifelt, wütend, traurig, fassungslos.

Sie standen hier alle. Sie alle, die jahrelang, jahrzehntelang aus- und eingegangen waren auf der Kastanienmühle. Die das Holz genutzt hatten, den Karpfen gegessen hatten, Geburtstage und Weihnachten gefeiert hatten, und vor allem das Brot gegessen hatten, dessen Mehl von den Schwarzmüllers Generation für Generation gemahlen und gebeutelt worden war.

Sie standen hier alle, und keiner hatte das verhindern können, was jetzt passierte.

Eine Mühle, die abgerissen wurde – das war einfach nur hässlich. Unverschämt. Laut. Unschön. Dreckig.

So viele Menschen freuten sich auf die Seen. Auf das Wasser, auf die Touristen, auf die wirtschaftliche Entwicklung, die vorhergesagt wurde.

Aber das, was sie hier jetzt sahen, das war einfach nur Zerstörung. Schutt. Dreck. Trümmer.

Plötzlich kam Magdalena ein Gedanke.

Ein Entschluss.

Sie wollte hier nie wieder hin.

Nie wieder.

Es war eine Wunde, und die Narbe würde sie ihr restliches Leben begleiten, eine Wunde, die mit Wasser genäht wurde.

Nie wieder wollte sie hierherkommen.

Nicht ohne die Kastanie, dem schönsten Baum der Welt, deren prächtige Blüten jetzt hilflos im Dreck lagen.

Nie in ihrem Leben wollte sie diesen See sehen.

DIE GROßE BAUSTELLE

Was Magdalena im April des Jahres 1983 immer noch nicht wusste, als sie bereits auf Mitte dreißig zuging und gerade erfolgreich ihr zweites Staatsexamen abgeschlossen hatte, war, ob der Bau des Fränkischen Seenlands nun richtig war oder nicht.

Dass es nach geltendem Recht rechtens war, so vorzugehen, das wusste sie inzwischen.

Für staatliche Infrastrukturprojekte, welche dem öffentlichen Interesse dienen sollten, dem Wachstum und dem Fortschritt, für solche Projekte mussten Menschen viel hergeben. Für Staudammprojekte in China. Für landwirtschaftliche Produktionsgenossenschaften in der DDR. Für den Braunkohletagebau im Rheinischen Revier.

Magdalena wusste, dass diese Dinge in vielen anderen Ländern bei weitem nicht so rücksichtsvoll abliefen wie beim Fränkischen Seenland. Die Bezahlung des Rechtsanwalts durch den Staat, die Hilfe des Staats bei der Auswahl neuer Grundstücke, das Angebot von Weiterbildungsmaßnahmen, und nicht zuletzt die vielen Jahre, die der Staat den Müllern und Bauern Zeit gelassen hatte für den Schritt in ihr neues Leben – all das waren Dinge, von denen Menschen in anderen Ländern nur träumen konnten.

Dennoch saß der Langweidmüller im Jahr 1983 immer noch auf seiner Mühle und weigerte sich, dem immer näher kommenden See zu weichen.

Dennoch trauerte Onkel Erwin immer noch seiner Kastanienmühle hinterher.

Onkel Erwin und Tante Paula hatten sich trotzdem mit ihrem neuen Leben in Georgensgmünd arrangiert. Beide fuhren jeden Morgen nach Roth, Paula zur Stadtverwaltung, Erwin in die Bäckerei, wo er inzwischen arbeitete. Im kleinen Garten hinter dem Haus gackerten ihre fünf Hühner. Im Vorgarten hatte Paula genau wie Rosmarie einen Gemüsegarten angelegt. Paula und Rosmarie liebten es, gemeinsam im Gemüsegarten zu arbeiten, Unkraut zu jäten, Zwiebeln zu stecken, den Boden aufzulockern – und während über alles Mögliche zu schwatzen.

An einem sonnigen Frühjahrstag Anfang April 1983 standen beide im Gemüsegarten und säten Möhren aus.

»Ach, Rosmarie, der Erwin ist gar nicht gut drauf. Dass nächste Woche Spatenstich zum Bau des Großen Brombachsees ist, das belastet ihn sehr.« Paula deckte die gestreuten Samen mit Erde zu.

»Wolfram möchte am Sonntag sogar mit Moritz hinfahren.« Rosmarie goss die Samenmit der Gießkanne an.

»Was, sie wollen hingehen? Wo doch die Magdalena sich seit dem Abriss der Kastanienmühle erfolgreich weigert, nur irgendetwas von der Baustelle zu sehen!«

»Naja, so häufig ist sie nicht da.«

»Aber wenn sie da ist, macht sie einen großen Bogen um alles.«

»Jedenfalls ist das gigantisch da unten. Insofern kann ich verstehen, dass Wolfram und Moritz sich das nicht entgehen lassen wollen. Der Damm soll 1,7 Kilometer lang werden! Das ist ja schon fast eine Wanderung, bis man da mal drüben ist!«

»Sie wollen nächstes Jahr den Igelsbachsee einstauen. Dann wird der erste See fertig sein. Aber meinem Erwin möchte ich es nicht zumuten, dahin zu fahren. Sie graben da unten seit Jahren den Sand weg. Aus vielen kleinen Seen, die ohnehin schon da sind, wird ein großer See. Sie fällen massenweise Bäume, nirgendwo wäre das erlaubt, aber im Brombachtal gelten ja keine Regeln mehr. Diese Rohstoffe, da sind doch alle richtig scharf drauf. Holz, Sand, und dann die Mühlen, und die Leute holen sich Baumaterial von den abgerissenen Mühlen und nutzen alles für ihre eigenen Häuser und Scheunen. Gruselig.«

Paula streckte ihren Rücken. »Ich hole jetzt die Saatkartoffeln.« Sie verschwand im Gartenhäuschen.

Als Rosmarie gerade dabei war, das Tütchen mit den Samen für die Möhren wieder zu verschließen, rief Wolfram sie. Magdalena war am Telefon. Rosmarie wunderte sich. Um diese Zeit rief ihre Tochter selten an.

Sie ging nach drinnen und nahm mit ihren erdigen Fingern den

Hörer entgegen. Wolfram wirkte erleichtert, er hatte noch nie gerne telefoniert.

Magdalena, am anderen Ende der Leitung, klang müde und doch aufgeregt. Sie hatte eine Botschaft, die Rosmarie alle Möhren, Saatkartoffeln und sogar den Großen Brombachsee vergessen ließ.

Sie sei wieder schwanger, rief sie außer Atem aus. Im Oktober würde das Kind kommen.

Einen Moment lang sagte Rosmarie nichts.

Wolfram, der im Gang an der quietschenden Wohnzimmertür gewerkelt hatte, horchte auf.

Dann sprudelte es aus Rosmarie nur so heraus. Sie gratulierte ihrer Tochter. Sie wünschte ihr alles Gute für die Schwangerschaft, sie sei ja nicht mehr ganz jung, schon Mitte dreißig! Und sie hatte sich so etwas ja schon gedacht nach der wundervollen Hochzeit in Hamburg im letzten Jahr!

Wolfram hatte sich dicht neben sie gestellt, damit er mithören konnte. Auf seinem Mund formte sich ein strahlendes Lächeln und Rosmarie strahlte zurück.

Sie sei bestimmt überglücklich, rief Rosmarie in den Telefonhörer.

Magdalena bejahte. Sie verschwieg, dass ihr schon seit zwei Wochen jeden Tag speiübel war, dass sie krankgeschrieben war und neben der Hausarbeit nur noch auf dem Sofa lag. Sie wollte ihren Eltern die Freude nicht nehmen. Eine starke Frau hielt das aus. Sie sollte sich nicht so haben, hatte der Arzt gesagt.

»Rosmarie, wo bist du denn? Ich warte mit den Saatkartoffeln!«, rief Paula da von draußen.

Als am Wochenende die Bagger anrollten, standen Moritz und Wolfram auf der Höhe, auf der eines Tages der Damm des Brombachsees das Land vor dem Wasser schützen sollte. Mehr als dreißig Meter sollte der Damm hoch werden und mehr als zehn Jahre Bauzeit würden vergehen, bis die Flutung des Sees beginnen konnte. Dort, wo der Damm eines Tages sein sollte, erstreckte sich eine Schneise der Ödnis, in der kein Baum mehr wuchs, der Sand allgegenwärtig war und gigantische Bagger und andere riesige Maschinen auf ihren Einsatz warteten. Rechts konnte man wie eh und je die unbeugsame Langweidmühle sehen, die fast den Anschein einer Oase in einer Wüste voll von Sand und Dreck hatte. Dahinter erstreckte sich der Wald, der immer weiter schrumpfte. Der Brombach schlängelte sich wie eh und je durch das Tal, unschuldig und unwissend, dass er in wenigen Jahren in einen See verwandelt werden würde.

Links vom zukünftigen Staudamm war die Mandlesmühle zu sehen, die einmal außerhalb des Sees liegen würde und stehen bleiben konnte. Trotzdem hatte der Freistaat die Mühle gekauft.

Eine große Menge an schaulustigen Menschen hatte sich zum Spatenstich versammelt. Man hatte ein Festzelt und Bierbänke aufgestellt und es gab Getränke und Bratwurst zu kaufen. Alle warteten auf den Ministerpräsidenten, der eine Ansprache halten sollte.

Moritz und Wolfram standen da und tranken Bier.

Wolfram sah auf seine Uhr. »Auf den Herrn Ministerpräsidenten müssen wir wohl warten.«

»Hast du gehört, dass hier sogar Leute aus der ganzen Bundesrepublik anreisen wollen, um sich die Baustelle anzuschauen? Ingenieure und so. Haben sie in den Radionachrichten gebracht.«

»Vielleicht wollen sie schauen, wie es hier läuft, damit sie woanders ihre Staudämme auch bauen können.«

»Das wird einmal der größte staatliche Wasserspeicher Bayerns hier! Ich glaub, alleine deswegen kommen manche Menschen hierher.«

»Na, Grüß Gott!«, sagte da Vater Wolfram.

Franz und Friedrich waren erschienen und gesellten sich zu den beiden. Auch sie hatten sich ein Bier geholt und blickten jetzt gespannt auf das Rednerpult.

Endlich kam ein schwarzer, glänzender Mercedes die Straße herunter gerollt.

Das Auto hielt an, die Türen öffneten sich, und der Ministerpräsident stieg aus. Das Kamerateam vom Bayerischen Rundfunk, das sich bislang bedeckt gehalten hatte, eilte herbei. Alle klatschten. Als der Ministerpräsident am Rednerpult stand und mit seiner Rede begann, wurde es sofort still. Fast schon andächtig still.

Plötzlich flüsterte Moritz: »Schaut mal, ist das nicht der Winnie? Der Ex von der Magdalena?«

Er deutete in die Menschenmenge.

Es musste Winnie sein. Rötlichbraune Haare, schlaksige Figur, kantiges Gesicht.

»Den hab ich ja eine Ewigkeit nicht mehr gesehen.«

»Der hat nicht so zugelegt wie du«, neckte Friedrich Moritz.

»Halt die Klappe«, sagte Moritz.

»Vielleicht schreibt der Winnie den Pressebericht«, überlegte Wolfram, »Der schreibt ja öfters was. Übrigens, wisst ihr schon das neueste? Magdalena ist schwanger.«

»Was? Echt jetzt?«, rief Franz.

»Ist sie nicht zu alt?« fragte Friedrich erstaunt.

»Wie alt ist sie jetzt? Vierunddreißig?«, überlegte Franz. Wolfram nickte.

»Ein paar Jahre hab ich wirklich geglaubt, der da drüben würde dein Schwiegersohn werden, Wolfram. Auf einen Hamburger hätte ich im Leben nicht getippt«, sagte Franz.

Sie schauten alle auf Winnie, der einer der wenigen zu sein schien, die dem Ministerpräsidenten alle Aufmerksamkeit schenkten.

»Guckt mal, die Frau da links neben ihm, mit den langen blonden Haaren, meint ihr, das ist seine neue Freundin?«, überlegte Moritz.

»Naja, so neu ist sie vielleicht gar nicht«, bemerkte Wolfram.

Die Leute klatschten. Als nächstes stellte sich der Landtagsabgeordnete ans Rednerpult, während sich zwei Kameraleute für ein nachträgliches Interview direkt auf den Ministerpräsidenten stürzten.

»Oh Mann, ich befürchte, das dauert ewig, bis sie die Spaten stechen«, seufzte Friedrich.

»Sollen wir uns ein noch Bier holen?«, fragte Franz.

Sie schoben sich durch die Menschenmenge.

Auch Winnie musste an Magdalena denken, als er beim Spatenstich mit seiner Frau Tine stand. Er mochte es nicht, an sie zu denken, denn Tine war jetzt seine Frau, und es war gut so. Aber dennoch holte ihn sein heutiger Außentermin in die Vergangenheit zurück. In Magdalenas Kampf mit dem Fränkischen Seenland.

Winnie erwischte sich dabei, wie er sich fragte, wie sein Leben weitergegangen wäre, wenn Magdalena nicht dieses Problem mit dem Seenland gehabt hätte.

Womöglich wären sie noch zusammen. Hätten geheiratet. Und Kinder.

Wo lebte Magdalena jetzt? Hatte sie jemanden gefunden? Er hatte sie aus den Augen verloren von dem Moment an, in dem sie nach München zum Studieren gezogen war.

Er schüttelte den Kopf. Er musste sich konzentrieren. Schließlich war er dienstlich hier.

Auch der Landrat war nun fertig, es wurde geklatscht, und der Bürgermeister von Absberg betrat die Bühne.

Winnie ließ seinen Blick nach rechts gleiten, wo das Kamerateam des Bayerischen Rundfunks stand, doch dann blieb er hängen, am Bierausschank. Der lange, hagere Mann mit den vielen Falten und den kurzen, grauen Haaren, das war doch Wolfram!

Magdalenas Vater.

Wie es wohl den Schwarzmüllers ging?

Die Kastanienmühle. Winnie sah sie nach den vielen Jahren noch immer so deutlich vor sich, als wäre er erst gestern dort zu Besuch gewesen.

Es wird Zeit, an die Zukunft zu denken, sagte sich Winnie. So oft hatten sie sich ihre Zukunft im Fränkischen Seenland ausgemalt, Tine und er. Vor wenigen Jahren hatten sie in Hawaii Urlaub gemacht, ein wundervoller Urlaub, die schönste Reise seines Lebens, und durch Zufall hatten sie dort Gelegenheit gehabt, dem Iron Man Hawaii beizuwohnen, einem Triathlon, einer Sportart, die aus Schwimmen, Fahrrad fahren und Laufen bestand, und die bei beiden Begeisterung ausgelöst hatte. Tine war in ihrer Jugend Leistungsschwimmerin gewesen und hatte ihm das Schwimmen beigebracht, und er hatte ihr das Rennrad fahren schmackhaft gemacht, seine größte Leidenschaft, seitdem er sich von Magdalena getrennt hatte.

Winnie musste lächeln, als er an den Tag zurückdachte, als sie die Sportler auf Hawaii angefeuert hatten und ihre Leidenschaft für den Triathlon-Sport geweckt worden war. Am Abend bei Wein und guter Musik im Hotel hatten sie beschlossen, dass sie auch Triathlon machen würden. Dass sie den Triathlon nach Mittelfranken bringen würden. Ins Neue Fränkische Seenland Es war ihr gemeinsamer Traum. Schon in wenigen Jahren würden sie im Altmühlsee und im Kleinen Brombachsee schwimmen können. Er konnte es kaum erwarten. Er gab seiner Tine einen flüchtigen Kuss auf die Wange. Sie lächelte.

Er zückte sein Klemmbrett und folgte der nächsten Rede.

Währenddessen legte sich Magdalena in Hamburg-Eimsbüttel aufs Sofa und konnte nichts denken, so speiübel war ihr. Sie blickte wie jeden Tag das Muster an der beigefarbenen Decke an und legte die Hände auf den Bauch. Erst nach zwei Stunden und einem geleerten Eimer wurde ihr Kopf wieder klarer.

Jetzt begannen Sie mit dem Bau des Großen Brombachsees. Das Neue Fränkische Seenland ging langsam, aber sicher seiner Vollendung entgegen. Und sie lag hier in Hamburg auf dem Sofa, wartete, dass die Zeit verging und war froh, die Baustelle nicht zu sehen. War froh, so weit entfernt von alldem zu sein.

Es war schon verrückt, dass der Baubeginn des Großen Brombachsees in das Geburtsjahr ihres – hoffentlich lebendigen – Kindes fallen würde.

Und genau deshalb hatte Magdalena das sichere Gefühl, dass sie ihr Kind dieses Mal nicht verlieren würde.

EIN NEUES LEBEN

Nie wieder.

Nie wieder wollte sie das.

Nie zuvor in ihrem Leben hatte sie so gelitten.

Niemals.

Noch nie.

Es war die reinste Hölle.

Aber sie lebte.

Sie lebten beide.

Und jetzt, jetzt war sie so glücklich.

Trotz der Qualen.

Denn es gab ein neues Leben.

Eine Zeit lang hätte sie gedacht, das würde nie passieren.

Jetzt war es passiert.

Sie war da.

Ihre Tochter.

Ihr Kind.

Jetzt war sie froh, schon so alt zu sein.

Niemand würde von ihr verlangen können, das nochmals durchzumachen.

Nie wieder das durchzumachen.

Vor ihrem inneren Auge liefen die schmerzhaften Stunden ab, die sie soeben erlebt hatte. Die vielen Stunden. Die schlimmsten Schmerzen, die sie sich je hatte vorstellen können. Die Verzweiflung in der Anonymität des Kreißsaals ohne ihren Arne.

Und dann die Zange.

Wahrscheinlich hätte sie das alles noch vor hundert Jahren gar nicht überlebt.

War es bei allen Frauen so? So schlimm?

Sie war vor drei Tagen mit den Wehen in diesem Krankenhaus in Hamburg angekommen, an einem herbstlichen Tag im Oktober des Jahres 1983. Jetzt hatte sie unglaublichen Hunger. Hunger wie ein Löwe, wie ein Bär, wie ein Elefant. Sie war noch nie so hungrig gewesen in ihrem Leben.

Es war kaum zu glauben, dass sie da war.

Neben ihr lag sie.

Lag Merle.

Ein verschrumpelter kleiner Mensch mit gelber Haut.

Ein neues Leben.

In ihr gewachsen.

Merle schlief.

Das war nun also ihre Familie.

Merle, Arne, Magdalena.

Familie Schneider aus Hamburg-Eimsbüttel.

Merle würde lange brauchen, bis sie ein erwachsener Mensch war. Viele Jahre würde sie heranwachsen. Würde erst lächeln lernen müssen, dann umdrehen, sitzen, stehen, gehen…

Viele Jahre würde es dauern.

Wie bei allen Menschen.

Wie lange es dauerte, bis ein Mensch erwachsen wurde.

Wie lange es dauerte, bis ein Seenland gebaut wurde.

Wenn ihre kleine Merle, die da lag und tief und fest schlief, eines Tages volljährig sein würde, würden die Menschen vielleicht im neuen Fränkischen Seenland Urlaub machen.

Und an die Mühlen würde vielleicht fast keiner mehr denken.

Genauso wenig, wie Magdalena jetzt, in diesem Augenblick, an ihr verlorenes Kind dachte.

Damals, als die Kastanienmühle abgerissen worden war.

Nie wieder.

Ihr Magen knurrte, sie war zutiefst erschöpft, alles tat ihr weh, sie war müde, sie konnte nicht denken. Spürte den sanften Atem von Merle auf ihrer Brust.

Nie wieder.

»Merle, meine Merle«, flüsterte sie.

»Du wirst ein gutes Leben haben, ich werde alles dafür tun.«

Irgendwann klopfte es an der Tür.

Herein kam eine Krankenschwester mit Tablett und dahinter Arne. Endlich etwas zu essen. Endlich ihr Arne.

Als sich Magdalena nach ein paar Wochen von der Geburt erholt hatte, fühlte sie sich voller Energie und Tatendrang. So stark wie schon seit Monaten nicht mehr. Erst die Übelkeit, dann die Sorge, es könnte wieder schief gehen, dann die Furcht vor der Geburt selbst, vor den Schmerzen, vor den Gefahren, weil sie schon so alt war, vor dem Muttersein, der Verantwortung – immer hatte sie sich belastet gefühlt.

So viele Monate hatte sie nicht denken können.

Einmal war in der Tagesschau von der Baustelle am zukünftigen Großen Brombachsee berichtet worden. Magdalena hatte auf einen anderen Fernsehsender gewechselt. Arne hatte sie angeschaut, den Arm um sie gelegt und nichts gesagt. Einmal hatte Magdalena Arne erzählt, wenn sie Zeit hätte, wenn sie im Mutterschutz wäre, dann würde sie sich über die Seen Gedanken machen. Arne schenkte Magdalena daraufhin ein Buch über den ländlichen Raum. Weil auf dem Land alles so anders ist als in der Stadt, hatte Arne gesagt. Sie hatte nie darin lesen können. Ihre Gedanken waren ständig woanders gewesen.

Aber als das Muttersein allmählich zum aufregenden Alltag wurde und die Freude in ihr, dass alles am Ende gut gegangen war, dass sie dieses Kind auf die Welt gebracht hatte, das sie über alles liebte, dass ihr niemand mehr ihre Kinderlosigkeit vorwerfen konnte, da füllte sich alles in ihr mit Kraft und sprühender Lebensenergie.

Sie gewöhnte es sich an, beim Stillen zu lesen. Sie erledigte ihre Hausarbeit so zügig wie möglich, dass sie in all den Stunden, in denen Merle schlief, weiterlesen konnte.

Einmal machte Arne früher Feierabend, weil es ein richtig schöner Herbsttag Ende Oktober war, an dem die Blätter rotrost braun zu Boden segelten, die Kinder Kastanien und Bucheckern suchten und das Sonnenlicht alles wundervoll golden färbte und die Schatten lang werden ließ.

Sie gingen zu dritt im Park spazieren.

»Ich bin froh, dass es dir wieder besser geht«, sagte Arne, der den Kinderwagen schob, »Du hast es die letzten Monate schwer gehabt. Und dass du so viel liest, freut mich auch.«

»Ist ja schön, dass du dich freust, dass ich lese. Das tut bestimmt nicht jeder Ehemann.«

»Lesen ist etwas ganz Wichtiges. Was meinst du, warum ich ständig neue Bücher kaufe?«

»Und die Regale sind zum Bersten voll!«

Sie lachten.

Sie schauten ein paar Kindern zu, die auf der großen Wiese Drachen steigen ließen.

»Weißt du, Arne, das Buch über den ländlichen Raum – ich bin dort aufgewachsen. Ich habe erlebt, wie immer mehr Bauern sich große Traktoren und Landmaschinen kaufen konnten. Ich habe erlebt, wie Bauernhöfe aufgegeben wurden. Erinnerst du dich an den Bauernhof, von dem ich dir erzählt habe, auf dem Greta ihre Ausbildung gemacht hat? Den gibt es schon lange nicht mehr. Die kleinen Höfe haben aufgegeben, die großen Höfe haben sich noch weiter vergrößert. Ich habe erlebt, wie die Bauern angefangen haben, den Boden ertragreicher zu machen mit Dünger, Gülle und Pestiziden. Sie waren so froh, dass die Ernteerträge sich verbessert haben. Dass die Maschinen größer wurden und die schwere, körperliche Arbeit weniger wurde.

Es ist alles so nach und nach passiert, und ich habe das alles so nach und nach realisiert. Aber es ist etwas ganz anderes, das so… wissenschaftlich zu lesen.«

Arne nickte.

Magdalena steckte die Hände in die Jackentaschen. »Ich habe dadurch – durch das Buch – erst verstanden, welche Ausmaße dieser Strukturwandel in der Landwirtschaft wirklich hat. Die Landwirtschaft nach dem Zweiten Weltkrieg war – von der Technik und der Arbeitsweise und vom Ertrag her gesehen – näher am Mittelalter als an der Gegenwart! Die Erträge haben sich seitdem vervielfacht. Bauern haben sich spezialisiert und müssen sich das, was sie selbst nicht produzieren, im Supermarkt kaufen. Das wäre früher undenkbar gewesen! Die Europäische Gemeinschaft tut mit ihren Subventionen alles dafür, kleinen Bauern den Garaus zu machen. Es muss viel produziert werden, das ist das Einzige, was zählt. Früher haben die Bauernfamilien sich selbst versorgt und zusätzlich etwas verkauft. Früher hatten sie zwei Kühe, jetzt brauchen sie zwanzig. Mindestens. Und leben trotzdem von Subventionen.«

»Ja, es ist heftig, was passiert ist im Süden. Hier im Norden sind die landwirtschaftlichen Betriebe viel größer, alte Gutshöfe, die haben richtige Mitarbeiter, da arbeiten nicht nur die Familienmitglieder mit, da sind nicht so viele pleite gegangen wie im Süden Deutschlands.«

Magdalena blickte in den Kinderwagen zur friedlich schlummernden Merle. »Und dann, was noch hinzu kommt, sind die Wohngebiete und Autobahnen, die wie Pilze aus dem Boden schießen, und für die Bauern ihr Land verkauft haben. Die Flurbereinigung, die Gewanne und Markungen kerzengerade gemacht, geordnet und mit schnurgeraden Entwässerungsgräben versehen hat. Damit es richtig aufgeräumt ist in der Landschaft. Die setzen gigantische Flurbereinigungsmaßnahmen um, da, wo das Seenland gebaut wird. Die bauen alles um. Das sind Dimensionen – die bauen neue Straßen, planen Parkplätze, Liegewiesen. Die weisen Naturschutzgebiete aus und teilen das Land, das für die Landwirtschaft übrig ist, noch irgendwie an die Bauern auf, die entweder genug haben zum Weitermachen oder so wenig, dass sie zum Aufgeben gezwungen werden. Die ganze Landschaft wird innerhalb weniger Jahrzehnte vollständig umgestaltet.«

»Es tut mir leid für die Kastanienmühle, immer noch.«

Energisch schüttelte Magdalena den Kopf.

»Worauf ich hinauswill: Ich realisiere immer mehr, dass sich unser ganzes Land, unsere ganze Gesellschaft, in einem Wandel befindet. In ganz Deutschland werden Bauernhöfe und Mühlen aufgegeben. Der Wandel dauert schon unser ganzes Leben lang an, wir sind mit dem Wandel aufgewachsen, ich mehr als du, weil ich vom Land bin. Der Wandel passiert in der ganzen Bundesrepublik und weit darüber hinaus. Und wenn ich daran denke, Arne, dann frage ich mich manchmal…«

Merle machte ein Geräusch. Es klang wie ein Brummen. Die Eltern sahen etwas besorgt in den Kinderwagen.

Aber die Kleine atmete ruhig und sanft und schlief tief und fest.

»Was wolltest du sagen? Was fragst du dich manchmal?«

»Der Wandel wäre auch im Brombachtal und außen herum gewesen, irgendwann, dieser Strukturwandel, das denke ich mir jetzt, Seen hin oder her. Es hätte sich vieles verändert. Wer weiß, wenn Merle eines Tages erwachsen ist, vielleicht würde es ohnehin keine Mühlen mehr im Brombachtal geben, auch ohne Seen. Und was wäre dann mit den Mühlen passiert? Wären sie verfallen oder ein Wohnort für Menschen, die die Abgeschiedenheit suchen? Wären sie inzwischen an die Überlandleitung angebunden? Mit richtigem Strom? Wäre das Brombachtal dann noch so lebendig, wie es einmal war? Wer würde sich überhaupt noch fürs Brombachtal interessieren?«

Arne hörte aufmerksam zu.

Sie holte tief Luft, dann sagte sie:

»Der Strukturwandel wäre im Brombachtal so oder so gekommen. Sicherlich langsamer, bestimmt später. Aber es hätte sich vieles dort verändert. Auch mit der Kastanienmühle hätte sich verändert. Und es würde sich auch noch vieles verändern. Ich weiß das jetzt. Und trotzdem: Es wäre mir lieber, es gäbe sie noch, unsere Kastanienmühle.«

Merle war nun doch aufgewacht und jammerte. Magdalena nahm sie aus dem Kinderwagen.

Merle wuchs und gedieh. Sie hatte die blonden Locken und blauen Augen ihres Vaters und den knabenhaften Körperbau und die Sommersprossen ihrer Mutter. Sie war ein empathisches Kind. Bei Brettspielen spielte sie absichtlich schlecht, um nicht zu gewinnen. Als sie in der Grundschule langsam begriff, wie schlecht es vielen Kindern auf der Welt ging, verstand sie die Welt nicht mehr. Sie begann, Spenden zu sammeln und viele Fragen zu stellen, warum die Welt so war, wie sie war, so ungerecht, so voller Leid. Was Gott denn dagegen machte. Warum Gott nichts dagegen machte.

Lange vermied Magdalena es daher, ihrer Tochter von der Kastanienmühle zu erzählen. Dieses Unglück, diese Ungerechtigkeit, die ihrer Familie widerfahren war.

Die kleine Merle wusste nichts – bis zu einem Tag im Jahr 1992 am Ostsee-Strand im Urlaub.

»Papa«, sagte Merle und blickte auf den Horizont, »die Ostsee ist doch ein Meer, oder?«

»Ja.«

»Warum heißt es dann See? Also Ostsee?«

»See ist ein anderes Wort für Meer.«

»Aber ein See ist doch nicht salzig! Der Chiemsee ist nicht salzig.«

Am Chiemsee hatten sie den letzten Sommerurlaub verbracht.

Arne nickte. »Ja, der See ist nicht salzig. Aber die See ist ein anderes Wort für Meer. Du musst auf den Artikel achten.«

Merle wusste damals sicherlich nicht, was ein Artikel war.

Sie blickte mit ihren hellblauen Augen nachdenklich auf die Ostsee und wickelte eine Locke mit ihren Fingern auf.

»Papa, wie entsteht ein See? Also, ein süßer See?«

»Naja, entweder durch Schnee und Eis, also durch Gletscher, oder die Menschen bauen sich ihren See selbst.«

Bei diesem Satz zuckte Magdalena zusammen.

Merles Augen wurden plötzlich sehr groß.

»Menschen bauen einen See?«

Arne nickte.

»Wo zum Beispiel? Wo gibt es solche Seen? In Amerika?«.

»Auch in Deutschland.«

»Auch in Deutschland? Wo? Der Chiemsee? Haben den Menschen gebaut?«

»Nein. Der Chiemsee ist durch Gletscher entstanden, in einer Eiszeit.«

Merle wusste sicherlich nicht, was ein Gletscher oder eine Eiszeit war.

»Welcher dann?«.

Und dann erzählte Arne seiner Tochter von den Seen in Mittelfranken.

Magdalena hörte still zu, und alle blickten dabei auf den Horizont und die Ostsee.

Danach stand Magdalena auf und machte einen kleinen Spaziergang

Und Merle blickte lange still auf die unendliche Weite der Ostsee, so vertieft und konzentriert, so nachdenklich und in sich selbst versunken. Magdalena versuchte, sich nach ihrem Spaziergang in ihr Buch zu vertiefen, und fragte sich, wie es für sie wäre, würde ihre Tochter eines Tages den Wunsch äußern, die Seen zu sehen.

Ob Merle Onkel Erwin und Tante Paula darauf ansprechen würde.

Auf die Kastanienmühle. Auf das Brombachtal. Auf den Damm.

Oft fragte Magdalena sich das. Und wartete auf eine Reaktion ihrer Tochter. Irgendeine Reaktion.

Doch da kam nichts.

Kam einfach nichts.

Tage-, wochen-, monatelang kam da nichts.

In den Jahren, in denen sich so vieles veränderte.

ALLES VERÄNDERT SICH

Es waren Jahre, in denen sich vieles veränderte. Auf der Welt, in Europa, in Deutschland, im Fränkischen Seenland. Der Kalte Krieg war vorbei. Es gab keine Tschechoslowakei mehr, kein Jugoslawien, keine Deutsche Demokratische Republik. Deutschland war wieder vereint. Der Kapitalismus hatte friedlich gegen die sozialistischen Strömungen gewonnen, es war nicht zu einem neuen Weltkrieg gekommen. Doch eine ideale, gerechte, solidarische Welt hatten weder der Sozialismus noch der Kapitalismus geschaffen.

In Deutschland war ein Bewusstsein für die Umwelt und die Endlichkeit des Wachstums entstanden. Die Katastrophe in Tschernobyl hatte ihren Beitrag daran. Menschen setzten sich für den Umweltschutz ein. Sie demonstrierten gegen Atommüll-Transporte, sie zählten Vögel, brachten im Herbst Kröten über Straßen und trennten Müll. Es gab eine grüne Partei.

Vieles veränderte sich.

Neue gesetzliche Vorgaben verlangten, die Umwelt bei Bauvorhaben zu entschädigen. Eingriffe in die Umwelt auszugleichen. Wer der Natur etwas nahm, musste ihr auch etwas zurückgeben. Das war zwar selten gleichwertig – der Natur wurde häufig mehr genommen als ihr zurückgegeben wurde – doch diese neuen rechtlichen Vorgaben erschwerten mit einem Male die Planung und den Bau neuer Straßen und neuer Wohn- und Gewerbegebiete. Arne und Magdalena hatten in der Rechtsanwaltskanzlei viel zu tun, die neuen Gesetze zu verstehen und richtig anzuwenden. Hinzu kamen Bürgerinnen und Bürger, die sich gegen Baumaßnahmen zur Wehr setzten.

Vieles veränderte sich.

1992, nach über 30 Jahren Bauzeit, wurde der Main-Donau-Kanal fertiggestellt. Mit einem Mal war es möglich, mit dem Schiff durchgehend vom Schwarzen Meer zur Nordsee zu fahren und umgekehrt. 170 Kilometer war der Kanal lang und 16 Schleusen benötigte er, um alle Höhenunterschiede, darunter die Europäische Hauptwasserscheide, zu überwinden. Von den einen wurde er als Europakanal gefeiert, von den anderen als Geldverschwendung und ökologisch fragwürdiges Projekt verpönt. Er war gigantisch. Er prägte die Landschaft. Dort, wo früher Äcker und Weiden waren, fuhren nun riesige Frachtschiffe durch das Land.

Im gleichen Jahr wurde der Rothsee geflutet. Er gehörte als Talsperre zum System des Main-Donau-Kanals und diente dem Wasserausgleich und der Wasserversorgung der Flüsse Schwäbische Rezat, Rednitz, Regnitz und Main. Außerdem erzeugte er Strom. Erst 1987 waren die letzten drei Bewohner der Hasenbruck-Mühle den nahenden Wassermassen gewichen.

Und auch das Neue Fränkische Seenland war Realität geworden, nach den ersten vagen Planungen des Ingenieurbüros »Göbel und Partner« aus Weißenburg im Jahr 1964.

Der einzige See, der noch nicht fertig war, war der Große Brombachsee.

Doch das sollte sich bald ändern.

Im Frühjahr des Jahres 1993, als der See kam.

ALS DER SEE KAM

Magdalena lief. Sie lief durch den kleinen Stadtpark, in dem die Kinder johlend auf dem Spielplatz tobten. Sie querte den Fischmarkt an der Hoheluftbrücke, an dem Aal, Seehecht und Lachs lauthals feilgeboten worden. Sie wartete an der Ampel an der von Motorenlärm gesäumten Hauptstraße. Sie lief vorbei an einem Straßenmusiker, der schwungvoll Seemannslieder spielte. Hamburg war laut, Hamburg war voll, Hamburg war bunt, Hamburg beanspruchte alle Sinne, doch Magdalena war tief in sich gekehrt und nachdenklich, an diesem 29. April des Jahres 1993.

Seit dem Jahr 1979 war sie nicht mehr im Brombachtal gewesen.

Das letzte, was sie gesehen hatte, war der Bagger, wie er der Kastanienmühle endgültig den Garaus gemacht hatte. Wie die Kastanie gefällt worden und ächzend zu Boden gesunken war. Tief eingegraben hatte sich die Erinnerung in ihrem Kopf, genauso wie der Entschluss, dort nie wieder hinzugehen.

Vierzehn Jahre war das nun her.

Eine lange, lange Zeit.

Wie oft hatten sie Magdalena überreden wollen, dorthin zu fahren. Vater Wolfram. Mutter Rosmarie. Moritz. Greta. Sogar Tante Paula. Nur Onkel Erwin hatte sie stets verschont.

Immer hatte Magdalena sich geweigert. Hatte sich vor ihren Augen die Idylle von damals vorgestellt, als das Seenland noch eine Utopie gewesen war.

Wollte ihre Kindheitserinnerung nie umtauschen, nie austauschen, in der Gefahr, dass sie dann verblasste.

Und heute, heute war es so weit.

Und alle waren dabei.

Sogar Tante Paula.

Sogar Onkel Erwin.

Nur sie, Magdalena, nicht.

Der See kam.

Sie betrat den Supermarkt und kramte den Einkaufszettel aus ihrer Jackentasche.

Paula blickte aus dem Autofenster. Sah das, was einmal das Brombachtal gewesen war und nun endgültig See werden sollte. Sie hatte die Baustelle schon ein paar Mal gesehen, aber immer wieder brach es ihr das Herz. Es war so hässlich. Aus Kiefernwäldern, Feldern und Mühlen waren Sandgruben, Tümpel, Baggerseen und wüstenhafte Ebenen geworden. Es war schon so viel Wasser im Brombachtal von all den Baggerseen, dass Paula sich nur schwer vorstellen konnte, dass der Einstau des zukünftigen Großen Brombachsees über sieben Jahre dauern sollte. Es war kahl, das Brombachtal. Riesige Maschinen krochen umher oder standen herum. Bagger, Planierraupen, Lastkraftwagen. Eine Mondlandschaft mitten in Mittelfranken. Oder eine Wüste. Eine Wüste mit viel Wasser. Die jetzt gefüllt werden sollte mit noch mehr Wasser.

Wie es wohl Erwin gehen mochte, wenn sie selbst vom Anblick schon schockiert war?

Vorsichtig legte Paula ihre Hand auf die von Erwin, der auf dem anderen Rücksitz neben ihr vor sich hin stierte. Bei jedem Atemzug rasselte er. Er war stark gealtert in den letzten Jahren. Er hatte das schwache Herz von Oma Augustine geerbt, dazu plagte ihn eine chronische Bronchitis, er war gebrechlich und langsam geworden.

Er hatte trotzdem mitgehen wollen.

Obwohl es hässlich war.

Obwohl es ihn schmerzen würde.

Obwohl er so schwach war.

Wolfram parkte das Auto am Badestrand in Absberg, unweit der Staumauer zwischen dem Kleinen und dem Großen Brombachsee. Der Parkplatz war voll. Die Kennzeichen der Autos zeugten davon, dass nicht nur die unmittelbare Umgebung von diesem Spektakel angezogen wurde. Ähnlich voll wie auf dem Parkplatz war es auf der Staumauer. Wolfram, Rosmarie, Paula und Erwin kamen kaum vorwärts, weil es so viele Bekannte und Verwandte zu begrüßen gab und Erwin ohnehin nur noch sehr langsam gehen konnte mit seinem Gehstock. Bald gesellten sich Moritz, Irmi und die Kinder Steffi und Thomas zu ihnen.

Paula blieb ganz nah bei ihrem Erwin, ging seine kleinen, gekrümmten Trippelschritte.

Sie blickte auf den Kleinen Brombachsee. Glitzernd lag er da. Ruhig. Still. Auf der Wasseroberfläche spiegelten sich die Wolken und die Bäume. Er sah so friedlich aus. So, als wüsste er nicht, welche Kämpfe um ihn ausgetragen worden waren. Welche Schicksale unter ihm begraben lagen. Sie dachte an die Mühlen, die hier einmal gestanden hatten. Die Scheermühle, bei der sich der Röthenbacher Bach und der Brombach vereinigt hatten. Die Neumühle, die als allererste Mühle Dieselmotoren bekommen hatte. Die Beutelmühle mit ihren zwei gedrungenen Wohnhäusern und dem Sägewerk, in dem es immer laut hergegangen war. Sie dachte an die Müller, Müllersfrauen, Knechte, Mägde und Kinder, die sie früher hier gekannt hatte, die hier gelebt hatten.

Gemeinsam mit ihr, Erwin, Augustine, Barbara und Heribert.

Und sie, Paula aus Ansbach, war die Außerirdische gewesen, die das Müllerhandwerk erst hatte erlernen müssen, das Leben auf dem Land, die erst hineinwachsen musste in das Tal.

Sie hatten die Staumauer erreicht.

Den gigantischen Damm, der voll war von Menschen.

Paula hielt den Atem an, blieb stehen, fasste Erwins freie Hand.

Dann blickte sie nach links.

Langsam.

Vorsichtig.

Zur Großen Baustelle.

Sieben Jahre sollte die Flutung dauern.

Dann würde es links auch eine ruhige, stille, glitzernde, glatte Wasserfläche geben. Sie würde bis zum etwa fünf Kilometer entfernten Damm bei Allmansdorf reichen.

Sie versuchte, sich die hässliche Baugrube als See vorzustellen. Es gelang ihr nicht.

Sie kniff die Augen zusammen, um schärfer sehen zu können.
Der graue Star machte ihr das Sehen zunehmend schwer.

Dort, ein paar Kilometer weiter hinten im Tal, dort war sie einmal gestanden. Die Kastanienmühle. Ihre Mühle. Ihre geliebte Mühle. Dort hatte die Kastanie sie alle stolz und mächtig behütet, dort hatten sie gelebt, gelacht, sich geliebt.

Paula blickte ihren Mann von der Seite an. Sie fragte ihn, ob alles in Ordnung sei. Erwin winkte ab. Schon immer hatte er seine Gefühle unterdrückt. Trauer, Enttäuschung, Hilflosigkeit. Wie so viele Männer ihre Gefühle für sich behielten, unter einer vermeintlich dicken Haut. Weil sie es so lernten, von klein auf. Auf die Gefahr hin, dass die Gefühle innen immer weiter wuchsen, sich im Innern aufblähten, etwas im Innern zerstörten. Manchmal fragte Paula sich, ob Erwin deshalb so schwach geworden und gealtert war in den letzten Jahren. Weil er seinen Schicksalsschlag nie wirklich verarbeitet hatte. Nachdem sie in Georgensgmünd eingezogen waren, waren seine Wutausbrüche, seine Auflehnung gegen das Fränkische Seenland, mit einem Mal verschwunden gewesen. Er war friedlicher geworden. Das war einerseits angenehm für Paula. Andererseits wusste sie seitdem noch weniger, was wirklich in ihm vorging. Und seine Heiterkeit hatte er nie vollständig zurückgewonnen.

In ihrem Erwin war etwas geschrumpft, während das Großprojekt Fränkisches Seenland nach und nach zu voller Größe erwachsen war.

Moritz und Wolfram kündigten an, dass sie beim Hochwasserzulauf einen Platz für alle sichern würden. Damit sie überhaupt etwas sehen würden. In wenigen Minuten würde der Einstau beginnen. Sie beschleunigten ihre Schritte. Im Gegensatz zu Erwin war Wolfram für sein Alter noch rüstig und fit.

Paula und Erwin gingen langsam weiter. Sie sah Greta und Hugo mit den Zwillingen Susi und Peter und winkte ihnen. Die Hausers würden in diesem Sommer das erste Mal Ferienwohnungen an Urlaubsgäste vermieten. Sie hatten den elterlichen Hof umgebaut.

Wie viel die Ferienwohnungen wohl einbringen würden?

Sie glitten mit im Strom der Menschenmassen. Paula hatte Erwin am Arm gefasst, um ihn nicht zu verlieren.

Die Staumauer zwischen Kleinem und Großem Brombachsee hatte einen Durchlass, ein Wehr, von dem das Wasser der Altmühl über den Altmühlsee, den Altmühlüberleiter und den Kleinen Brombachsee in den Großen Brombachsee geleitet wurde. Dieses Wehr, dieser Hochwasserzulauf, das war die Stelle, an welcher der See kommen würde.

Unzählige Male hatte Magdalena ihnen das Prinzip erklärt, war es in der Zeitung, im Fernsehen und im Radio beschrieben worden.

Magdalena.

In Gedanken sah Paula ihre Nichte vor sich, die große, knabenhafte Frau mit dem dunkelblonden Kurzhaarschnitt und den vielen Sommersprossen, und neben ihr die kleine Merle, die an Weihnachten gar nicht mehr so klein gewesen war.

Nie im Leben hätte sie gedacht, dass ihre Nichte eines Tages in Hamburg landen würde.

Als Rechtsanwältin.

Nie im Leben hätte Paula gedacht, dass sie den heutigen Tag ohne ihre Nichte verbringen würde.

Ähnlich wie Paula hatte auch Magdalena einen ungewöhnlichen Lebensweg gewählt. War als Tochter einer Metzgereiverkäuferin und eines Lokführers erst technische Zeichnerin geworden, dann Rechtsanwältin. War als fränkisches Mädchen vom Land in der großen, weit entfernten Stadt Hamburg gelandet.

Paula war sich sicher, ohne das Fränkische Seenland wäre Magdalenas Leben ganz anders verlaufen. Wäre sie noch hier. Sie war so bodenständig gewesen.

Das Seenland musste auch im Innern ihrer Nichte viel angerichtet haben.

Viel zu selten hatten sie darüber gesprochen.

Jetzt sprachen sie fast gar nicht mehr.

Nie hätte Paula gedacht, dass Magdalena an ihrem Beschluss

von damals, als die Kastanienmühle abgerissen worden war, so lange festhalten würde.

Dass Magdalena das Brombachtal wirklich Jahre über Jahre keines Blickes würdigen würde.

Der See kam, und Magdalena war nicht da.

Paula fragte sich, was sie dort oben in Hamburg gerade machte.

Ob sie an den See dachte.

An diesen denkwürdigen Tag.

Je näher sie dem Hochwasserzulauf kamen, desto voller wurde es. Moritz und Wolfram winkten. Paula fragte sich, wie lange ihr Erwin dort im Stehen überhaupt aushalten würde.

Doch Moritz hatte vorgesorgt. Als sie den Hochwasserzulauf erreichten, stellte er einen Klappstuhl auf. Dankbar setzte sich Erwin hin und wurde dann sogleich von einem heftigen Hustenanfall heimgesucht. Paula klopfte ihm auf den Rücken, Rosmarie sah ihn besorgt an, Moritz und Wolfram blickten gebannt dorthin, wo alle hinsahen. Dorthin, wo der See herkommen würde.

»Erinnert ihr euch, die haben mal gesagt, sie bräuchten die Seen, damit die Industrie in Nürnberg genug Wasser hat. Für die Produktion«, bemerkte Moritz und wandte sich zu den anderen um, weil noch kein Wasser kam. »Wenn ihr mich fragt, die Industrie in Nürnberg geht den Bach runter. Die Chinesen produzieren viel günstiger. Ich sag euch, der Niedergang von >Triumph und Adler< war nur ein Anfang. Die Leute arbeiten jetzt in Banken und Versicherungen. Dafür brauchen sie viel weniger Energie als für die Industrie. Also, dass sie die Seen für die Industrie brauchen, das hat vielleicht vor dreißig Jahren gegolten, aber das können sie heute nicht mehr behaupten.«

»Und das Seenland hat so viel Geld verschluckt... weit über dreihundert Millionen Mark sind es jetzt schon. Dreihundert Millionen! Und wer zahlt? Der Steuerzahler«, entrüstete sich Wolfram.

»Ich glaube nicht, dass sie das Geld, was sie für das Seenland ausgegeben haben, jemals wieder reinholen«, seufzte Paula, die

Hand auf Erwins Schulter, »Wie gerne wären wir doch in unserer Mühle alt geworden, nicht wahr, Erwin?«

Sie stupste ihren Mann sanft an, aber Onkel Erwin saß weiter reglos da. Ob es sein schwaches Herz war, sein Alter oder seine Erschütterung über die Hässlichkeit des Brombachtals, über den Anlass ihres heutigen Ausflugs, sie wusste es nicht.

»Und wie lange werden sie Bestand haben, die neuen Seen?«, überlegte Rosmarie, »Schon jetzt sammelt sich im Altmühlsee Schlamm an, den muss das Wasserwirtschaftsamt rausholen, damit der See nicht verlandet. Wie lange hat das Bestand? Fünfzig Jahre? Hundert? Ewig bestimmt nicht.«

»Oma, sogar Gletscherseen schrumpfen. Haben wir in der Schule gelernt« klärte Steffi auf.

Plötzlich ging ein Raunen durch die Menge. Rosmarie, Wolfram, Moritz, Paula, Steffi, und Thomas drehten sich um. Richteten den Blick auf den Hochwasserzulauf. Nur Erwin starrte weiter apathisch vor sich hin.

Paula blickte nach rechts unten, dorthin, wo alle blickten. Fasste Erwins kalte, runzlige Hand.

Sie kniff die Augen zusammen.

Wunderte sich.

Sie hatte sich tosende Wassermassen vorgestellt, wie sie in ohrenbetäubendem Lärm in einen Schlund stürzten, durch die Staumauer hindurch, und an der anderen Seite wie ein sprudelnder und gigantischer Wasserfall wieder herauskamen, ins Becken des Großen Brombachsees.

Wasserfälle, wie Erwin und sie in ihren Urlauben in den Alpen gesehen hatten, vor einigen Jahren, als ihr Mann noch rüstig gewesen war.

In diesen Urlauben hatte Paula stets das Gefühl gehabt, dass die atemberaubende und schöne Natur der bayerischen Alpen die jahrelang unterdrückten Gefühle in Erwin erstickt hatten, er war fröhlich und aufgelöst gewesen, lustig, der Erwin von früher, der Müller der Kastanienmühle.

Paula sah zu Erwin hinüber.

Es war so unspektakulär.

Sie hatte sich ein gigantisches Schauspiel vorgestellt, was ihnen allen die Sinne rauben würde, sie alle in ihren Bann ziehen würde.

Aber so war es nicht.

Wasser sprudelte aus dem Hochwasserzulauf in den zukünftigen See.

Aber von einem tosenden Wasserfall war das Schauspiel weit entfernt.

Mit einem Mal konnte sich Paula vorstellen, dass es Jahre dauern würde.

Der See kam, aber er kam gemächlich.

Es hatte Jahre gebraucht, um geplant zu werden.

Es hatte Jahre gebraucht, um all das zu errichten, was es brauchte, damit der Große Brombachsee überhaupt kommen konnte, die Überleitungssysteme, die anderen Seen, die Staumauern.

Und jetzt ließ er sich Zeit für seine Vollendung.

Er würde das Tal vereinnahmen, das war geregelt. Selbst der widerspenstige Langweidmüller hatte ihm den Weg geebnet.

Es gab keinen Grund für den Großen Brombachsee, jetzt noch Gas zu geben.

REISE DURCH DEN WANDEL

An einem bewölkten, warmen Mittwoch im Oktober des Jahres 1993, ein paar Monate nach dem Beginn der Flutung des großen Brombachsees, fuhr ein Mann in einem roten Kleinwagen durch eine völlig verwandelte Landschaft. Der Mann war Anfang fünfzig, klein gewachsen und muskulös gebaut. Er trug Jeans und Turnschuhe und hörte laut Musik von Abba. In seinem Kofferraum befanden sich ein Fernglas, ein zerfleddertes Bestimmungsbuch und ein Spektiv zur Beobachtung von Vögeln.

Dieser Mann hieß Bertram Schwab, viele nannten ihn Berti, Ornithologe beim Talsperren-Neubauamt.

Berti fuhr durch das Neue Fränkische Seenland, von Westen nach Osten, von Ornbau an der Altmühl bis nach Pleinfeld an der Schwäbischen Rezat. Den Rothsee ließ er aus; hier hatte er nie gewirkt, er gehörte zu einem anderen System, zum Main-Donau-Kanal, für diesen war er nie zuständig gewesen.

Im Altmühltal zwischen der mittelalterlichen Kleinstadt Ornbau und der Gemeinde Muhr am See – ehemals Altenmuhr und Neuenmuhr – begutachtete Berti die vielen Felder, die trockengelegt worden waren. Die Altmühl, die sich schon seit Jahrtausenden hier durch die Landschaft geschlängelt hatte, war verlegt worden; südlich von ihr floss nun ein breiter Kanal, der Altmühlzuleiter, kerzengerade durch die Landschaft. Bei der kleinen Ortschaft Streudorf mündete der Kanal in den Altmühlsee, dem ersten der vier neuen Seen, die sich Berti für diesen Tag vorgenommen hatte.

Der Altmühlsee erstreckte sich zwischen Muhr am See im Norden, der Stadt Gunzenhausen im Süden und dem Dörfchen Wald im Westen. Er war in vielerlei Hinsicht ein erstaunliches Konstrukt. Er war an der tiefsten Stelle gerade einmal drei Meter tief. Der zwölfeinhalb Kilometer lange Ringdamm war nach wie vor, auch nach der Wiedervereinigung, die längste Stauanlage Deutschlands. Aber nicht nur diese Zahlen machten den Altmühlsee besonders. Der Altmühlsee war auch in Sachen Naturschutz eine Besonderheit, und deswegen war er die erste Destination für Berti.

Er bog in Muhr am See rechts ab und fuhr hinunter zu einem Parkplatz unweit des Sees. Er hängte sich das Fernglas um den Hals, nahm das Spektiv über die Schulter und steckte das Bestimmungsbuch in seine Hosentasche. Dann lief er los in Richtung Vogelinsel.

Der Altmühlsee war nur im südöstlichen Teil für Wassersportarten zugänglich. Der ganze nordwestliche Teil war geschützt, für Bertis gefiederte Freunde. Er war bestückt mit Inseln, Flachwasserzonen und Sümpfen. Er sollte Tieren und Pflanzen einen Teil jener Lebensräume zurückgeben, die ihnen durch den Bau des Altmühlzuleiters und des Altmühlsees verloren gegangen waren.

Berti lief über die Brücke auf die Insel. An diesem Werktag war nicht viel los; am Wochenende war die Vogelinsel oft gut besucht, und das nicht nur von Vogelfreunden. Berti hoffte, dass die Menschenmassen seine gefiederten Freunde nicht zu sehr störten.

Verwunschen war der Altmühlsee hier, eine Landschaft, die fast skandinavisch schien. Berti bestieg den Aussichtsturm und stellte sein Spektiv auf. Er verschaffte sich mit dem Fernglas einen Rundumblick. Sah die kreischenden Möwen, die ruhig dahingleitenden Enten, die schnatternden Gänse, und seine geliebten, tapsigen Watvögel. Es waren viele seltene Arten darunter. Sie hatten ihre Arbeit nicht schlecht gemacht, Berti und seine Kolleginnen und Kollegen.

Aber den Vögeln war auch viel genommen worden.

Landwirte hassten überschwemmte Felder, viele Vögel brauchten sie.

Landwirte bearbeiteten Äcker und Wiesen mit großen Maschinen und zerstörten dadurch die Brut von Feldvögeln.

Es war ein schwieriges Unterfangen, diese sensiblen Lebewesen zu schützen.

Später verließ Berti die Vogelinsel und machte einen Spaziergang zum Seezentrum von Muhr am See. Es war ruhig dort, ganz anders als im Sommer, als das Seeufer an jedem warmen und sonnigen Tag voll gewesen war. Heute begegneten Berti nur ein paar Radlerinnen und Radlern und Menschen, die mit ihren Hunden eine Runde drehten. Ein paar Campingwägen waren noch da. Das große Schiff des Altmühlsees stand seelenruhig am Ufer, es würde erst im nächsten Sommer wieder in See stechen.

Berti stand lange so da und blickte auf den See, achtete nicht auf die Menschen, die an ihm vorbeiliefen, und die Möwen, die kreischend über seinen Kopf flogen.

Eine Erfolgsgeschichte nannten sie das Neue Fränkische Seenland, jetzt schon, obwohl es noch gar nicht fertig war.

Die Anzahl von Ferienwohnungen und Pensionen hatte sich vervielfacht. Bei den Übernachtungsgästen war es ähnlich.

Ursprünglich war das Seenland gar nicht für den Tourismus gebaut worden.

Aber so hatte man es immer gut bewerben können.

Wie stark würden die Menschenmassen noch zunehmen in den nächsten Jahren?

Wieder im Auto wechselte Berti die Kassette. R.E.M. Das war es, was er jetzt brauchte.

Er steuerte auf den Altmühlüberleiter zu.

Östlich von Gunzenhausen gab es neben dem Altmühlzuleiter nun einen zweiten Kanal, den Altmühlüberleiter. Er zweigte bei Gunzenhausen vom Altmühlsee ab und floss erst ein paar Kilometer durch den Wald in Richtung Osten. Hier strömte das Wasser auf halber Strecke in einen Stollen, floss unbemerkt unter der Erde weiter und überwand dabei die Europäische Hauptwasserscheide zwischen Main und Donau. Noch im Wald trat der Altmühlüberleiter dann wieder ans Tageslicht und verlief seine restlichen Kilometer über der Erde.

Berti fuhr in den von Kiefern durchsäumten Wald. Er parkte das Auto so, dass es nur noch ein kurzer Fußmarsch zum Stolleneinlauf war. Immer wieder war er hier gewesen, jeden Weg im Wald, der den Altmühlüberleiter umgab, kannte er. Er hängte sich das Fernglas um den Hals und ließ das Spektiv im Kofferraum. Am

Stolleneinlauf war er allein. Berti stellte sich auf die Besucherplattform und sah nach unten, wo das Wasser des Altmühlüberleiters vom Stolleneintritt verschluckt wurde. Das Wasser floss laut, mit großem Getöse, seitdem die Wehrklappe zur Flutung des Großen Brombachsees voll geöffnet war.

Berti stützte sich mit den Ellenbogen am Geländer der Besucherplattform ab und sah dem Wasser beim Fließen zu.

Ein Buchfink rief im Wald, ein Grünspecht antwortete ihm, eine Krähe flog schnell und krächzend über seinen Kopf.

Auch hier hatte er sich vehement dafür eingesetzt, dass der Wald weitgehend so bleiben konnte, wie er war, dass der Altmühlüberleiter keine großen Rodungen erforderte. Es war in vielen Teilen gelungen, musste er feststellen.

Ein kleiner Schritt, ein kleiner Erfolg jahrelanger anstrengender Arbeit.

Über diese kleinen Erfolge freute er sich. Egal, wie viele Mühen sie kosteten.

Auch hier verweilte Berti einige Zeit, stand da, sah dem Wasser beim Fließen zu und lauschte seinem Gesang.

So viel Veränderung.

In doch so kurzer Zeit.

Es war erstaunlich, was der Mensch erschaffen konnte.

Irgendwann setzte er seine Fahrt fort, parallel zum Altmühlüberleiter. Bald schon erreichte er den Hühnermühldamm, den Übergang vom Altmühlüberleiter zum Kleinen Brombachsee. Er befand sich bei Neuherberg an der Hühnermühle, einer der wenigen Mühlen, die nicht den Seen hatte weichen müssen.

Hier hielt er kurz an und sah aus dem Fenster.

Die Furt zum Hühnermühldamm war überschwemmt, auch hier kam das Wasser vorbei, welches den Großen Brombachsee flutete, tagein, tagaus, wochenlang, monatelang, jahrelang.

Wie viele Hotels würden erbaut werden, wenn der Große Brombachsee erst fertig sein würde?

Würden die Seeufer wirklich für alle Zeit der Allgemeinheit zugänglich bleiben oder doch eines Tages aus privatem Interesse eingezäunt werden?

Wie lange würde es dauern, bis die Seen technische Probleme hervorriefen? Würde der Einstau des Großen Brombachsees den Grundwasserspiegel anheben und die Keller voll laufen lassen?

Es war ein so großes Wagnis gewesen, das hier zu bauen. Kaum zu glauben, dass die bayerische Politik und die bayerische Verwaltung so kühn gewesen waren, das durchzuziehen.

Vor dreißig Jahren hätte das niemand geglaubt. Jeder hätte ein Fränkisches Seenland für eine Utopie gehalten.

Berti steuerte auf das Dorf Langlau am Kleinen Brombachsee zu. Bei diesem See hatten sie die Freizeitbereiche im Norden und Westen angelegt. Vor allem die Badehalbinsel Absberg auf der anderen Seite des Kleinen Brombachsees war sehr beliebt bei Einheimischen und Gästen. Berti parkte am kleineren Freizeitzentrum in Langlau. Von dort aus war es ein kurzer Spaziergang zur kleinen Halbinsel, dem Schutzgebiet des Brombachsees. Weiden, Gebüsche und Schilfröhrichte säumten das Gebiet, das Berti nur allzu gut kannte. Er lief ein Stück weit in das Gebiet hinein. Er sah zwei Graureiher, die stolz mit gebeugtem Hals ihre Umgebung beobachteten. Ein ebenso großer Kormoran ließ sein Gefieder weit ausgebreitet trocknen. Zwei Haubentaucher schwammen herum. Berti stellte sein Spektiv auf und begann, nach weiteren Vögeln zu suchen. Er erblickte einen Teichrohrsänger, der unscheinbar auf einem kleinen Ast saß, und betrachtete ihn eine Zeit lang.

Er liebte es, so dort zu stehen und Vögel zu beobachten. Dann hatte er das Gefühl, mit der Natur eins zu werden und alle Sorgen des Alltags zu vergessen. Das konnte er sogar hier, in den Schutzgebieten des Fränkischen Seenlands, obwohl sie in den letzten Jahren vor allem mit Arbeit verbunden gewesen waren, mit großem Einsatz.

Als er keine neuen Vogelarten entdeckte, fuhr er wieder Richtung Hühnermühle, nahm den steilen Berg hoch nach Absberg und lenkte sein Auto über den Griesbuck hinunter ins Tal. Schon bald sah er den langgestreckten, dunklen und schattigen Igelsbachsee. Er war so natürlich eingebettet in den ihn umgebenden Wald, füllte das schmale Tal so vollständig aus, dass er aussah, als hätte es ihn schon immer gegeben. Nur der Damm, der ihn im Osten vom zukünftigen Großen Brombachsee trennte, zeugte davon, dass er menschengemacht war – so wie alles hier. Wenn Berti irgendeinen See mochte – er wusste es gar nicht, ob er die Seen überhaupt mochte, diese Frage hatte er sich nie gestellt, es war einfach sein Job gewesen, sie mit zu planen – dann war es der Igelsbachsee. Er war am idyllischsten. Er war am ruhigsten. Und viele seiner gefiederten Freunde fühlten sich hier wohl. Auf dem Rundweg um den Igelsbachsee konnte man wunderbar der Hektik der Stadt Nürnberg entkommen und abschalten. Die Stauwurzel, den westlichen Teil des Sees, hatten sie unter Schutz gestellt, und das war Bertis nächster Halt. Es war ein vielfältiges Paradies für Tiere und Pflanzen, mit hohem Schilf, sanftem Grünland, sumpfigen Bereichen und mit Moos bewachsenen Erlen, die dem Gebiet eine mystische Stimmung verliehen.

Berti vergaß ganz die Zeit, als er seine gefiederten Freunde beobachtete. Irgendwann schulterte er sein Spektiv und spazierte am Ufer des Igelsbachsees zurück zum Auto.

Die Seen hatten unglaublich viel Land verschlungen, der Große Brombachsee war gerade dabei, dies zu tun. Es war erstaunlich, wie wenig Widerstand es tatsächlich gegen das Fränkische Seenland gegeben hatte. Berti war sich sicher, dass das jetzt, in den neunziger Jahren, anders sein würde. Die Grenzen des Wachstums und seine negativen Folgen für die Natur rückten immer mehr in den Vordergrund. Die Themen, mit denen sich Berti schon seit Jahrzehnten befasste, waren jetzt in aller Munde. Es gab jetzt diesen modernen Begriff: Nachhaltigkeit. Da ging es um die Natur, die Wirtschaft, die Menschen. Die Seen halfen sicherlich der Wirtschaft und vielen Menschen – aber nicht allen, viele hatten ihr Land verloren. Der Natur war viel genommen worden hier, und durch die Naturschutzgebiete hatten sie ihr nicht alles zurückgeben können. Berti machte sich Sorgen um die Zukunft. Weil so viel Natur zerstört wurde, in ganz Deutschland und weit darüber hinaus. Und der Ausgleich, den man versuchte zu schaffen, war selten gleichwertig. Noch konnte er Kiebitze und Feldlerchen beobachten, wann immer er wollte. Aber wie lange würde das noch so bleiben?

Freilich, das neu geschaffene Parallelsystem zum Main-Donau-Kanal hatte auch ökologische Vorteile. Der Große Brombachsee konnte die Flüsse Rezat und Regnitz mit Wasser versorgen in langen Trockenphasen und so verhindern, dass Tiere und Pflanzen dort starben. Das wäre mit dem Main-Donau-Kanal auch möglich gewesen, aber dieser musste schiffbar bleiben, für die Wirtschaft. Die Zukunft würde zeigen, ob sich der Große Brombachsee hier eines Tages als sinnvoll erweisen würde.

Bevor Berti dem Igelsbachsee den Rücken zukehrte, blickte er noch ein letztes Mal über die dunkle, ruhige Wasseroberfläche. Manchmal fragte er sich, ob so etwas wie das Fränkische Seenland heute noch geplant und gebaut werden könnte in Bayern. Die Konflikte um verschiedene Ansprüche an den Raum wurden immer größer, die Auflagen für den Naturschutz immer umfangreicher, die Bürgerinnen und Bürger gegenüber Großprojekten immer kritischer.

Er war sich fast sicher: Jetzt, in den Neunziger Jahren, würde so ein Projekt eine Utopie bleiben.

Der Eingriff, der Widerstand würden zu groß sein und der Nutzen zu klein, jetzt, wo die Industrie, die viel Wasser und Ressourcen verschlang, in Mittelfranken immer unbedeutender wurde und die Dienstleistungen an Bedeutung gewannen.

Nicht nur die Landschaft hier hatte sich völlig verwandelt.

Es war auch ein Wandel in der Gesellschaft.

Berti fuhr los. R.E.M. gefiel ihm nicht mehr. Er schaltete den Kassettenrecorder aus. Nun umgab ihn nur noch das Motorengeräusch.

Sein Ziel war der Hauptdamm des Großen Brombachsees, ganz im Osten des Neuen Fränkischen Seenlands.

Er überquerte die Brücke über den Igelsbachsee bei Enderndorf, passierte Ottmansberg und erreichte schließlich Allmansdorf.

Schließlich stand er auf dem gigantischen Staudamm von fast zwei Kilometern Länge. Ein Meisterwerk der Ingenieurskunst. Fast vierzig Meter hoch war er. Viele verschiedene Gesteinsschichten hatten die Aufgabe, ihn dicht zu halten, zu verhindern, dass er auslief, egal, was kommen würde.

Vom Damm aus blickte Berti zunächst gen Osten. Dort erstreckte sich die Weiherkette, die nach ein paar hundert Metern in den ursprünglichen Brombach überging und schließlich in die Schwäbische Rezat mündete. Die zahlreichen Weiher sollten Wiesenbrütern wie dem Kiebitz und dem Großen Brachvogel Zuflucht bieten. Hier war auch die Mandlesmühle, eine der wenigen Mühlen hier, die noch standen.

Berti drehte sich um, lief auf die andere Seite des Damms und blickte auf den zukünftigen Großen Brombachsee. Er sah Sandgruben, kleine Seen, Tümpel, Erde und Dreck. Die riesigen Bagger und die Zwischenlager für den Dammbau hatten ihre Spuren hinterlassen, es war eine riesige Wunde in der Landschaft. Im Braunkohletagebau musste es ähnlich aussehen. Unwirtlich, lebensfern. Viele Menschen würden das Brombachtal so als hässlich bezeichnen. Die Erinnerungen an das hübsche Tal mit den Mühlen, dem Brombach, den Feldern und den Wäldern musste in den Köpfen vieler bereits stark verblasst sein.

Das Interessante war ja, dass selbst diese hässliche Zwischenlandschaft dort unten eine ganz besondere Artenvielfalt hervorgebracht hatte. In den Baggerseen und Sandtümpeln und in den Sandhaufen tummelten sich Tiere und Pflanzen, die selten waren, die schützenswert waren. Die Natur hatte ihre Nischen, Pflanzen und Tiere, die nur an einem bestimmten Ort gedeihen und leben konnten.

Für diese Tiere und Pflanzen war eine Mondlandschaft wie die des Brombachtals ein Paradies.

Aber auch sie würden früher oder später dem Wasser weichen müssen.

Es war alles kompliziert. Die Natur machte es dem Menschen nicht einfach.

Zwei Naturschutzgebiete hatten sie am Großen Brombachsee angelegt. Sie waren nach überfluteten Mühlen benannt worden, was Berti nach wie vor befremdlich vorkam. Grafenmühle und Sägmühle.

Er dachte an die Zeit, als die Mühlen noch gestanden hatten.

An die Zeit, als sie mit der Planung begonnen hatten.

Und da fiel ihm die junge Frau von damals ein, die Frau, die vor vielen, vielen Jahren am Talsperren-Neubauamt gearbeitet und Verwandte da unten im Tal gehabt hatte. Magdalena Meierhofer hatte sie geheißen. Welche Mühle war es nochmals gewesen? Die Kastanienmühle, er erinnerte sich. Die Kastanienmühle in der Mitte des Brombachtals. Es war eine bemerkenswerte Frau gewesen, er sah sie noch genau vor sich, mit ihrer großen, knabenhaften Figur, den Sommersprossen und diesem überzeugten Blick, der etwas verändern wollte. Der etwas bewirken wollte.

Wo sie jetzt wohl lebte? Wie es ihr wohl ging? Was sie jetzt wohl machte? Er hatte sie seitdem nie wieder gesehen und auch nie wieder etwas von ihr gehört.

Und an diesem Tag, als Berti Schwab sein Spektiv schulterte und sich aufmachte zur Weiherkette, um dort nach Vögeln zu suchen, da beschloss er, sie ausfindig zu machen.

Egal, wie viel Mühen es kostete.

Er wollte wissen, was aus dieser Magdalena geworden war.

DEN SEE SEHEN

Sie stand auf, von ihrer Bank in Absberg.

Es war fast dunkel.

Die Straßenlaternen waren angegangen.

Es war Zeit, zurückzugehen.

Zurück ins Dorf.

Der Große Brombachsee war schwarz geworden.

Auf seiner Wasseroberfläche spiegelte sich der Mond, eine Sichel.

Sie blickte in den mit Sternen übersäten Nachthimmel des 29. Mai im Jahre 2000.

Es war still um sie herum.

Sie kramte ein Taschentuch aus ihrer Handtasche und wischte sich über die Augen.

Sie sah die Mühlen vor sich und den See.

Erneut kamen Tränen.

Sie ließ sie zu.

Sie war überwältigt.

Sie hätte Onkel Erwin so sehr gewünscht, dass er den See noch sehen hätte können.

Dass er ihn noch erleben hätte können.

Sie wünschte sich in ihre Kindheit zurück, in eine Zeit, in der sie felsenfest daran geglaubt hätte, dass Onkel Erwin irgendwo da oben im Himmel auf einer Wolke saß und den Großen Brombachsee anschaute.

Leider glaubte sie nicht mehr an so etwas.

Onkel Erwin, dachte sie sich, es ist wirklich schön, glaube es mir.

Auch wenn es vielleicht nicht nötig gewesen wäre, das alles hier.

Auch wenn es bestimmt nicht nötig gewesen wäre, das alles hier.

Sie lief langsam los in Richtung Dorf. Die Nacht umhüllte sie mit ihrer Stille und ihrer Dunkelheit.

Langsam ging sie.

Nachdenklich.

In sich versunken.

Seit über zwanzig Jahren hatte sie nicht mehr in dieses Tal geblickt.

Hatte sich geweigert, war weit genug weg gewesen dafür.

Das letzte Mal, als sie es gesehen hatte, war ihre Tochter noch gar nicht auf der Welt gewesen.

Und jetzt war Merle fast erwachsen.

Magdalena dachte an ihre Fragen, die sie ein halbes Leben lang begleitet hatten.

Ihre Fragen zum Fränkischen Seenland.

Sie wusste, viele waren begeistert, manche waren enttäuscht, einige waren zwiegespalten.

Es war sehr teuer gewesen.

Es hatte viel Fläche verbraucht.

Der Tourismus brachte der ländlichen Region Einnahmen.

Die Industrie in Nürnberg, für die das Wasser des Seenlands ursprünglich gedacht gewesen war, gab es so nicht mehr.

Die Entstehung der Seen hatte so lange gedauert, dass sie vom Lauf der Geschichte überholt worden war.

Wie beim Ludwig-Main-Donau-Kanal, der von der Eisenbahn abgehängt worden war.

Auf und an den Seen konnte man viel unternehmen.

Es gab freien Zugang zu allen Ufern der Seen. Für alle.

Hier konnte man seine Freizeit verbringen. Freizeit, die Tante Paula und Onkel Erwin früher kaum gehabt hatten.

Niemand wusste, wie lange die Seen Bestand haben würden, hatte Moritz gesagt.

Wie lange dieser menschliche Eingriff in die Landschaft Bestand haben würde.

Kein See auf der Welt bestand für immer und ewig.

Auch nicht der Große Brombachsee.

Wer würde eines Tages länger Bestand gehabt haben – der See

oder die Kastanienmühle?

Sie würde es wohl nie erfahren.

Sie blieb stehen, blickte ergriffen zurück auf den Großen Brombachsee, auf die Schwärze da unten im Tal, wo sich der Mond immer noch im Wasser spiegelte, zwei Monde, einer oben, einer unten.

Es war tatsächlich vollendet worden.

Gäbe es noch die Mühle, vielleicht wäre Tante Paula dort nun ganz allein.

Ohne Kinder, ohne Onkel Erwin.

Vielleicht wäre sie ohnehin schon längst weggezogen.

Vielleicht hätte jemand anderes die Mühle übernommen.

Vielleicht wäre die Kastanienmühle jetzt ein Gasthof. Oder ein Sägewerk. Oder ein Reiterhof.

Vielleicht.

Magdalena vermisste Onkel Erwin.

Onkel Erwin, der miterlebt hatte, wie ihm alles genommen worden war.

Der gesehen hatte, wie der See kam.

Und der gestorben war, bevor er vollendet gewesen war.

Eine Träne rann ihre Wange hinunter.

Onkel Erwin, da oben im Himmel, hinter dem Mond.

Sie wollte es einfach so glauben.

Wenigstens diesen Abend.

Dass er dort war.

Dass er auf dem Mond saß und seine Nichte sah. Dass er den See sah.

Magdalena erreichte das Wohnhaus von Greta und Hugo. Sie blieb stehen. Es war spät. Die Kirchturmglocken läuteten. Es war schon zehn Uhr.

Magdalena blickte in den Nachthimmel.

Unterdrückte ihre Tränen.

Sie dachte an Berti. Nie hatte sie ihn vergessen. Er hatte ihr geschrieben, vor ein paar Jahren, sie hatten sich ausgetauscht, es war wie früher gewesen, damals, am Talsperren-Neubauamt, voller Vertrauen und Sympathie. Seitdem waren sie in Kontakt geblieben, hatten sich wiedergesehen. Es war gut so.

Heute könnte so etwas wie das Neue Fränkische Seenland nicht mehr geplant und gebaut werden, hatte Berti gesagt. Zu viel Widerstand. Zu viele rechtliche Vorgaben. Zu viele Verfahren. Zu wenig Nutzen.

Das galt heute, im neuen Jahrtausend, noch viel mehr als vor sieben Jahren, als Berti diese Vermutung Magdalena gegenüber das erste Mal geäußert hatte.

Und vielleicht war es gut so.

Dass es heute nicht mehr gehen würde.

Dass es schwieriger war, der Natur alles zu nehmen.

Eine jahrhundertelang gewachsene Kulturlandschaft zu überschwemmen.

Aber jetzt waren sie da, die Seen.

Magdalena lief wieder die Straße zurück, nach unten, um auf den Großen Brombachsee blicken zu können.

Sie hatte da mitgeplant. An den Ursprüngen des Seenlands. Und dann hatte sie Jura studiert, um herauszufinden, ob es rechtens und richtig war, dass das Seenland geplant wurde. Es war rechtens, das wusste sie schon seit vielen Jahren. Hier hatten ihr das Studium, ihre Tätigkeit als Rechtsanwältin und Richterin bei der Antwort geholfen.

Aber war es richtig gewesen?

Oder falsch?

Oder beides?

Oder nichts davon?

Jeder hatte eine andere Sichtweise.

Vielleicht gab es Fragen im Leben, die man nicht mit »Ja« oder »Nein« beantworten konnte.

Und vielleicht war das jetzt nicht mehr so wichtig.

Vielleicht konnte sie sich jetzt damit abfinden.

Dass er einfach da war.

Auch wenn es ihn nicht gebraucht hätte.

Es war früher wunderschön gewesen.
Es war jahrelang hässlich gewesen.
Und jetzt war da eine neue Schönheit.
Sie nahm sie an.

Am 21. Juli 2000 wurde der Große Brombachsee offiziell eingeweiht. Damals war ich zehn Jahre alt. Das Stauziel hatte er schon über ein Jahr vorher erreicht, am 28. Mai 1999. Meine Erinnerungen an die Zeit, als der Große Brombachsee noch nicht da war, sind blass und stammen mehr von Fotos und Erzählungen als aus meinem eigenen Gedächtnis.

Aufgewachsen bin ich mit dem Fränkischen Seenland. Diese künstliche Seenlandschaft in meiner Heimat hat mich schon immer erstaunt, fasziniert und bewegt. Daher war es mir ein Herzensanliegen, die Entstehung des Fränkischen Seenlands in einer Erzählung festzuhalten. Es ist eine erfundene Geschichte. Eine Geschichte, die in meinem Kopf entstanden und gewachsen ist und die ich unbedingt zu Papier bringen wollte.

Ich bin sehr vielen Menschen zu Dank verpflichtet, dass dieser Roman entstehen konnte:

Allen voran großen Dank an Herrn Dr. Johann Schrenk, der mir überhaupt die Möglichkeit gegeben hat, diesen Roman zu schreiben und zu veröffentlichen und der mich mit Recherchematerial ausgestattet und mir vorgeschlagen hat, mit wem es sich lohnt zu sprechen.

Großen Dank an meine Eltern, durch die ich das Fränkische Seenland bei vielen Ausflügen kennen und – tatsächlich – lieben gelernt habe.

Riesigen Dank an alle, mit denen ich über das Fränkische Seenland und das Brombachtal sprechen konnte und darüber, wie das Leben in Mittelfranken war, bevor ich geboren wurde. Es war eine unglaubliche Bereicherung, immer wieder Fragen stellen zu können, und ich bin mir bewusst geworden, für wie selbstverständlich wir heute einen von Wohlstand und technischen Neuerungen geprägten Alltag nehmen, den es noch vor wenigen Jahrzehnten so gar nicht gab.

ANMERKUNG

Bei diesem Werk handelt es sich teilweise um einen historischen Roman und teilweise um eine frei erfundene Geschichte. Ihm liegen umfangreiche Recherchen zur damaligen Zeit und den Geschehnissen im Zusammenhang mit dem Fränkischen Seenland zugrunde, aber es ist trotzdem eine fiktive Geschichte. Ähnlichkeiten mit Menschen, die noch leben oder bereits gestorben sind, sind reiner Zufall. Die Kastanienmühle ist frei erfunden, es hat sie nie gegeben. Die anderen Mühlen, die in diesem Roman eine Rolle spielen, hat es einmal gegeben, doch ihnen habe ich hier und da etwas dazu gedichtet.

QUELLEN

Da es sich hier um einen Roman und kein Sachbuch oder eine wissenschaftliche Arbeit handelt, habe ich darauf verzichtet, im Text Quellenangaben mit Fußnoten oder in Klammern kenntlich zu machen. Dies hätte meiner Meinung nach die Lesbarkeit und das Lesevergnügen stark beeinträchtigt. Anbei finden sich die Quellen, die ich für diesen Roman verwendet habe:

Altmühl-Bote (Hrsg.) (1981): Wie die Absberger Schüler »ihren See« sehen. Interessante Vorstellungen in Wort und Bild. In: Altmühl-Bote, 14./15. März 1981.

Bayerisches Staatsministerium für Landesentwicklung und Umweltfragen (Hrsg.) (1993): Überleitung von Altmühl- und Donauwasser in das Regnitz-Main-Gebiet: Das Teilsystem Kanalüberleitung. Schriftenreihe Wasserwirtschaft in Bayern Heft 27, München.

Bayerisches Staatsministerium für Umwelt und Verbraucherschutz (Hrsg.) (2018): Wasser für Franken. »Die Überleitung Donau-Main«. München.

Bomhard, Lorenz (2020): Der lange Kampf ums Seenland. Artikel in der Rubrik »Region & Bayern« der Nürnberger Nachrichten vom 16. Juli 2020.

Flurbereinigungsdirektion Ansbach (Hrsg.) (1990): Flurbereinigung und Dorferneuerung Absberg Landkreis Weißenburg-Gunzenhausen. Prämierung durch das Bayerische Staatsministerium für Ernährung, Landwirtschaft und Forsten, 9. September 1990, Ansbach.

Hetzner, Friedrich (2002): Das Land am Brombach. Von alter Mühlenherrlichkeit zum Neuen Fränkischen Seenland. Schrenk-Verlag, Gunzenhausen.

Landesamt für Digitalisierung, Breitband und Vermessung (Hrsg.) (2019-2021): Bayernatlas. Der Kartenviewer für Bayern, unter: https://geoportal.bayern.de/bayefarnatlas. Mehrmalige Abrufe in den Jahren 2019 bis 2021.

Lidl, Josef und Hahn, Walter (1977): An der Mühlstraße. Mit dem Zeichenstift durchs Brombachtal. Wilhelm Lühker Verlag, Weißenburg.

Markt Absberg (Hrsg.) (o.J.): Der MühlenWeg. Versunkene Mühlen rund um Absberg. Absberg.

Nürnberger Nachrichten (Hrsg.) (2020): »Jetzt greift die Arbeit der letzten zehn Jahre«, Artikel in der Rubrik »Region & Bayern« der Nürnberger Nachrichten vom 29.6.2020.

Tourismusverband Fränkisches Seenland (Hrsg.) (2019-2021): Zugängliche

Seen, unter: https://www.fraenkisches-seenland.de/seen/. Mehrmalige Abrufe in den Jahren 2019 bis 2021.

Tourismusverband Fränkisches Seenland GBR (Hrsg.) (2020): 1970 bis 2020. Die verwirklichte Version. Planung, Bau und Entwicklung des Fränkischen Seenlands. Gunzenhausen.

Vogel, Michael (Hrsg.) (2018): Mühlen im Brombachtal, unter: http://fraenx-online.de/2018/05/18/9209/. Abgerufen am 23.7.2021.

Wasserwirtschaftsamt Ansbach: Ausstellung »Infozentrum Seenland – Wasser für Franken«, Mandlesmühle, Pleinfeld, mehrmalige Besuche in den Jahren 2019 bis 2021.

Wasserwirtschaftsamt Ansbach (Hrsg.) (2018): Überleitung Donau-Main. Ansbach.

Wasserwirtschaftsamt Ansbach (Hrsg.) (2019-2021): Flüsse und Seen, unter: https://www.wwa-an.bayern.de/fluesse_seen/index.htm. Mehrmalige Abrufe verschiedener Seiten in den Jahren 2019 bis 2021

Wikimedia Deutschland – Gesellschaft zur Förderung Freien Wissens (Hrsg.) (2019-2021): Wikipedia – Die freie Enzyklopädie. Verschiedene Abrufe in den Jahren 2019 bis 2021.

DIE AUTORIN

Nadine Kießling ist am 15.07.1990 in Ansbach geboren und in Weidenbach aufgewachsen. Schon früh unternahm sie mit ihrer Familie Ausflüge ins Neue Fränkische Seenland. Das Schreiben entdeckte sie mit elf Jahren, verfasste ihrem ersten Roman anlässlich des Irakkriegs und besuchte am Gymnasium Carolinum Ansbach den Kurs „Kreatives Schreiben", in dem sie weiteres Handwerkszeug erlernte.

Nach ihrem Abitur 2010 studierte Nadine Kießling Geographie in Marburg und Auckland, Neuseeland, sowie Stadt- und Regionalentwicklung in Kaiserslautern. Nach beruflichen Stationen im Bregenzerwald in Österreich sowie in Ansbach promovierte sie in der Schweiz zum Einfluss der Raumplanung auf die Siedlungsentwicklung. Seit 2020 arbeitet sie als Regionalplanerin beim Regionalverband Bodensee-Oberschwaben in Ravensburg. Sie ist zuständig für Freiraum und sucht derzeit unter anderem die besten Flächen für die vielen Windräder, die Deutschland für die Energiewende benötigt.

Vielleicht ist es das Erstaunen darüber, wie der Mensch durch das Seenland in ihrer Heimat die Landschaft völlig umgestaltet hat, der Grund, warum Nadine Kießling Regionalplanerin wurde – und sich nun der Aufgabe widmet, zu planen, wie die begrenzte Ressource Boden am besten und nachhaltig genutzt werden kann. Von Nadine Kießling ist bereits 2019 ein Buch im Schrenk-Verlag erschienen: „Als der Nebel sich lichtete – eine Hesselbergnovelle".

Nadine Kießling

**Als der Nebel sich lichtete –
Eine Hesselberg-Novelle**

Taschenbuch, 100 Seiten, mit zahlr. s/w- und Farbabbildungen sowie einer farbigen Hesselberg-Karte von Lea Kießling

Edition Hesselberg und Altmühlfranken im Schrenk-Verlag, Röttenbach 2019

ISBN 978-3-924270-52-0

BUCHBESPRECHUNGEN

"Wer heute am Altmühlsee vielleicht Vögel beobachtet, im Kleinen Brombachsee badet oder sich im riesigen Katamaran über den Großen Brombachsee fahren lässt, übt diese Freizeitaktivitäten ganz selbstverständlich aus und denkt wohl kaum mehr darüber nach, dass das Fränkische Seenland eben alles andere als eine Selbstverständlichkeit und Ergebnis eines gigantischen Eingriffs in die Landschaft ist.

Die Planungs- und Bauphase des Seenlandes umfasst die letzten dreieinhalb Jahrzehnte des 20. Jahrhunderts; und diesen Zeitraum stellt der Roman **"Als der See kam"** anhand der Lebensläufe zweier Familien sowie ihrer Verwandten und Bekannten dar: Familie Meierhofer aus Georgensgmünd mit Vater Wolfram, Mutter Rosmarie und den Kindern Magdalena und Moritz; Erwin und Paula Schwarzmüller, die keine Kinder haben, betreiben die Kastanienmühle im Brombachtal, die wie die meisten anderen Mühlen der Gegend dem Brombachsee weichen muss.

Sowohl die Meierhofers und die Schwarzmüllers als auch die Kastanienmühle sind frei erfunden, was der Autorin mindestens einen Vorteil verschafft. Sie muss sich beim Schreiben nicht nach den biographischen Daten real existierender Personen richten, sondern kann die dargestellten Lebensläufe genau an ihr Thema, die Planung und Entstehung des Fränkischen Seenlandes, anpassen. Dies gelingt ihr allerdings so überzeugend, dass der Leser zu keinem Zeitpunkt auf die Idee kommt, die im Roman dargestellten Personen könnten reine Fantasieprodukte sein. Das liegt unter anderem wohl daran, dass sich Nadine Kießling in Bezug auf die Entstehung des Fränkischen Seenlandes sehr genau an die historischen Fakten hält. So werden zum Beispiel der Tag des Landtagsbeschlusses zum Bau des Seenlandes, der 16. Juli 1970, oder der Beginn der Flutung des Großen Brombachsees am 29. April 1993 im Roman thematisiert.

In jedem Kapitel erhält der Leser eine genaue zeitliche Orientierung: Das Romangeschehen erstreckt sich vom April 1964 (Kapitel 2: „Im Ingenieurbüro") bis zum Oktober 1993 (Kapitel 40: „Reise durch den Wandel"). Das erste („Die Begegnung") und das letzte Kapitel („Den See sehen") spielen am 29. Mai 2000 und bilden einen Rahmen, der nur dann voll verständlich ist, wenn man den Roman gelesen hat. Außerdem dient das Anfangskapitel der Vorstellung der Hauptfigur des Romans, der 1949 geborenen Magdalena Schneider, geborene Meierhofer. Mit Magdalenas ersten Blicken auf den gerade erst fertiggestellten Großen Brombachsee beginnt und endet der Roman und Magdalena schließt nach jahrzentelangem Ringen ihren Frieden mit dem See, nachdem sie sich mehr als 20 Jahre lang geweigert hat, den See zu sehen.

Nicht nur die zeitlichen, auch die örtlichen Begebenheiten werden präzise wiedergegeben. Sogar die real nicht existierende Kastanienmühle wird in einer dem Buch beigegebenen Karte zwischen der Grafen- und der Birkenmühle im Brombachtal verortet. Mit Ausnahme der östlich des Großen Brombachsees liegenden Mandlesmühle sind dem Brombachsee zehn Mühlen im Brombach- und Igelsbachtal zum Opfer gefallen. Das Schicksal all dieser Mühlen und der dort lebenden Menschen beschreibt Nadine Kießling exemplarisch anhand der Kastanienmühle. Da selbst dieser fiktiven Mühle eine reale geographische Position zugewiesen wird – die jetzt freilich nicht mehr verifizierbar ist –, kann der Leser das Geschehen mit dem Finger auf der Landkarte verfolgen, so dass es auch jemand nachvollziehen kann, der mit der Geographie des südlichen Mittelfrankens nicht unmittelbar vertraut ist.

Das Anfangskapitel stimmt den Leser auch auf die im Roman vorliegende Erzählsituation ein. Dort wird das Geschehen eindeutig aus dem Blickwinkel Magdalenas geschildert, so dass eine personale Erzählperspektive vorliegt, die in den ersten zwölf Kapiteln praktisch durchgängig eingehalten wird. Nur ganz vereinzelt macht sich ein allwissender Erzähler bemerkbar, und zwar immer dann, wenn Sachverhalte dargestellt werden, die über Magdalenas Horizont hinausgehen. Nicht nur Magdalena, auch andere Romanfiguren werden als persona genutzt, zum ersten Mal in Kapitel 13 („München, 16. Juli 1970: Der Landtagsbeschluss"); jedoch spielt Magdalena nur in sechs von 41 Kapiteln überhaupt keine Rolle. Und nur ein einziges Kapitel („Alles verändert sich") wird vollständig vom allwissenden Erzähler bestritten, der ansonsten das Geschehen hauptsächlich aus der Sicht der beteiligten Personen vermittelt. Dadurch erhält der Leser ein sehr viel persönlicheres Bild vom Geschehen, als es ihm ein distanzierter Erzählerbericht nahebringen könnte.

Das ideale Begleitbuch zu dem eben besprochenen Roman stammt von Friedrich Hetzner und ist in dritter Auflage 2023 ebenfalls im Schrenk-Verlag erschienen: **Das Land am Brombach - Von alter Mühlenherrlichkeit zum Fränkischen Seenland**. Dem Autor geht es in erster Linie nicht um die Entstehung des Fränkischen Seenlandes, sondern vor allem um „die Menschen, die hier über Jahrhunderte hinweg lebten und das Land als ihre Existenzgrundlage brauchten, um zu überleben" (Vorwort). So werden neben der Geschichte, dem Leben auf dem Land, den Traditionen und Bräuchen, dem Handwerk und Gewerbe auch die Gemeinden sowie alle Mühlen am Brombach umfassend in Wort und Bild dargestellt. Zu allen im Roman erwähnten Mühlen finden sich Informationen, mit Ausnahme der Kastanienmühle natürlich, und auch zentrale Ereignisse des Romans werden thematisiert.

Sowohl die Leser des Romans als auch des Brombachtal-Porträts werden bei ihrem nächsten Besuch das Fränkische Seenland mit neuen Augen sehen."

Dr. Bernhard Wickl, Frankenbund, Dez. 2023

Friedrich Hetzner
**Das Land am Brombach –
Von alter Mühlenherrlichkeit
zum Fränkischen Seenland**

Edition Fränkisches Seenland
3. Aufl. 2023, Hardcover, 236 Seiten,
mit zahlreichen s/w- und Farbabbildungen.
ISBN 978-3-924270-37-7

Ebenfalls im Schrenk-Verlag:

- Reihe Auf den Spuren der Dichter und Denker durch Franken (11 Bde.)
- Reihe Fränkische Geschichte (21 Bände)
- Reihe Buchfranken (20 Bände)
- Edition Hesselberg und Altmühlfranken (9 Bände)
- Edition Mainfranken (2 Bände)

Immer aktuell zu un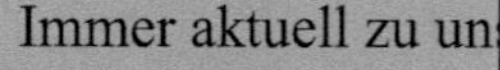franken.de